AF236212

Bibliografische Information der Deutschen Nationalbibliothek: Die Deutsche Nationalbibliothek verzeichnet diese Publikation in der Deutschen National-bibliografie; detaillierte bibliografische Daten sind im Internet über dnb.dnb.de abrufbar.

https://www.facebook.com/kollerjoachim
joachim.koller@chello.at

Herstellung und Verlag: BoD – Books on Demand, Norderstedt

ISBN: 9783754379257

Prolog

1. September

Niko lehnte sich zurück, schloss die Augen und wartete auf den Beginn des Liedes »Lava« von der griechischen Sängerin Alkistis Protopsalti.

Das Haus, vor dem er parkte, war stockdunkel. Es sollte mindestens noch zwei Stunden dauern, bis die Eigentümer zurückkommen würden. Auch die Nachbarhäuser waren unbeleuchtet, nur die Straßenlaternen sorgten für etwas Licht auf der schmalen Gasse. Nikos Wagen stand außerhalb des Lichtkegels und somit im Dunkeln der wolkenverhangenen Nacht.

Ruhige Gegend, hier in Klosterneuburg, dachte er und konzentrierte sich auf die Melodie. Schon die ersten Klänge des melancholischen Liedes wirkten für ihn entspannend, denn mithilfe des Songs hatte er gelernt, zu seiner inneren Ruhe zu finden. Dies war eine der wichtigsten Lektionen seiner Anti-Aggression-Therapie, welche er heute noch anwandte. Die tiefe, beruhigende Frauenstimme half ihm dabei, sich zu konzentrieren. Er saß regungslos im Wagen und verdrängte alle Gedanken aus seinem Kopf. Den Text des Liebesliedes verstand er zwar, dieser hatte aber wenig Bedeutung für ihn. Vielmehr erinnerte das Lied Niko an seine verstorbene Mutter.

Mit den letzten Klängen nach knapp fünf Minuten holte er tief Luft und atmete lange und entspannt aus.

»Es kann losgehen«, sprach er zu sich selbst und öffnete die Augen.

Niko stieg aus dem Wagen und langte nach seinem schwarzen Sling-Rucksack. Lautlos schloss er die Tür, vergewisserte sich, dass er alleine war und spurtete los.

Der Zaun vor ihm stellte kein Hindernis dar, mit einem Satz schwang er sich hinüber. Kaum gelandet, rannte er

1

an einigen Büschen vorbei, machte dabei einen großen Bogen um das einstöckige Familienhaus und vermied, dass sich die automatische Beleuchtung vor der Eingangstür aktivierte.

Auf der Rückseite des Hauses musste er nur über einen ein Meter hohen Zaun springen, um auf die Terrasse zu gelangen.

Durch die gläserne Schiebetür sah er die Steuerung der aktivierten Alarmanlage neben der Eingangstür. Die Terrassentüren waren keinen Versuch wert, er ging davon aus, dass sie besonders gut gesichert waren.

Nikos Blick über die Fassade des Hauses blieb beim Regenrohr hängen. Außerdem waren die Fenster im ersten Stock nah genug um sie als zusätzlichen Halt nutzen zu können. Die Terrasse hatte keinen Bewegungsmelder, er sprintete über die Betonfliesen und begann zu klettern. Mühelos zog er seinen durchtrainierten Körper an dem Rohr hinauf, benötigte keine zwei Minuten, um den Dachgiebel zu erreichen. Mit etwas Schwung gelangte er auf das Dach und kroch vorwärts, bis er über einem gekippten Fenster lag. Während er sich mit einer Hand festhielt, zog er mit der anderen einen langen Draht aus seinem Rucksack. Mit geübtem Griff bog er diesen zurecht und lehnte sich über die Regenrinne. Den Draht, dessen Ende aus einem stärkeren Haken bestand, ließ er langsam hinabgleiten, fädelte ihn durch das gekippte Fenster und erwischte den Griff.

»Viel zu leicht«, murmelte er und zog am Draht. Das Fenster fiel zu, gleichzeitig wurde der Griff in die richtige Position gedreht. Das Fenster war offen.

Niko hängte sich an die Regenrinne, die unter seinem Gewicht leicht nachgab. Ohne Zeit zu verlieren, platzierte er sich über dem offenen Fenster und ließ sich fallen. Sekundenbruchteile später riss er die Hände nach vor und krallte sich am inneren Fensterbrett fest. Im dunklen Raum vor ihm erkannte er ein Doppelbett aus massivem Holz sowie einen Kleiderschrank, der sich über die ganze Wand   erstreckte.

Er zog sich hoch und landete im Zimmer, wo er in der Hocke blieb und lauschte. Wie vermutet gab es im Zimmer keine Sicherungen. Obwohl er wusste, dass niemand im Haus war, verhielt er sich lautlos, als er zur Treppe schlich. Von dort konnte er die Alarmanlagensteuerung wieder sehen und feststellen, dass immer noch kein Alarm ausgelöst wurde. Er hatte mit seiner Vermutung richtig gelegen, nur die offensichtlichen Einbruchsmöglichkeiten waren gesichert worden.

»Eindeutig an der falschen Stelle gespart.«

Zurück im Schlafzimmer, verstaute er den Draht in seinem Rucksack und öffnete die Schranktüren. Hinter einer Sammlung von eleganten Abendkleidern befand sich ein Wandsafe, der durch ein Tastenfeld gesichert war.

Mit etwas weißen Puder aus seinem Rucksack, den er vorsichtig über die zwölf Zifferntasten verteilte, erkannte er die zuletzt gedrückten Nummern.

Ernsthaft? Wie leicht willst Du es mir noch machen?

Fast war er enttäuscht, als er die Zahlen durchging.

»023578. Oder, weil es Dein Geburtsdatum ist, 230578.«

Er wollte gerade die Kombination eingeben, als die Eingangstür im Erdgeschoss aufgesperrt wurde. Niko erstarrte und lauschte.

»So ein schlechtes Stück habe ich schon lange nicht mehr erlebt. Nein, eigentlich noch nie.« Die aufgebrachte Stimme gehörte einer Frau.

Niko wischte den Puder von den Tasten und schob die Kleider wieder in Position.

»Ich ziehe mich um, machst Du uns eine Flasche Rotwein auf? Lass es uns auf der Terrasse gemütlich machen, bis mein Ärger verflogen ist.«

Mit diesen Worten ging sie die Treppen hinauf. Kurz

darauf schaltete sie das Licht im Schlafzimmer ein und blickte auf das geöffnete Fenster.

»Martin, Du hast das Fenster ganz offen gelassen. Wenn es geregnet hätte ...«

»Dann ist es ja gut, dass wir so früh daheim sind. Ich muss noch telefonieren, immerhin brauchen wir heute keinen Besuch mehr.«

Während sich die Frau umzog, lag Niko regungslos unter dem Bett. Er sah, wie die Füße zwischen Bett und Wandschrank hin und her gingen. Das dunkelrote Kleid wurde sorgfältig wieder im Kasten verstaut. Vor seinen Augen landete ein T-Shirt auf dem Teppichboden. Im nächsten Moment griff eine Hand danach, ohne sich herabzubeugen. Nach zwei Minuten war sie fertig und verließ das Zimmer. Die Tür zum Schlafzimmer ließ sie offen. Niko wollte sich wieder bewegen, als er realisierte, dass sie noch immer im oberen Stockwerk war. Die Tür ins Badezimmer wurde geöffnet. Er entspannte sich und blieb unter dem Bett versteckt. Es dauerte einige Minuten, bis sie im Bad fertig war. Erneut betrat sie das Schlafzimmer, drehte kurz das Licht auf und blieb an der Tür stehen. Niko überlegte fieberhaft, ob er irgendwelche verräterischen Spuren hinterlassen hatte. Dann erlosch das Licht und einige Sekunden später hörte er ihre Schritte auf der Treppe. Kurz darauf waren Stimmen von der Terrasse zu hören, für Niko ein Zeichen, dass er hervorkriechen konnte.

»Wie gesagt, viel zu leicht«, flüsterte er.

Martin und seine Frau Claudia saßen mit einer Flasche Rotwein auf der Terrasse und blickten über die Stadt.

»Dafür haben wir kinderfrei?« Trotz mehrere Gläser Rotwein war sie immer noch über die völlig misslungene Theateraufführung verärgert.

»Du hast ja Recht. Aber wir können uns auch einen schönen Abend daheim machen. Es ist kurz nach elf ...«

Das Klingeln der Haustür unterbrach ihn. Verwundert blickte er von Claudia zur Tür.

»Um diese Zeit?«, wunderte sie sich.

Martin sah nach, wer sie um diese Uhrzeit besuchen wollte und erkannte den Mann vor der Tür sofort.

»Claudia, es ist Niko!«, rief er ihr zu und öffnete die Eingangstür.

»Guten Abend. War die Vorstellung wirklich so schlecht?«, fragte Niko. Die beiden Männer schüttelten sich die Hände. Obwohl Martin zu den wenigen Leuten zählte, denen Niko vertraute und die er als Freunde ansah, war sein Blick ernst. Es kam nur selten vor, dass er lächelte, meistens wirkte er eher kühl und unnahbar.

»Ja, und wie. Fast die Hälfte der Besucher hat in der Pause das Theater verlassen. Komm herein, was darf ich Dir anbieten? Ich habe schon versucht, Dich zu erreichen.«

Niko folgte ihm durch das geräumige Wohnzimmer zur Terrasse, wo ihn Claudia begrüßte.

»Ich nehme an, wir haben Dir mit unserem verfrühten Heimkommen die Möglichkeit versaut?«

»Damit muss man rechnen.«

Martin gesellte sich zu ihnen, in seiner Hand eine Bierdose für Niko.

»Ich bleibe sowieso dabei, das Haus ist einbruchsicher.«

»Das ist so nicht ganz richtig«, antwortete Niko gelassen und nahm die Dose. Nach einem kräftigen Schluck wandte er sich Claudia zu.

»Ein passendes Accessoire, wenn Du Dein rotes Abendkleid anbehalten hättest.«

Claudia stutzte.

Er streckte die Hand aus und zeigte ihr einen Ring, der mit drei unterschiedlich großen Diamanten besetzt war.

Claudia riss die Augen auf und starrte ungläubig auf die Handfläche.

»Mein Verlobungsring!«

»Er erschien mir als das beste Beweisstück, wie leicht man ins Haus kommt.«

»Der war doch im Safe. Wann? Wie? Warst Du etwa ...« Martin fand keine Worte.

»Ich habe mich vorhin im Schlafzimmer umgezogen«, fiel Claudia ein.

»Ich weiß«, war Nikos trockener Kommentar.

Die nächste Stunde berichtete Niko in allen Details, wie er ins Haus eingedrungen war. Er erklärte ihnen auch, welche Schwachstellen unbedingt beseitigt werden sollten.

Was Einbrüche betraf, hatte Niko eine lange Vorgeschichte, die ihn letztendlich auch mit Martin zusammengebracht hatte. Niko hatte den Anwalt vor einigen Jahren kennengelernt, als er nach einem mehr als misslungenen Einbruch im Gefängnis landete. Martin hatte seine Verteidigung übernommen, wobei sich die beiden Männer anfreundeten. Niko musste eine neunmonatige Haftstrafe absitzen, dank Martin blieben ihm weitere erspart. Er ließ sich zu einer Therapie überreden, um seine Aggressionen unter Kontrolle zu bekommen und bemühte sich, seine Vergangenheit hinter sich zu lassen. Zurzeit war er in einem Fitnessstudio und Kampfsportzentrum tätig, was deutlich an seiner Statur erkennbar war. Niko war bestens durchtrainiert, wobei er eher drahtig als muskulös wirkte.

Die Idee mit dem Einbruch schlug Niko vor zwei Wochen vor, als er bei der Familie zum Essen eingeladen war. Claudia hatte erwähnt, dass es in der Nachbarschaft Einbrüche gegeben hatte und sie Angst hatte, vor allem der beiden Kinder wegen. Paul war sechszehn und verbrachte den Großteil seiner Freizeit bei seiner Freundin. Ihre Tochter Denise war gerade achtzehn geworden. Um einen ungestörten Abend erleben zu können, schlief sie an diesem Abend ebenfalls bei einer

Freundin.

Martin war überzeugt, dass die Alarmanlage ein ausreichender Schutz wäre, doch Niko hatte ihm widersprochen. Er bot an, zu beweisen, wie leicht ein Einbruch möglich wäre. Und das hatte er heute eindrucksvoll bewiesen.

»Müssen wir irgendetwas reparieren, oder hast Du keine Spuren hinterlassen?«, wollte Claudia wissen.

»Bei einem echten Einbruch hätte ich das Fenster zerstört und Handschuhe getragen. So war ich vorsichtig und habe alles intakt gelassen.«

»Ich werde gleich morgen die Firma anrufen und denen Druck machen, dass wir besser abgesichert sind. Danke für diese ... Vorführung.«

»Manche Fähigkeiten verlernt man nicht.«

❦

Kapitel 1

Zwei Wochen später

Langsam setzte sich das Flugzeug in Bewegung. Der Fensterplatz ermöglichte es Niko, das Flughafengebäude von Wien vor der aufgehenden Sonne zu sehen und die unterschiedlichen Flugzeuge zu betrachten. Er versuchte sich zu erinnern, wann er zuletzt geflogen war, aber es gelang ihm nicht. Die letzten Jahre waren geprägt von falschen Freunden, Einbrüchen, Diebstählen und einem Aufenthalt hinter Gittern. Sein letzter Flug war in der Kindheit gewesen, damals noch als Familie mit seiner Mutter und seinem Bruder. Seinen Vater hatte er nie kennengelernt.

Beim Blick auf die Uhrzeit, 06:13, dachte er daran, dass er noch vor 24 Stunden keine Ahnung davon hatte, was ihn erwarten würde. Während das Flugzeug abhob, schloss er die Augen und erinnerte sich, wie der gestrige Tag verlaufen war.

Tags zuvor
16:50 Uhr

Nach einem langen Arbeitstag im Fitnessstudio entspannte Niko auf seiner Couch. Vor ihm lagen die auf dem Heimweg gekauften Zeitschriften, die sich mit den Themen Kampfsport, Messern und Survival beschäftigten.
Er wollte gerade aufstehen, als sein Handy läutete.
»Martin, grüß Dich. Wie geht ...«
»Ich brauche Deine Hilfe, Niko. Es betrifft Denise, ich hoffe, Du kannst mir helfen. Wo bist Du?« Der Anwalt klang aufgeregt, nervös.
»Was ist passiert?«
»Sie ist weg! Meine Tochter ist abgehauen!« Martin schrie förmlich vor Aufregung.
»Ich kann in zwanzig Minuten bei Dir daheim sein.«

Während der Autofahrt dachte Niko über die achtzehnjährige Tochter seines Freundes nach. Er war schon einige Male mit dem Paar und den Kindern unterwegs gewesen und hatte Denise als ruhiges, besonnenes Mädchen kennengelernt. Von Martins Erzählungen wusste er, dass sie die Schule abgeschlossen hatte und studieren gehen wollte.

Martin und Claudia standen im Wohnzimmer, beiden war die Aufregung anzusehen.
»Schuld ist dieser Grieche. Er hat ihr diese Flausen in den Kopf gesetzt«, fluchte Claudia.
»Das wissen wir nicht. Vielleicht hat sie auch selbst ...«
»Nein, sie ist ein braves, kluges und verantwortungsvolles Kind. Sie würde niemals von alleine auf solche verrückten Ideen kommen.«
Niko bat, ihm die Geschichte in Ruhe zu erzählen.
Martin drückte ihm eine geöffnete Flasche Bier in die Hand und holte sich eine weitere, während er anfing zu berichten.
»Diese Liebesgeschichte, wegen der Denise weg ist, hat letzten Herbst angefangen. Ich hatte einen Mandanten aus einem öster-

reichischen Unternehmen mit Sitz in Athen. Da die Besprechungen für vier Tage angesetzt waren und genau auf die Woche fielen, in der Denise und Paul nur zwei Schultage hatten, sind wir alle geflogen.« Martin nahm einen Schluck aus der Bierflasche. Er hatte große Mühe, seine Erregung zu unterdrücken.

»Denise hat diesen Jungen am ersten Abend in der Hotelbar kennengelernt. Auf den ersten Blick ein ganz netter Kerl.«

»Wie heißt er, was kannst Du mir über ihn verraten?«, unterbrach Niko. Er blickte über die schwach beleuchtete Stadt unter ihnen und wirkte abwesend. Doch der Eindruck täuschte, er war darauf konzentriert, jede Einzelheit zu speichern.

»Aléxandros, den Nachnamen weiß ich nicht. Er ist drei- oder vierundzwanzig und studiert Medizin. Angeblich ist er sehr flott und so gut wie fertig. Er lebt mit zwei Freunden am Stadtrand Athens, jedenfalls war es damals so.

Seit ihrem ersten Treffen waren Denise und er unzertrennlich. Er hat Sightseeing-Touren und einen Chauffeur für uns organisiert und meine Tochter jeden Abend heimgebracht. Ich weiß, dass er mehrmals die Nacht bei ihr verbracht hat.«

»Was mich schon damals gestört hat«, sagte Claudia, die aufgewühlt neben der offenen Terrassentür auf und ab ging.

»Eine typisch, kitschige Ferienliebe. Wie ging es weiter?«

»Nach der Woche blieben die beiden in Kontakt. Jeden Tag ist sie stundenlang vor dem PC gesessen und hat mit ihm geschrieben oder gesprochen. Ein schwerer Fall von Liebeskummer, der sich aber nicht auf ihre Noten ausgewirkt hat.«

»Denise war immer schon eine sehr gute Schülerin. Ihr war die Schule wichtig und sie wollte studieren. Und jetzt wirft sie alles hin, nur um zu diesem Jungen abzuhauen. Das passt nicht zu ihr, er hat sicherlich ...«, meinte Claudia aufgeregt.

»Sie wird nicht viel nachgedacht haben. Blind und naiv vor Liebe.« Niko blickte zu Martin, um ihm weiter zuzuhören.

»Vor drei Monaten, Mitte Juni, ist Aléxandros zu Besuch gewesen. Denise hat ihm Wien gezeigt und er war auch mehrmals bei uns. Er hat von seinen Plänen erzählt, nach dem Studium nach

Wien zu ziehen, da die Chancen in Griechenland zurzeit eher schlecht sind. Ein sehr vernünftig klingender Mann ...«

»Vernünftig? Er hat unserer Tochter den Kopf verdreht und jetzt ist sie alleine in einer fremden Stadt.«

Im Gegensatz zu Martin ließ sich Claudia nicht beruhigen.

»Sie wird nicht ganz unschuldig sein«, sagte Niko und erhob sich.

Claudia reichte ihm ein gefaltetes Stück Papier.

»Sie hat nur diesen Zettel hinterlassen.«

»Keine Sorge, mir geht es gut. Ich kann einfach nicht ohne Aléxandros leben und er hat mir angeboten, mit ihm ein eigenes Leben aufzubauen.

Bitte versucht mich zu verstehen, ich liebe ihn und muss bei ihm sein. Hab Euch lieb, Denise«

»Kein Hinweis, wohin sie geht, oder ob sie sich meldet. Wir kommen hier um vor Angst und sie ...«

»Wie soll ich helfen?«, fragte Niko.

»Wir vermuten, dass sie nach Athen geflogen ist.«

Niko sah seinen Freund an.

»Ich soll nach Athen und sie holen?«

»Da Du Griechisch sprichst, habe ich gedacht ...«

»Gib mir ein Bier und eine Stunde Zeit, dann weiß ich mehr, um sie zu finden.«

»Du klingst sehr zuversichtlich.«

»Sie ist jung, verliebt und naiv.«

Zu dritt suchten sie Denises Zimmer auf, wo sich Niko umgehend mit ihrem Computer beschäftigte. Nachdem Martin die Logindaten eingegeben hatte, durchforstete Niko alle Ordner und gespeicherten Internetseiten der jungen Frau. Schnell kam er auf diverse Hotel- und Flugseiten. Als er den Internetverlauf studierte, musste er der jungen Frau kurz in Gedanken gratulieren.

Gar nicht dumm. Mehrere Hotels in Athen, Korfu, Kreta, Rhodos. Damit ich es nicht zu leicht habe.

»Gab es in letzter Zeit oft Streit?«, fragte er nach.

»Naja ...«

»Sei ruhig ehrlich, Claudia. Natürlich gab es den. Denise wollte unbedingt nach Griechenland und wir haben ihr klargemacht, dass sie sich auf die Uni konzentrieren soll. Sie war im Sommer zwei Wochen mit Aléxandros auf Kreta. Nachdem sie zurückgekommen ist, hat sie nur geheult und wollte zurück zu ihm.«

»Wieso Kreta?«, wollte Niko wissen, der bei der Erwähnung der Insel zusammenzucke.

»Seine Eltern leben dort«, erklärte Martin.

Bitte nicht Kreta, *durchfuhr es Niko.*

»Erst vor Kurzem hat sie uns an den Kopf geworfen, dass wir ihr Leben zerstören und sie es uns nie verzeihen wird ...«

»Seit wann genau ist sie weg?«, bohrte Niko weiter nach.

»Sie hat vor einer Woche einen mehrtägigen Ausflug mit ihrer Freundin geplant. Erst gestern haben wir zufällig erfahren, dass dies gelogen war.«

Niko öffnete einen Ordner mit Bildern und sah sich die Miniaturansichten durch. Martin hörte sein Telefon und ließ seinen Freund mit seiner Frau alleine im Zimmer.

»Zuerst muss ich wissen, wohin sie geflüchtet ist«, überlegte Niko. Er ging davon aus, dass die Flucht wohlüberlegt war. Denise musste obendrein davon ausgehen, dass ihre Eltern sie suchen würden.

»Nach Athen, wohin sonst? Zu diesem Alex«, gab sich Claudia überzeugt.

Niko öffnete ein Bild. Darauf war Denise zu sehen, wie sie in Unterwäsche auf ihrem Bett saß. Mit einem verführerischen Lächeln und großen Augen blickte sie in die Kamera. Niko wunderte sich kurz über ihre Frisur, er kannte sie nur mit langen, braunen Haaren, doch nun waren sie zu einem Pagenkopf zurechtgeschnitten.

»Genau solche Fotos hat sie ihm geschickt«, meinte Claudia verärgert.

»Das Bild hat eine sehr hohe Auflösung.«

»Sie hat vor ihrem Urlaub auf Kreta eine neue Kamera von uns bekommen«, erklärte Claudia.

Da Niko längere Zeit auf das Bild blickte, sah sie ihn skeptisch an.

»Hilft es Dir, wenn Du sie so anstarrst?«

»Sie ist mir egal, aber das hier ...«, er vergrößert einen Ausschnitt, »... könnte interessant sein.«

Unter ihrem Oberschenkel lugte ein Reiseführer hervor. In der Vergrößerung war zu erkennen, dass es sich um ein Buch über Kreta handelte.

»Das Bild ist vor zwei Wochen entstanden.«

»Kreta? Dort war sie doch erst? Oder glaubst Du, sie ist wieder auf die Insel geflogen?«, Claudias Stimmung wechselte zwischen Verärgerung und Angst um ihre Tochter.

Niko reichte ihr die leere Bierflasche und bat um ein weiteres. Er wollte ihr nicht ins Gesicht sagen, dass es leichter wäre, wenn sie ihm nicht andauernd über die Schulter sehen würde.

Als er alleine war, öffnete er den Ordner mit den Bildern von Denises Urlaub im Kreta und ging jede Aufnahme durch. Dabei kam ihm wieder in den Sinn, dass er gerade diese Insel immer meiden wollte und jetzt im Begriff war, genau dorthin zu fliegen.

Die Fotos zeigten sie und Aléxandros in verschiedensten Situationen. Zusammen auf dem Zimmer, bei einer Shoppingtour durch einen Straßenmarkt, Bilder von einem Bootsausflug, eng umschlungen am Strand vor einer Bar. Dass nicht alle Fotos jugendfrei waren, interessierte ihn nicht. Bei einer Aufnahme von Denise beim Sonnenbaden an Deck eines Bootes blieb er hängen.

»Sie hätte wenigsten ein Oberteil anziehen können«, meinte Claudia empört, die mit einer neuen Bierflasche hereinkam.

»Ich weiß, wie eine Frau aussieht«, kommentierte Niko ihren strafenden Blick, »Gib mir noch zehn, zwanzig Minuten alleine, dann komme ich zu Euch hinaus.«

Obwohl sie offensichtlich wenig begeistert von seiner Aufforderung war, ließ sie ihn alleine im Zimmer.

Eine halbe Stunde später erschien Niko bei dem Paar auf der Terrasse.

»Weißt Du, wo sie ist?«

»Ja.«

»Du bist Dir ganz sicher?«, hakte Claudia nach.

Niko legte einige ausgedruckte Fotos auf den Tisch.

»Es war eine gute Idee, ihr einen neuen Fotoapparat zu besorgen. Eine der vielen Funktionen der Kamera ist die Möglichkeit, Fotos via WLAN gleich an einen Computer zu schicken. Oder, wie es hier der Fall war, auf ihren Dropbox-Account. Sie hat in den letzten Tagen einige Bilder gemacht.«

Insgesamt vier Bilder hatte er ausgedruckt und ihnen vorgelegt.

Auf dem ersten standen Denise und Aléxandros auf eine Straße, links davon eine Strandbar. An der Steinmauer war der Name der Bar deutlich zu lesen: »Porto Paradiso«

Rechts war ein Sandstrand mit einigen Liegen zu sehen. Hinter ihnen führte eine Straße den Hügel hinauf, vorbei an Souvenirläden und Lokalen.

Auf dem zweiten stand Denise auf einem hohen Felsen, hinter ihr war ein Strandabschnitt mit Lokalen zu sehen. Es war derselbe Strandabschnitt, an dem auch das vorige Bild entstanden war, nun war mehr von der Ortschaft zu erkennen. Beim nächsten Bild verdrehte Claudia erneut die Augen. Denise lag hüllenlos auf einer Sonnenliege und ließ die Sonne auf ihren Rücken scheinen.

»Schon wieder«, stöhnte Claudia auf.

»Vergiss den Hintern. Sie ist nackt und vermutlich auf einer privaten Terrasse. Im Hintergrund sieht man einen Berg, davor eine Küstenstraße«, erklärte Niko. Er legte eine ausgedruckte Karte von Kreta dazu.

»Wenn man die Bilder als Anhaltspunkt nimmt, kommt man zum Ort Bali. Derselbe wie im Sommer.«

»Also wird sie jetzt in Kreta sein?«

»Auf jeden Fall vor zwei Tagen. Deshalb werde ich an diesem Ort anfangen. Wenn sie nicht mehr dort ist, wird man mir sicherlich weiterhelfen.«

»Wer sind die anderen zwei Personen?«, fragte Martin und deutete auf das letzte Bild.

Denise und Aléxandros saßen zusammen mit einem älteren Herrn und einer Jugendlichen beim Abendessen an einem reichlich gedeckten Tisch im Freien. Die junge Frau fiel dabei besonders auf.

Ihre Haare waren blond mit knallroten Strähnen. Auf der Lippe trug sie ein silbernes Piercing. Auch in der Rinne zwischen Nase und Oberlippe blitzte ein kleiner Stein.

»Könnten Vater und Tochter sein. Jedenfalls kennen sie Denise. Ich werde sie suchen und fragen, wo Eure Ausreißerin ist.«

»Und wenn keiner etwas verraten will?«, fragte Claudia.

»Ich werde erfahren, wo sie ist«, war sich Niko sicher.

Martin deutete auf sein Smartphone.

»Der nächste Flug geht schon morgen früh. Ist das ein Problem für Dich?«

»Nicht für mich, aber ich habe einen Job und einen Bewährungshelfer.«

»Darum kümmere ich mich«, versicherte ihm Martin, »Natürlich auch um die Kosten für die Unterkunft und den Mietwagen.«

»Das klingt fast wie Urlaub. Ich hatte schon sehr lange keinen Urlaub mehr.«

»Wenn Du Dich ein, zwei Tage erholst, soll es kein Problem sein ...«

»Hauptsache, Du bringst Denise so schnell wie möglich wieder zurück«, warf Claudia ein.

»Sie ist nicht in Gefahr. Ich werde sie ausfindig machen, in den nächsten Flieger setzen und zurückkommen. Das wird keine große Sache werden.«

»Das glaube ich auch. Es wird ein Spaziergang für Dich, inklusive etwas Urlaub«, meinte Martin zuversichtlich.

Niko besaß nicht viel, weshalb das Einpacken sehr schnell erledigt war. In einer Schublade hatte er seine Messersammlung untergebracht. Ein Schweizer Taschenmesser mit unzähligen Funktionen, einigen Wurfmessern, Klappmessern und eine 30cm lange Machete befanden sich darin.

Ohne nachzudenken, packte Niko seinen Umhängerucksack.

Nur als Glücksbringer, sagte er zu sich, als ein weiteres Klappmesser in die Tasche wanderte.

Als würde ich diese Dinge wirklich brauchen.

Trotzdem landeten neben seinem Taschenmesser und einem

Wurfmesser noch eine Box mit Survivalutensilien und ein Diet-
rich-Set in seinem Gepäck.

An Schlafen war nicht zu denken. Immer wieder kreisten seine
Gedanken um seine Mutter, Erinnerungsfetzen aus seiner Kindheit
kamen hoch.

»Warum gerade Kreta?«, fragte er sich. Martin hatte ihm nahe-
gelegt, auch ein paar Tage Urlaub zu machen, aber daran wollte er
nicht denken. Kreta war seit dem Tod seiner Mutter zu einem Ort
geworden, den er niemals besuchen wollte.

»Das Schicksal mischt die Karten, aber wir spielen«, kam
ihm die Stimme seines Bewährungshelfers in den Sinn.

Was soll´s. Hinunterfliegen, die kleine Ausreißerin finden und mit ihr retour, das kann nicht so schwer werden,
war er sich sicher.

Kapitel 2

Ein heißer Schwall Luft klatschte Niko entgegen, als er aus dem klimatisierten Flugzeug ins Freie trat. Flugzeugabgase, gemischt mit einer salzigen Brise vom Meer. *Gut mitgedacht*, fluchte er beim Blick auf seine schwarze, lange Jeans. Er war sich sicher, dass er auch seine Lederjacke in den nächsten Tagen nicht tragen würde. Er setzte seine Sonnenbrille auf, ein Markenstück mit dünnem Rahmen und dunklen Gläsern, die seine Augen versteckten.

Der ehemalige Militärflughafen Chania war klein und überschaubar. Das bedeutete ebenso, dass seine Sporttasche binnen weniger Minuten auf dem Gepäckband erschien.

In der Ankunftshalle versuchte Niko erfolglos, das Logo seiner Mietwagenfirma ausfindig zu machen. Erst beim erneuten Durchlesen seiner Unterlagen fand er heraus, dass sein Wagen im Stadtbüro auf ihn wartete.

Somit beginnt meine Reise mit einer Sightseeingtour durch Chania. Er trat ins Freie und steuerte den ersten Taxiwagen in der Reihe vor dem Flughafen an.

»Ich muss zu dieser Adresse in Chania«, meinte er auf Griechisch und zeigte dem jungen Mann die Adresse der Autovermietung.

»Aber natürlich, mein Freund, sofort!«

Während seine Reisetasche im Kofferraum verschwand, wurde Niko mit Fragen bombardiert. Der Fahrer schien äußerst erfreut, einen Landsmann zu treffen, fragte ihn nach seiner Herkunft und was ihn auf diese Insel verschlagen hatte.

»Wie lange machst Du Urlaub auf Kreta?«

»Kein Urlaub. Ich bin ... Ich habe einen Auftrag hier und dann fliege ich wieder zurück.«

»Das Wetter im September ist perfekt für einige erholsame Tage, glaub mir. Das Wasser ist angenehm warm nach dem heißen Sommer und die Insel bietet so viel, nutze Deine Zeit hier, mein Freund.«

Niko nickte ihm nur zu.

Es ist zu heiß, ich habe keine Lust auf Erholung und das Meer interessiert mich auch nicht.

Innerhalb von zehn Minuten landeten sie an der Hafenpromenade von Chania.

»Dort vorne ist das Büro. Ich wünsche Dir einen schönen Aufenthalt. Das erste Mal in Chania?«

Niko nickte stumm.

»Wenn Du Frauen suchst ...«

»Nein.«

»Okay, vielleicht hast Du Interesse an einem besonderen Messer?«

Niko stutzte und wandte sich seinem Fahrer zu.

»Ich höre.«

Das Grinsen im Gesicht des Mannes wurde breiter. Er zog eine Visitenkarte aus der Ablage neben dem Lenkrad und reichte sie Niko.

»In der Sifaka Straße wirst Du fündig werden. Sie ist allgemein als Messerstraße bekannt. Du findest dort noch echte Handarbeit, keine importierte Billigware. Wenn Du ein ordentliches Messer suchst, dann bist Du dort genau richtig.«

Niko dankte dem Mann für den Tipp und marschierte mit seiner Tasche zum Büro der Autovermietung.

Im, dank einer modernen Klimaanlage zu tief gekühlten, Büro wurde er schon erwartet. Der Mann hinter dem Tresen blickte ihn an, und nachdem Niko erwähnte, einen Wagen reserviert zu haben, wusste dieser sofort Bescheid.

»Herr Dovas Nikólaos?«

Es war ungewohnt, seinen vollständigen Namen zu hören. Seit Jahren stellte sich Niko nur mit seinem Kurznamen vor.

»Ja, das bin ich.«

»Sie sind Grieche?«

»Mehr oder weniger«, antwortete er auf Griechisch und erntete ein breites Grinsen.

»Wenn das so ist, dann habe ich ein ganz spezielles Angebot für Sie. Wir haben gerade einen Wagen zurückbekommen. Wenn sie möchten, können sie diesen für die gebuchte Woche nutzen, zum selben Preis versteht sich.«

»Und wo ist der Unterschied?«

»Dass Sie statt eines Kleinwagens mit einem Opel Cascada Cabriolet fahren würden.«

Niko kannte sich nicht besonders mit Automodellen aus, aber die Aussicht auf ein offenes Verdeck gefiel ihm. Der weiße Wagen wartete bereits unübersehbar neben der Tür auf ihn. Nichtsdestotrotz entschied sich Niko für einen kleinen Spaziergang durch die Hafenstadt, dem Hinweis des Taxifahrers wollte er nachgehen. Aber nicht, bevor er seine Hose gegen eine kürzere getauscht und die Tasche im Kofferraum verstaut hatte.

Die Besichtigung der Hafenpromenade war ihm nur ein paar Minuten wert. Die Fassaden der Gebäude direkt an der Promenade wirkten alt und renovierungsbedürftig. Was für die Touristen ein Relikt der venezianischen Zeit war und auf unzähligen Fotos festgehalten wurde, weckte bei Niko kein Interesse. Souvenirläden reihten sich an Restaurants, beides interessierte ihn nicht im Geringsten. Durch eine schmale Gasse gelangte er stadteinwärts und nach wenigen Minuten in die erwähnte Messerstraße. Die Adresse auf der Visitenkarte war schnell gefunden.

Das Geschäft war eindeutig schon viele Jahrzehnte hier untergebracht, die Tafel über der Auslage war stellenweise rostig und vergilbt. Der Schriftzug war aber noch deutlich zu erkennen: »Armenis – Traditionelle Messerschmiede«

In der Auslage fanden sich die unterschiedlichsten Messer. Einfache Küchenmesser, Hackbeile, Taschenmesser und kunstvolle Souvenirmesser mit gebogenen Griffen aus Horn waren ausgestellt. Niko erkannte, dass die Klingen nicht maschinenbearbeitet waren.

Echte Handarbeit findet man nicht allzu oft.

Neben dem Geschäft war die unbesetzte Messerschmiede zu sehen. Niko riskierte einen Blick und sah eine Werkstatt, die scheinbar in der alten Zeit stehen geblieben war. Keine hochmodernen Maschinen, dafür unzählige Hämmer und Schleifwerkzeuge. Die Werkbank mit Trockenschleifer funktionierte noch handbetrieben.

Neben ihm erschien eine schwarzhaarige Frau in seinem Alter. Sie stellte sich als Tochter des Eigentümers vor und bat ihm in das Verkaufslokal.

Obwohl das Geschäft recht klein war, ließ es für Niko kaum Wünsche offen. Als Messernarr konnte er sich nicht an den unterschiedlichen Angeboten sattsehen. Auch die Verkäuferin erkannte rasch, dass er sich weniger für die herkömmlichen Klappmesser und mit kitschigen Motiven versehene Fahrtenmesser interessierte und legte ihm ein Exemplar eines traditionellen Messers vor.

»Diese Art wurde und wird noch heute zur typischen Tracht getragen. Die Besonderheit ist der weiße Griff, er ist aus einem Knochen geformt. Das gehörnte Ende dient dazu, es besser halten zu können, immerhin diente es früher zusätzlich als Waffe. Heute sind sie mehr ein Accessoire. Unsere Messer dieser Art hier im Laden sind alle selbstgemacht, ich habe unterschiedliche Größen im Angebot.«

Niko nahm das Messer in die Hand und begutachtete es genauer.

»Obwohl die Klinge recht scharf ist, ich würde es eher als Erinnerungsstück nehmen, nicht für den alltäglichen

Gebrauch. Ein Messer für den normalen Einsatz wäre dieses hier.«

Sie legte ihm ein weiteres Messer hin. Die breite Klinge, auf der ein Text eingraviert war, wirkte sehr scharf. Der Griff aus Olivenholz passte bestens in Nikos Hand, der sich sofort mit dem Messer anfreunden konnte.

»Ich nehme beide«, entschied er.

Er sprach noch einige Zeit mit der Verkäuferin über Messer und seine eigene Sammlung, bevor er sich wieder in die Hitze hinauswagte.

Es war nur eine kurze Überlegung, ob Niko noch weiter in Chania verbleiben wollte. Auf direktem Weg spazierte er zu seinem Wagen.

Das Navigationsgerät auf seinem Handy rechnete mit einer eineinhalbstündigen Fahrzeit bis zu seinem Ziel. Während er in Richtung Hauptstraße fuhr, welche entlang der Nordküste verlief, schaltete er durch die unterschiedlichen Radiosender.

»... hören Sie nun eine Diskussionsrunde aus Athen. Thema der gestern aufgezeichneten Diskussion ist die Rückkehr zur Normalität für die griechischen Bauern, denen die Wirtschaftskrise besonders zugesetzt hat.«

Zufrieden stellte Niko fest, dass er seine Muttersprache immer noch sehr gut verstand, und schaltete weiter.

»... Wetter für Kreta. Es bleibt weiterhin leicht unbeständig. Hitze und Sonnenschein überwiegen, dennoch kann es immer wieder zu kurzen, heftigen Gewittern kommen, vor allem in den Nachmittagsstunden.«

Es wird auch ein Gewitter geben, wenn ich Denise gefunden habe, dachte Niko und suchte den nächsten Sender.

»... warnt die Erdbebenwarte von Athen. Leichte seismologische Aktivitäten wurden in den letzten Tagen fünfunddreissig Kilometer nordwestlich von Kreta gemessen. Ein stärkeres Erdbeben ist daher jederzeit möglich.«

Auch nicht, was ich suche.

Niko versuchte nochmals sein Glück, dieses Mal wurde er fündig.

»... Rock FM. Wir spielen ehrliche, laute Musik.«

Schon bei den ersten Takten des folgenden Songs drehte Niko die Lautstärke hoch. Zu AC/DC´s »Highway to Hell« fuhr er auf die Küstenstraße auf. Der kühlende Fahrtwind machte die Temperaturen erträglich. Er hatte wenig übrig für die Umgebung, seine Gedanken kreisten nur um den Auftrag, Denise zu finden. Außerdem musste er immer wieder daran denken, dass Kreta die Insel seiner Mutter gewesen war.

Eineinhalb Stunden später sah Niko den gesuchten Berg neben der Küstenstraße. Kurz vor der Ausfahrt bekam Niko einen Blick über den Ort direkt am Meer präsentiert. Die weißen Häuser zogen sich entlang der Bucht und einen Hügel hinauf. Er konnte erkennen, dass der Ort mehrere Badestrände hatte, die durch Felsen voneinander getrennt waren.

Von der Autobahnausfahrt landete er auf einer Hauptstraße, die durch den Ort führte. Zunächst kam er an einigen nicht fertiggestellten Häusern vorbei, bis der touristische Teil des Ortes begann. Supermärkte und Souvenirläden reihten sich an Autovermietungen, Pensionen und Apartmentanlagen. Was er nicht fand, waren große Hotelkomplexe.

Die Ortschaft erstreckte sich über mehrere Hügel, von der Hauptstraße führten immer wieder kleiner Seitengassen hinunter zum Meer. Als er einen weiteren Hügel hinabfuhr und zu einer Kreuzung gelangte, sprang ihm eine Werbetafel ins Auge:

Porto Paradiso

Tropical Bar

Taverna Pizzeria

Zuerst ein Zimmer, dann die Bar, beschloss er, davon überzeugt, dass er die Ausreißerin schon bald finden würde.

Kurz bevor sich die Straße teilte und zum Hafen hinab führte, sah er ein Apartmenthotel. Direkt davor waren Parkplätze frei, die er nutzte. Mit dem ausgedruckten Bild von Denise und Aléxandros spazierte er neben dem Hotel auf eine Terrasse und sah hinab zum Hafen. Es war eindeutig derselbe. Am kleinen Sandstrand neben dem Pier lagen vereinzelt Personen auf den Liegen. Im Wasser fuhren Tretboote und Jet-Skis über das ruhige Meer. Gegenüber der Bucht konnte er die Küstenstraße und erneut den Berg erkennen, den er inzwischen eindeutig als den von den Urlaubsbildern identifizierte. Unzählige Sträucher und Baumgruppen ließen ihn in unterschiedlichen Grüntönen vom blauen Himmel und dem Meer hervorstechen.

»Suchen Sie ein Zimmer?«, holte ihn eine tiefe männliche Stimme aus seinen Gedanken.

Niko drehte sich zu dem Mann um und erfuhr, dass die Terrasse zu den Studios des Hotels gehörte. Es gab noch freie Zimmer und nach einem kurzen Blick in das Zimmer entschied sich Niko, seinen Aufenthalt hier zu verbringen.

»Wie lange werden Sie bleiben?«

»Ich nehme an, nicht länger als eine Woche.«

Viel länger kann es nicht dauern, war er sich sicher. Er gab dem Vermieter eine Anzahlung, die für drei Nächte reichte, und versicherte ihm, bei der Abreise für die restlichen Nächte zu bezahlen.

»Kein Problem. Du findest mich auf der anderen Seite des Hafens bei der Sea View Bar. Komm einfach vorbei.«

Zurück auf der Straße stöhnte Niko auf. In Wien hatte schon der Herbst Einzug gehalten, hier brannte die

Sonne herab. Während er überlegte, ob er den Ort über den Hafen und von dort den Hügel hinauf, oder in die andere Richtung erkunden sollte, fiel sein Blick auf zwei Männer auf der gegenüberliegenden Straßenseite. Die beiden alten, vollbärtigen Männer saßen auf einem klapprigen Stuhl an einem maroden Tisch, eine Flasche mit klarer Flüssigkeit und zwei Gläsern vor sich. Beide trugen dunkle Leinenhosen und ein schwarzes, lang-ärmliges Hemd. Sie blickten über die Straße, in einer Hand ließen sie ein Komboloi durch die Finger gleiten. Die Kettchen kannte Niko aus Erzählungen über Griechenland. Die Perlenkette aus unterschiedlichen Materialen gehört vor allem bei den älteren Griechen zur Plichtausstattung. Vielen diente es nur als Spielzeug und Zeitvertreib, andere nutzten es als Meditationshilfe. Jedenfalls lag kein religiöser Grund dahinter, obwohl es sehr an einen christlichen Rosenkranz erinnerte.

Als sie Nikos Blick bemerkten, nickten sie ihm zu.

»Wieder ein neuer Tourist«, meinte der Rechte. Sie gingen davon aus, dass der Tourist sie nicht verstand. Niko hatte nicht vor, das zu ändern.

»Das ist kein normaler Tourist. Er sieht aus, als wäre er auf der Suche.«

»Am Hafen wird er heute nichts finden«, meinte der Rechte und wandte sich einer anderen Person zu.

Niko wunderte sich nur kurz über die beiden ver-schrobenen Gestalten und marschierte los, in die Rich-tung, aus der er mit dem Wagen gekommen war.

Die Sonne war schon am Untergehen und leuchtete hinter den Bergen über die Landschaft. Niko spazierte die Straße entlang, vorbei an einer Bäckerei und einem Veranstalter für Inseltouren. Beides interessierte ihn nicht, selbst die kleine Kirche, die neben einen Parkplatz stand, beachtete er nur kurz. Sein Ziel war klar und nach wenigen Minuten zu sehen. Neben einem Supermarkt führte eine schlecht betonierte Straße steil hinab zu einem kleinen Strandabschnitt. Der Strand wurde von einem Felsen, der ins Meer hinausragte, abgegrenzt. Nur noch wenige Personen tummelten sich am Sandstrand und im Wasser. Eine Zufahrtsstraße trennte den Strand von der gesuchten Strandbar »Porto Paradiso«. Die Bar bestand aus zwei überdachten Flächen, unter denen die Gäste Platz fanden.

Beim Näherkommen sah Niko, dass der hintere Teil eher einem Restaurant ähnelte. Im vorderen erkannte er einen runden Bartresen. Davor standen mehrere kleine Tische mit Bänken, die dazu einluden, gemütlich auf das Wasser hinauszublicken.

An der Mauer war der Name der Bar in großen Lettern angebracht, genau, wie es Niko auf den Bildern von Denise gesehen hatte.

Neben der runden Bar, die ein Bambusdach hatte und damit etwas karibisches Flair versprühte, führte ein Weg zu einigen Spielautomaten und einem Billardtisch. Einige Kinder tollten dort herum. Neben ihnen war ein kleiner Garten angelegt, mit einem Miniaturwasserfall, Palmen und einer Bananenstaude in der ein großer Stoffaffe hing.

Er setzte sich an einen der Tische, die etwas erhöht direkt an der Straße lagen, und beobachtete den Strand, an dem immer noch einige Personen im Meer schwammen. Niko hingegen hatte anderes im Sinn. Er verglich nochmals das Bild von Denise und Aléxandros mit der Umgebung. Eindeutig, es war der richtige Ort. Jetzt konnte er nur hoffen, dass Denise bald an der Bar auftauchen würde.

Nach einem eisgekühlten Mythos, dem griechischen Bier, dessen Logo er schon auf der Fahrt mehrmals begegnet war, beschloss er, heute keine Nachforschungen mehr anzustellen. Es war ein langer Tag gewesen und Niko war müde. Dazu trug auch die Hitze bei, die er nicht gewohnt war.

Hunger hatte er dennoch. Als sein bestelltes Souvlaki serviert wurde, staunte er über die Menge, die vor ihm stand.

Hunger ja, aber wer soll denn das alles schaffen?

Die Spieße schaffte Niko, doch an der großen Portion Pommes samt Tsatsiki scheiterte er. Währenddessen sah er zum Meer und den Berg auf der anderen Seite der Bucht. Er kannte die Umgebung schon von den Bildern und musste zugeben, dass sich Denise einen netten Ort ausgesucht hatte, um von daheim abzuhauen.

Hoffentlich hat sie die letzten Tage genossen, viele wird sie hier nicht mehr verbringen, überlegte er beim Blick auf das ruhige Meer.

Mist, ich habe vergessen, einzukaufen, war Nikos erster Gedanke, als er munter wurde.

Nachdem er gestern Abend nach mehreren Gläsern Bier und ohne jemanden zu erkennen, zurückgekehrt war, hatte er sich nur noch hingelegt und tief geschlafen.

Ein paar Minuten später stand Niko auf der Hauptstraße stand. Die beiden alten Männer waren wieder an ihrem Platz. Sie blickten kurz zu ihm, bevor sie weiter miteinander redeten.

»Es sieht nach einem Gewitter aus.«

»Nein, noch nicht. Aber da kommt noch etwas Heftigeres auf uns zu.«

Niko überlegte, ob die beiden wohl den ganzen Tag an dem Tisch verbrachten und spazierte zum Hafen.

Bei einem ausgiebigen Frühstück überlegte er seine weiteren Schritte. Die einfachste Möglichkeit sah er darin, den Tag am Strand vor der Bar zu verbringen und nach Denise oder einer der Personen auf den Fotos Ausschau zu halten.

Das Meer interessierte ihn dabei nur wenig. Er nahm sich eine Liege und ließ sich im Schatten des Sonnenschirmes mit einem Buch nieder. Ohne sich auf das Handbuch über diverse Survivaltechniken zu konzentrieren, blickte er immer wieder über den kleinen Strandabschnitt und zur Strandbar. Hinter seiner Sonnenbrille versteckt, fiel es nicht auf, dass er immer wieder den Blick über den Strand und die Bar schweifen ließ. Erfolglos verbrachte er den ganzen Vormittag auf der Liege, wobei die Hitze immer unangenehmer wurde. Zur Mittagszeit entschloss sich Niko etwas Abkühlung im Meer zu suchen. Das Wasser war angenehm temperiert, doch schon die erste kleine Welle, die ihm das salzige Wasser in die Augen schwappte, ließ ihn leise fluchen.

Ich bin nicht hier um Urlaub zu machen, ermahnte er sich selbst und stieg nach nur wenigen Minuten wieder aus dem Wasser.

Gerade als er sich abtrocknete und zur Bar blickte, sah er eine junge Frau, deren Haare ihm sofort auffielen. Blond mit vielen knallroten Streifen. Sie war relativ klein, Niko schätzte sie auf einen Meter sechzig. Obwohl sie eher zart wirkte, erkannte er, dass sie sehr sportlich war.

Mit einem schwarzen Skateboard unter dem Arm verabschiedete sie sich von einigen Leuten an der Bar und marschierte in Nikos Richtung.

Ja, das ist sie, eindeutig, stellte er fest, als er das Gesicht sehen konnte. Neben ihren Haaren fiel sie auch durch eine große Tätowierung auf ihrem Dekolleté auf, das von ihrem Bikinioberteil nicht verdeckt wurde. Niko konnte einen großen blauen Diamanten erkennen, der genau mittig platziert war und von Ranken oder Ähnlichem umgeben war. Die junge Frau, er schätzte sie auf zwanzig, schlenderte den Strand entlang und bog in Richtung Hauptstraße ab. Schnell packte Niko seine Sachen zusammen und marschierte los.

Er hielt sich zurück und folgte ihr unauffällig bis zur Hauptstraße, wo sie ihr Skateboard auf den Boden stellte und begann, loszufahren. Zu seinem Glück ging die Strecke bergauf, somit war es leicht für ihn, sie nicht aus den Augen zu verlieren. Nach einigen hundert Metern sprang sie vor einem einstöckigen Haus ab und spazierte hinein. Niko spazierte auf der anderen Straßenseite daran vorbei und nahm das Gebäude dabei genau unter die Lupe.

Ein kleiner Torbogen führte zu einem liebevoll hergerichteten Garten, dem man die Trockenheit des Sommers nicht anmerkte. Unter dem Sonnendach erkannte Niko die offen stehende Eingangstür, die in einen kleinen Vorraum führte. Der erste Stock hatte einen durchgehenden Balkon, die drei Balkontüren waren allesamt verschlossen und die Vorhänge dahinter zugezogen, um die Sonne nicht eindringen zu lassen. Er sah keine Personen im und um das Haus, ging weiter und stoppte erst, als er den Hügel hinauf spaziert war, bei einem Souvenirladen. Möglichst interessiert begutachtete er die Souvenirmagneten und Anhänger an den Aufstellern vor dem Geschäft, während er das Haus weiterhin im Blick hatte.

Lange kann ich das nicht machen, ohne aufzufallen, überlegte er, doch schon nach wenigen Minuten kam die Frau wieder aus dem Haus. Sie schien es eilig zu haben, das Skateboard hatte sie wieder unter dem Arm. Anstatt ihres Bikinis trug sie nun ein kurzes, bauchfreies Shirt und dunkelblaue Hotpants. Mit schnellem Schritt ging sie wieder den Weg zurück, bog dieses Mal aber nicht zum Strand ab, sondern blieb auf der Hauptstraße in Richtung Hafen.

Niko setzte seine Verfolgung fort, überlegte unterdessen, wie lange er ihr noch nachstellen wollte. Kurz nach dem Stiegenabgang zu seinem Apartment bog die junge Frau in eine Gasse ein, die durch die Nachmittagssonne im Schatten lag. Niko beschleunigte seine Schritte und entschied, ihr nicht mehr nur stumm nachzugehen, sondern sie anzusprechen.

Als er in den Weg einbog, war die Frau verschwunden. Zu beiden Seiten der Gasse waren drei Türen, die alle geschlossen waren. Die Gasse endete an einer drei Meter hohen, weiß gestrichenen Wand. Langsam ging Niko von Tür zu Tür. Sie waren schlicht, ohne Verzierungen, wirkten aber massiv.

Ich habe ein ganz ungutes Gefühl ...

Ein Geräusch hinter ihm ließ ihn herumwirbeln. Am Anfang der Gasse standen drei junge Männer und kamen ihm langsam entgegen.

»Versteht ihr Deutsch?«, fragte Niko. Nach einigen Schritten sah er die Gesichter der Männer. Sie schwiegen und sahen ihn verachtend an.

Niko sah sich nochmals um, musste aber erkennen, dass es nur einen Ausweg gab. Und der führte an diesen scheinbar schlecht gelaunten Männern vorbei. Er schätze sie alle um die zwanzig Jahre, muskulös und entschlossen. Zwei der Jugendlichen wirkten wie Zwillinge, wobei sich der stämmigere durch einen dichten Vollbart von seinem Bruder unterschied.

»Ich glaube, wir steuern hier auf ein großes Missverständnis zu. Es wäre wirklich besser, wenn wir miteinander reden würden«, versuchte er sein Glück auf Englisch.

Knapp zwei Meter vor ihm blieben die Männer stehen, blockierten den Weg und fixierten ihn mit ihren dunklen Augen. Plötzlich nahm einer der jungen Griechen seine Hand hinter dem Rücken vor und präsentierte eine etwa einen Meter lange Eisenstange.

»Also das ist nun wirklich eine verdammt dumme Idee«, sagte Niko ruhig, ließ die drei Jugendlichen aber nicht mehr aus den Augen.

»Es war dumm, Kira zu folgen. Dieses Mal wirst Du dafür bezahlen«, knurrte der mittlere Mann ihn auf Englisch an.

»Dieses Mal? Ich sollte vielleicht klarstellen ...«

»Zu spät. Du wirst Kira nicht nochmals belästigten.« Der Jugendliche mit der Stange klang nervös, dennoch kam er einen Schritt näher.

Niko nahm langsam seine Sonnenbrille ab und legte sie auf einen vorstehenden Stein an der Wand neben ihm. *Bleib ruhig*, ermahnte er sich, *für genau solche Situation hast Du den Anti-Aggressions-Kurs besucht.*

»Ich muss mit dieser Kira sprechen, hier und jetzt. Wir haben zwei Möglichkeiten ...«

Sein Blick wurde ernst, seine Muskeln spannten sich an, als er ihnen entgegenkam.

»Entweder den zivilisierten Weg oder den unangenehmen.«

Drei gegen einen, alle wirken körperlich überlegen, das schreit förmlich nach der falschen Entscheidung.

»Es wird unangenehm werden, aber für Dich«, stellte der Größte der Burschen klar.

»Schlechte Wahl. Sehr schlechte ...«

In diesem Moment holte der Junge mit der Stange aus. Niko war sich bewusst, dass er keine Chance hatte, die Situation zu klären und reagierte.

Blitzschnell schoss er vor, packte das Handgelenk des Burschen und verdrehte ihm die Hand. Gleichzeitig trat er mit einem Fuß seitlich aus und erwischte den mittleren in der Magengegend. Der Treffer ließ den jungen Mann aufjaulen und zurückweichen.

Niko verdrehte den Arm des Jugendlichen noch weiter, bis dieser den Griff lockerte und die Stange fallen ließ. Dann zog er ihn vor und schleuderte ihn gegen seine Freunde.

»Können wir das beenden?«, fragte er und bemühte sich, möglichst ruhig zu klingen.

Die drei Männer standen ihm gegenüber, die Mauer im Rücken und blickten ihn wutentbrannt an. Ohne lange zu überlegen kamen sie erneut auf ihn zu.

»Also nicht«, stellte er resignierend fest und strich seine tiefschwarzen Haare nach hinten.

Den ersten Faustschlag blockte er ab, sein Gegenüber bekam im Gegenzug den Ellbogen ins Gesicht. Der Zweite spürte erneut Nikos Fuß, dieses Mal rammte er ihm das Knie in den Unterleib.

Der bislang unbeteiligte dritte Mann warf sich von hinten auf ihn, wurde aber mit Wucht gegen die Wand gedrückt und schrie laut auf, als Nikos Hinterkopf gegen seine Nase schlug. Niko machten einen Schritt, sorgte für etwas Abstand und blickte auf die drei angeschlagenen Männer.

»Bitte lasst es gut sein. Ich will nicht wütend werden. Nochmals, ich bin nur hier, um mit diesem jungen Ding zu reden. Ihr verwechselt mich.«

Die Jugendlichen blieben stehen und starrten ihn nur wutentbrannt an. Erst jetzt nahm er hinter sich ein rollendes Geräusch wahr. Es klang wie ein Skateboard, das über den unebenen Boden rasch näherkam. Niko wandte sich um und sah, wie recht er hatte.

Es war das Mädchen von vorhin, das auf ihn zuraste, ihr wild entschlossener Blick verhieß nichts Gutes. Er wollte einen Schritt zur Seite machen, doch die junge Frau sprang von ihrem Board ab und flog in seine Richtung.

Nicht auch noch du, dachte er. Nun sah er auch die Tätowierung aus der Nähe. Der blaue Diamant, der auf einem Blütenblatt ruhte und von Dornen und zwei Vögeln umgeben war, leuchtete ihm direkt entgegen. Die blonden Haare mit auffällig roten Strähnen flogen durch die Luft, Niko musste für einen Moment an einen bunten Blitz denken. In der Luft holte sie mit ihrer Hand aus, bevor Niko reagieren konnte, schlug ihre Faust mit voller Wucht in sein Gesicht ein.

Obwohl sie einen Kopf kleiner und weitaus leichter war, sorgte der präzise Treffer dafür, dass Niko zurückgeschleudert wurde und zu Boden ging. Ihm wurde kurz schwarz vor Augen, sein Kopf fühlte sich an, als würde er jeden Moment explodieren.

Martins Aussage hallte in seinem Kopf: *Es wird ein Spaziergang für Dich, inklusive etwas Urlaub.*

Toller Urlaub, dachte Niko und rappelte sich auf. Ein weiteres Mal schoss die Faust auf ihn zu. Blitzschnell packte er zu und umklammerte die Faust mit seiner Hand. Niko war kurz davor, die Kontrolle zu verlieren. Er schloss die Augen und holte tief Luft.

Nicht auszucken, nicht durchdrehen, befahl er sich. Seine Hand, die immer noch die Faust der jungen Frau festhielt, zitterte.

»Das reicht jetzt. Du willst nicht, dass ich wütend werde!«, fauchte er.

»Ach wirklich?«, antwortete die junge Frau. Die stechend blauen Augen fixierten ihn aggressiv. Niko erhob sich, die Hand dabei fest im Griff.

»Wenn ich wütend werde, kommen Leute zu schaden. Glaub mir, das willst Du nicht.«

Einer der Angreifer von gerade eben kam auf ihn zugestürmt.

»Schwachsinniges Gerede. Du ...«

Erst jetzt fiel ihm auf, dass sie Deutsch mit ihm sprach. Niko blickte kurz zwischen der jungen Frau und dem angreifenden Mann hin und her. Er riss die Hand mit der noch immer geballten Faust nach vor und ließ sie genau auf die Nase des Mannes prallen. Beide Jugendlichen schrien schmerzvoll auf, stolperten zurück und landeten auf dem Boden. Niko holte tief Luft und näherte sich dem Mädchen.

»Können wir nun reden?« Obwohl er sich bemühte, klang seine Stimme Angst einflößend, sein eiskalter Blick machte sie nervös.

»Damit eines klar ist: Du und Deine Freunde werden nicht nochmal bei Kira einbrechen, oder ihr zu nahe kommen«, fauchte einer der Jugendlichen, der sich nach Nikos Abreibung einige Schritte zurückgezogen hatte.

»Ich habe schon erwähnt, es gibt hier eine Verwechslung.« Niko griff nach seiner Sonnenbrille, setzte sie auf und reichte Kira die Hand.

»Du heißt also Kira.«

»Und Du glaubst, Du siehst mit der Brille cool aus, oder wie?«, giftete sie ihn an.

»Nein, aber sie war teuer. Ihr versteht alle die deutsche Sprache. Das ist sehr praktisch. Ich bin nicht wegen Dir hier, sondern wegen diesem Pärchen.« Er zog das Foto hervor, auf dem Denise mit Aléxandros und Kira vor der Strandbar stand.

»Was willst Du von meinem Bruder?«, fragte Kira aggressiv, ließ sich aber dennoch von ihm hochziehen.

»Bruder? Das wird ja immer besser.«

Flankiert von ihren Freunden, die Niko verächtlich musterten, gingen Kira und Niko zur Straße zurück.

»Wer bist Du? Zuerst verfolgst Du mich und dann machst Du hier auf Chuck Norris?«, wollte Kira wissen. Im Gegensatz zu ihren Freunden wirkte sie etwas gelassener.

»Du kennst Chuck Norris?«

»Wenn Du ihren Fuß im Gesicht hast, weißt Du warum«, keifte einer ihrer Freunde ihn an.

»Ich heiße Niko.«

»Okay, Nikos, und was genau ...«

»Niko«, korrigierte er sie.

»Sorry, in Griechenland heißt es eigentlich Nikos.«

»Ich komme aus Wien, nicht aus Griechenland.« Er sah keinen Grund, ihr etwas über sich zu verraten, schon gar nicht, dass er die Landessprache verstand. Kira sah ihn an, verdrehte die Augen und fragte weiter.

»Was willst Du von Denise?«

»Sie heimbringen.«

»Da wird mein Bruder etwas dagegen haben.«

»Das ist ihrem Vater egal. Er hat mich hergeschickt.«

Abrupt blieb die junge Frau stehen.

»Ihrem Vater? Denise hat uns erzählt, dass sie Bescheid wissen und sie bei meinem Bruder bleiben darf und ...« Kira verstummte, als ihr plötzlich einiges klar wurde.

»Deshalb redet Denise nicht gerne von ihnen. Sie ist abgehauen!«

»Korrekt.«

»Das wird meinem Bruder nicht gefallen. Kennt Denise dich?«

Niko nickte.

Sie spazierten vom Hafen weg und folgten der Hauptstraße, vorbei an mehreren Souvenirläden. Niko hatte dafür keine Augen, er war in Gedanken schon auf der Heimreise, zusammen mit Denise.

Vor dem einstöckigen Haus, das Niko bereits kannte, blieb Kira stehen. Ihren drei Freunden versicherte sie, dass sie alleine mit Niko zurechtkommen würde. Als sie sich auf den Weg machten, wandte sich Kira Niko zu.

»Komm mit, aber ich erwarte, dass Du dich benimmst.« Niko schenkte ihr einen missbilligenden Blick und folgte wortlos.

»Denise! Du hast Besuch!«, rief Kira im Vorraum die Stiegen hinauf. Nur Sekunden später tauchte Denise beim Stiegenabgang auf. Sie eilte die Stufen hinab zu Kira, ohne von Niko Notiz zu nehmen. Hinter ihr kam Aléxandros die Treppen herunter.

»Besuch? Wer sollte mich denn ...« Sie erstarrte, als sie Niko wahrnahm, »Du? Was machst du denn hier?« Denise war sichtlich überrascht und erschrocken, ihn zu sehen.

»Schöne Grüße von Deinen Eltern. Ich bin hier, um dich abzuholen.«

Sie wich einen Schritt zurück, suchte neben ihrem Freund Schutz.

»Was soll das heißen?«, fragte Aléxandros verwundert.

»Wie ich gesagt habe, ich werde Denise mitnehmen.«

»Garantiert nicht. Das werde ich nicht zulassen.«

»Danach habe ich nicht gefragt.«

»Niko, ich werde hierbleiben. Alex hat dafür gesorgt, dass ich arbeiten kann und ich will ihn nicht verlassen.« Denise klammerte sich an ihren Freund, ihr Blick war verängstigt.

»Du kennst mich Denise. Ich habe es Martin versprochen und ich halte mein Versprechen.«

Im Gegensatz zu Denise war Aléxandros nicht eingeschüchtert. Er richtete sich auf und blickte Niko entschlossen in die Augen.

»Meine Freundin bleibt bei mir und daran wirst Du ...«, er stieß Niko mit zwei Fingern gegen die Brust. Im nächsten Moment verschlug es ihm die Sprache, als er von Niko herumgewirbelt wurde, seine Hand ausgestreckt auf den Rücken gedreht. Nikos blitzschneller Angriff zwang ihn auf die Knie, mehr als einen lauten Schmerzenslaut brachte er nicht heraus.

»Dumme Idee, ganz dumme Idee.«

Ohne den Griff zu lockern, richtete Niko den Blick wieder auf Denise.

»Du wirst deine Sachen packen und mitkommen. Dein Abenteuer als Ausreißerin ist vorbei.«

»Wieso Ausreißerin?«, stöhnte Aléxandros, »Ihre Eltern haben es doch erlaubt.«

»Nein.«

»Nein?« Er wollte sich zu seiner Freundin drehen, doch Nikos Griff ließ keine Bewegung zu.

»Bitte lass mich los, ich muss mit Denise reden.«

Niko entließ ihn und sah zu, wie er sich aufrappelte, seine schmerzende Schulter massierte und sich an Denise wandte. Sie hatte Tränen in den Augen, sah verzweifelt zwischen Niko und Aléxandros hin und her.

»Stimmt das? Du hast mir gesagt, deine Eltern haben kein Problem damit.«

Denise schwieg und blieb regungslos stehen. Für sie brach gerade eine Welt zusammen, die sie sich aus ihren Lügen aufgebaut hatte.

»Stimmt es? Sagt er die Wahrheit, wissen Deine Eltern ...?«

»Ich bin volljährig, ich darf machen, was ich will«, versuchte Denise schluchzend eine Erklärung zu finden.

»Ja, aber ich wollte, dass wir uns hier ein gemeinsames Leben aufbauen. Deine Eltern haben ein Recht darauf, zu wissen, wie es Dir geht.«

»Genau das will ich ja. Aber ... Sie hätten es niemals erlaubt ... Ich will nicht ...«

Sie wischte sich die Tränen aus den Augen und sah Niko an.

»Du verstehst das nicht, Niko! Du kennst solche Gefühle wahrscheinlich nicht einmal.«

»Es geht nicht um Gefühle. Ich mache nur, was ich Martin versprochen habe.«

Auch Aléxandros war von der Enthüllung geschockt.

»Du hast einen Job. Ich habe denen versichert, dass Du hier bleibst.«

»Ich will ... ich werde auch hier bleiben, bei Dir«, schluchzte Denise.

Während das Pärchen weiterdiskutierte, traten Kira und Niko einige Schritte zurück. Kira reichte ihm eine Dose Cola.

»Mein Bruder ist zurückgekommen, als ihm eine Stelle im Krankenhaus von Heraklion angeboten wurde. Denise und er haben lange überlegt, dann hat sie beschlossen, nach Kreta zu kommen. Sie hat gleich nach zwei Tagen einen Job im Büro des Bali Star angefangen. Sekretärin im Backoffice.«

»Das muss sie ihrem Vater erklären, nicht mir.«

»Du bist nur hier um sie zu holen.«

»Ganz genau.«

»Erst gestern haben wir darüber gesprochen, wie der Winter auf Kreta ist. Denise war überzeugt, dass ihr nicht langweilig werden würde, solange sie bei meinem Bruder ist.«

»Wie gesagt, das muss sie mit Martin klären.«

Die Diskussion zwischen Aléxandros und Denise wurde lauter.

»So, das reicht jetzt«, entschied Kira und trat zwischen sie.

»Jetzt beruhigen wir uns alle. So hat es keinen Sinn. Bruder, Denise, packt euch zusammen, wir gehen runter an die Bar. Bei Bier und Souflaki lässt sich das auch bereden, vielleicht sogar ruhiger und sachlicher.«

»Meine Schwester, die Stimme der Vernunft«, meinte Aléxandros spöttisch. Kiras Antwort kam augenblicklich, ihre flache Hand landete klatschend in seinem Gesicht.

»Idiot! Ich will Dir helfen, also mach, was ich sage.«

Das kann ja noch lustig werden, dachte Niko.

»Und Du ...«, Kira wandte sich an Niko, »Du beruhigst Dich ebenfalls, verstanden?!«

Er sah auf die junge Frau herab und musste sich ein Grinsen verkneifen.

Ja, das wird garantiert noch interessant, war er sich sicher.

Angeführt von Kira spazierten Niko, Denise und Aléxandros in Richtung Strandbar. Touristen in Badekleidung kamen ihnen entgegen, es herrschte große Aufbruchsstimmung an den kleinen Stränden. Keiner sagte ein Wort, eine Situation, die Niko nicht störte. Denise hielt Aléxandros Hand, ihr Blick war aber nur starr auf den Boden gerichtet.

Wortlos suchte Kira einen Tisch direkt neben der Straße zum Strand und winkte den jungen Kellner zu sich.

»Vier große Mythos«, bestellte sie, ohne die anderen zu fragen. Als das Bier vor ihnen stand, sah sie ihren Bruder und Denise an.

»Möchte jemand etwas sagen?«

Denise schüttelte nur den Kopf und sah auf den Strand hinaus.

»Was ist mit Dir, willst Du vielleicht etwas sagen?«, fragte sie Niko zugewandt.

»Nein, aber danke für das Bier«, meinte er kurz und nahm einen großen Schluck.

Als Denise nach knapp fünf Minuten des Schweigens schniefte, trat Kira unter dem Tisch nach ihrem Bruder.

»Kümmerst Du Dich vielleicht um sie?«

Denise drehte sich zu Aléxandros, sie hatte wieder Tränen in den Augen.

»Es tut mir leid, ich wollte doch nur zu Dir. Ich wollte bei Dir bleiben ...«

Er streckte die Hand aus, drückte sie fest an sich und sah zu Niko. Der saß ihm mit stoischer Miene gegenüber und kümmerte sich nur um sein Bier.

»Was soll ich jetzt tun?«, fragte Denise stockend.

»Deine Sachen packen. Der nächste Flug geht in zwei Tagen«, erklärte Niko. Er schob Denise' Handy, das sie vor sich liegen hatte, näher zu ihr.

»Aber zuerst rufst Du zu Hause an.«

Selbst er sah, wie schwer es ihr fiel, dieses Telefonat zu führen. Zusammen mit Kira, die sich ebenfalls erhob, ging er zum Bartresen.

»Eigentlich bist Du ein Arsch«, meinte Kira und deutete dem Barkeeper.

»Giannis, gib uns bitte zwei Tequila. Vielleicht wird dieser Esel dann etwas lockerer.«

Niko leerte das Getränk in einem Zug hinab, ohne eine Miene zu verziehen.

»So, vielleicht kann ich jetzt normal mit Dir reden. Wenn Du zu einer normalen Unterhaltung fähig bist?«

»Was willst Du?«

»Wissen, warum Du so bist. Denise ist ein süßes Mädchen, die einfach nur ihren Freund vermisst hat.«

»Sie ist abgehauen.«

»Ja, schon klar. Das war dumm. Aber deshalb gleich so einen Aufstand?«

»Ich bin nur hier um sie ...«

»Abzuholen, ich weiß. Aber siehst Du nicht, wie es ihr geht? Für sie stürzt gerade alles zusammen.«

Sie blickten beide zum Tisch, wo Denise inzwischen mit ihren Eltern telefonierte. Sie lehnte heulend an ihrem Freund und zitterte.

»Ich mache nur das, weswegen ich hergeflogen bin«, sagte Niko und zeigte Giannis die leeren Gläser.

»Noch zwei, bitte.«

Aléxandros brachte das Handy zu ihnen und streckte es Niko entgegen.

»Ihr Vater will mit Dir reden.« Auch er klang verbittert und niedergeschlagen.

Niko leerte den gerade gelieferten Tequila in einem Zug und entfernte sich von den Geschwistern, um ungestört mit Martin reden zu können.

Als Kira nach einigen Minuten von der Toilette zurückkam, hatte Niko sein Gespräch beendet. Er stand an der Bar und sprach mit Giannis, und als er sie kommen sah, bestellte er zwei weitere Gläser Tequila. Aléxandros war mit Denise wieder zurück an ihrem Tisch, wo er sie eng umschlungen festhielt und auf sie einredete.

»Und? Was hat er gesagt.«

Niko nahm das Glas und leerte den Drink hinunter.

»Dass es an mir liegt, wann der Rückflug stattfindet.«

Kira sah ihn überrascht an.

»Dann kannst Du ja noch etwas Urlaub hier machen und vielleicht ...«

»Ich habe Hunger, lass uns etwas bestellen«, unterbrach er sie und ging zurück zu dem traurigen Pärchen.

Kapitel 3

Der folgende Tag begann für Niko mit einem ausgiebigen Frühstück auf dem großzügigen Balkon vor seinem kleinen Studio. Von diesem aus sah er über den Strand und den Hafen hinweg zu dem markanten Berg auf der anderen Seite der Küstenstraße.

Er ließ sich Zeit, für den heutigen Tag war bislang nur geplant, dass sich Denise am späteren Vormittag vor dem »Porto Paradiso« einzufinden hatte.

Nachdem sie am Vorabend erfahren hatte, dass Niko nun über ihr Schicksal bestimmen würde, hatte sie ihm den ganzen Abend lang bereitwillig alles erzählt. Von ihrem Fluchtplan, von den ersten Tagen auf der Insel und wie ihre weiteren Pläne mit Aléxandros aussahen.

Niko hatte fast die ganze Zeit geschwiegen, musste aber zugeben, dass Denise alles sehr sorgfältig durchdacht hatte. Sie war vielleicht blind vor Liebe, aber sicherlich nicht unvorbereitet nach Kreta geflogen.

Als er die Stiegen zur Straße emporgestiegen war, erblickte er die beiden alten Männer.

Dieses Mal hatten sie eine Flasche mit honigfarbenem Inhalt vor sich stehen. Als sie ihn bemerkten, nickten sie ihm grüßend zu.

»Auch wenn er so grimmig schaut, im Herzen ist er ein guter Mensch.«

»Ein guter Mensch, aber immer noch auf der Suche.«

»Es wird nicht unser Problem sein. Kümmern wir uns lieber um diese Flasche Rakomelo.«

Mit diesen Worten öffnete er die Flasche und schenke seinem Gegenüber ein Glas ein.

Niko schmunzelte und überlegte kurz, ob er ihnen verraten sollte, dass er sie verstand. Er ließ es und machte sich auf den Weg zur Bar.

Denise erwartete Niko bereits und kam ihm entgegen.

»Bevor Du etwas sagst, habe ich einen Vorschlag für Dich. Aléxandros und Kira wollen mit uns nach Rethymno. Etwas shoppen und dann ...«

Niko nahm seine Sonnenbrille ab und sah auf sie herab.

»Du fragst mich ernsthaft, ob ich shoppen gehen mag?«

»Ja ... also, ich meine nur ... Du kennst die Insel ja noch nicht und die Stadt ist wirklich ... also eine schöne Stadt.«

»Und Du möchtest mich milde stimmen und mir zeigen, was für ein Traumpaar ihr seid.«

Denise schwieg und blickte betreten zu Boden. Für einen Moment hatte Niko Mitleid mit der jungen Frau.

»Wann geht es los?«, fragte er und erntete einen überraschten Blick.

Die halbstündige Fahrt nach Rethymno verlief in angespannter Ruhe. Aléxandros lenkte seinen Wagen wortlos über die Küstenstraße, neben ihm sah Kira mit versteinerter Miene aus dem Fenster. Denise blickte immer wieder verstohlen zu Niko, der mit geschlossenen Augen im Sitz versunken war. Seine Gedanken kreisten um seine Mutter, aber auch um seine Sitznachbarin. Es war ungewohnt für ihn, dass er über eine Person entscheiden sollte.

Von der Küstenstraße führte eine kurvige Straße hinab zum Hafen der Stadt. Niko öffnete die Augen, als sie auf einen Parkplatz neben der Küste einfuhren.

»Von hier kommen wir direkt in die Altstadt und die Promenade«, erklärte Aléxandros, »Ich nehme nicht an, dass unser Gast Interesse an einer Sightseeingtour zur Festung hat.«

Niko beachtete die spitze Meldung nicht und öffnete die Tür. Im nächsten Moment kam ihm ein Schwall heißer Luft entgegen. Die Klimaanlage des Wagens hatte über die tatsächliche Temperatur hinweggetäuscht.

Kira übernahm das Kommando und schritt voran. Zielstrebig marschierte sie durch die Gassen und führte sie zur Promenade.

Hier reihten sich Souvenirläden, Bekleidungsgeschäfte und unzählige Bars aneinander. Die Lokale boten eine schattige Sitzmöglichkeit mit Blick auf den Hafen und Strand von Rethymno, doch Kira steuerte eine Seitengasse an. Während Niko ihr wortlos folgte und sich dabei nur wenig umsah, gingen Denise und Aléxandros hinter ihm, die Hände fest ineinander verschlungen und flüsterten unentwegt.

In einer recht engen Gasse, die parallel zur Promenade verlief, hielt Kira an.

»Hier sind wir richtig. Egal ob nach links oder rechts, hier findet man alles, was es auf Kreta so gibt.«

Durch die hohen Häuser und die schmalen Gassen waren sie im Schatten, was die Temperaturen erträglicher machte. Niko sah sich um und bemerkte als Erstes die hölzernen Erker, die in den oberen Etagen der Häuser in die Gasse ragten. Zu seinen Füßen glänzten die glatten, dunkelgrauen Pflastersteine, während die Hauswände in hellen Farbtönen, meistens beige und weiß, strahlten. Zu beiden Seiten waren Geschäfte, die ihre Waren bis auf die Straße hinaus anboten. Neben den üblichen Souvenirs gab es auch Schwämme, jede Menge Gewürze, Vasen, Tischdecken und Lederwaren.

»Wer kauft auf Kreta eine Lederjacke?«, meinte er verwundert.

»Jemand, der die Qualität der Handarbeit schätzt und nicht nur den Sommer hier verbringt. Wenn die Touristensaison vorbei ist, wird es auch auf der Insel kühler.« Aléxandros versuchte, ihm in einer ruhigen Tonlage zu antworten, seine Abneigung gegenüber Niko war trotzdem deutlich herauszuhören.

Niko blickte ihn kurz missmutig an und wandte sich dann der Auslage auf der anderen Straßenseite zu.

»Ich brauche einige Gewürze. Wenn Du in der Zwischenzeit in den Laden möchtest ...« versuchte Kira freundlich zu vermitteln.

Niko nickte ihr nur zu und verschwand in dem Laden, dessen Auslage mit griechischen Götterstatuen, diversen Rüstungen und Waffen aus längst vergangenen Zeiten ausgestattet war.

Während sich die anderen mit frischen Gewürzen und Getränken versorgten, ging Niko in den hinteren Teil des Ladens. Neben den inzwischen schon bekannten Messern entdeckte er Reproduktionen von antiken Schwertern und Dolchen. Er beugte sich zu einem Regal, in dem mehrere Dolche mit unterschiedlichen Motiven auf dem Griff lagen.

»Minoische Kunst. So sahen die gefundenen Waffen in Knossos aus.«

Neben ihm erschien ein bärtiger Mann, der ihn freundlich anlächelte.

»Diese Nachbildungen wurden vom Archäologischen Museum in Heraklion in Auftrag gegeben und sind identisch mit den Fundstücken in der Tempelanlage. Haben Sie schon Knossos besucht?«

Niko schüttelte den Kopf und hob einen der Dolche hoch. Die Klinge war künstlich verrostet, eine Haftnotiz auf der Schatulle betitelte das Objekt als bronzenen Zeremoniedolch. Der goldfarbene Griff war mit einem halbrunden Knauf am Ende versehen, die Fassung für die Klinge war mit einem Stierkopf verziert.

Auch wenn das Messer nicht Nikos üblicher Sammlerleidenschaft entsprach, war er von dem Dolch angetan.

»Wie viel soll er kosten?«

»Das ist echte Handarbeit, jeder dieser Dolche wurde ...«

Niko deutete auf den Aufkleber in griechischer Schrift in der Schatulle.

»Produziert in Heraklion. Man sieht, dass es keine maschinelle Herstellung war. Also wie viel?«

Der Verkäufer blickte ihn kurz an und wechselte von Englisch auf Griechisch.

»Du bist Grieche?«

»Ja«, seufzte Niko. Wenn er damit dieses Gespräch schneller beenden konnte, dann war ihm diese Annahme recht.

Sein Gegenüber griff nach der Schatulle und ließ sie zuschnappen.

»Dann werden wir nicht lange herumfeilschen. Zwanzig Euro.«

Jetzt sah Niko auch den angegebenen Preis, der am Boden der Schachtel klebte, vierzig Euro.

»Sehr gerne«, meinte er mit einem Anflug eines Lächelns.

Wieder im Freien wartete Niko auf die anderen, die in dem Laden mit traditionellen griechischen Produkten noch bei den Kosmetikartikeln standen. Niko hingegen interessierte sich mehr für das Regal voller Messer, das an der Wand lehnte. Er erkannte schnell, dass diese eher als Souvenir gedacht waren, und entschied, dass er davon schon genug hatte. Neben dem Regal war ein Korb, der mit Miniaturflaschen gefüllt war. Sowohl mit landestypischem Rakí, als auch dem honigfarbenen Likör, den er einige Stunden zuvor gesehen hatte.

Wieder vereint bummelten sie die Marktgasse entlang, wobei Niko sich bemühte, die Umgebung etwas besser wahrzunehmen.

Abseits der Geschäftsgasse waren die Häuser verfallener, an den Hauswänden prangten künstlerisch wenig wertvolle Graffitis und anstatt Touristen schlenderten die Bewohner der Stadt an ihnen vorbei. Sie landeten an einem Platz, der von einer schneeweißen Kirche dominiert war. Daneben erhob sich ein Glockenturm in den blauen Himmel. Die hellbraunen Ziegel des Turms wirkten wie frisch herausgeputzt.

Aléxandros bemerkte Nikos Blick über die Fassade und

den Turm und schien seine Gedanken erraten zu haben. »Hier in den Gassen fahren keine Autos. Deshalb bleibt die Kirche auch so schön weiß«, erklärte er ihm, bevor er ins Innere verschwand.

»Aléxandros ist sehr religiös. Er wünscht sich auch eine richtig traditionelle Hochzeit, mit der ganzen Verwandtschaft und allen Freunden ...«, erklärte Denise.

»Deine Verwandtschaft?«, unterbrach Niko und erntete dafür einen bösen Blick von Kira.

»Ich verbiete Euch beiden, heute noch über dieses Thema zu sprechen, verstanden? Wir machen uns zu viert einen halbwegs schönen Tag. Mehr will ich nicht hören!«, fauchte sie.

Niko blickte sie an, verzog keine Miene und betrachtete wieder die Kirche vor ihnen.

Der Ausflug endete an der Strandpromenade, in einem Lokal mit Blick auf den Venezianischen Hafen und dem Leuchtturm. Bei kühlen Getränken und einer Gyrosplatte für alle wurde die Stimmung etwas lockerer. Als Kira das kretische Nationalgetränk Rakí erwähnte, meldete sich Niko zu Wort.

»Ich habe von einem Getränk namens Rakomelo gehört.«

Aléxandros klärte ihn auf, inzwischen ohne Groll in seiner Stimme.

»Ja, auch den gibt es. Obwohl er meistens in den kühleren Monaten getrunken wird. Dieser Likör wird mit Honig und verschiedenen Gewürzen, zum Beispiel Zimt, hergestellt und kann auch warm getrunken werden. Auf der Insel gibt es mehrere offizielle und auch einige nicht ganz legale Herstellungsbetriebe.«

»Interessant.«

»Wenn wir zurück in Bali sind, kann ich dir in einem Laden einen besonders guten empfehlen. Du musst nur aufpassen, diese süßen Liköre sind schon für viele der Untergang gewesen.«

Niko wollte antworten, schluckte seine Meldung aber im letzten Moment hinunter.

»Danke für den Hinweis«, sagte er stattdessen und nahm einen Schluck von seinem Bier.

Ich kann wenigstens versuchen, etwas freundlicher zu sein, dachte er sich.

Zurück von ihrem Ausflug verabredeten sie sich für später an der Strandbar.

»Anstatt Deiner etwas unpassenden langen Kleidung kannst Du auch in Badehose kommen. Und wenn Du nur solche Sachen hast, dann sollte ich mit Dir einkaufen gehen«, meinte Kira und zupfte an Nikos schwarzem Shirt.

»Nicht notwendig.«

So erschien Niko kurze Zeit später in knielanger Badeshorts und machte es sich auf einer Liege neben Denise bequem. Kurz darauf ließ er sich überreden, mit den anderen eine Runde schwimmen zu gehen. Die Abkühlung im Meer tat gut, wie Niko zugeben musste.

Dabei bemerkte er immer wieder, wie er von Denise und Aléxandros gemustert wurde. Kira hingegen schien ihr abenteuerliches Kennenlernen überwunden zu haben und unterhielt sich ganz normal du freundlich mit ihm. Sie versuchte, mehr über ihn zu erfahren, musste aber schnell einsehen, dass Niko noch nicht redseliger geworden war. Außer, dass seine Mutter aus Kreta stammte und er vorüber-

gehend in einem Fitnessstudio arbeitete, erfuhr Kira nicht viel über ihn.

Um ihren Bruder und Denise etwas Zeit alleine zu gönnen, zog sie Niko mit an die Bar.

»Du bist nicht sehr gesprächig, kann das sein?«, stellte Kira fest, als sie an der Bar saßen und einen Cocktail tranken.

»Ja«, war seine knappe Antwort.

»Manche Leute könnten das als arrogant interpretieren.«

»Nicht mein Problem.«

Sie seufzte laut auf.

»Freundin hast Du keine, oder?«

»Nein.«

»Warum wundert mich das nicht?«

Sie winkte den Barkeeper zu sich und orderte zwei Shots Tequila.

»Vielleicht macht Dich das lockerer.«

»Dazu würde es mehr als nur einen brauchen.«

Wenig später, beim gemeinsamen Abendessen in der Strandbar, fingen Aléxandros und Kira eine Diskussion auf Griechisch an. Denise war zwar dabei, die Sprache zu lernen, verstand aber noch zu wenig. Niko tat ebenso unwissend. Es interessierte ihn auch nicht, da es ein familiäres Problem war.

»Du weißt genau, was Opa mir bedeutet hat. Also, ja, ich will unbedingt hinunter«, keifte Kira ihren Bruder an.

»Schön für Dich, aber ich habe morgen zu tun und brauche den Wagen.«

»Das sagst Du jedes Mal. Du willst nicht mit mir fahren und deshalb kommt eine Ausrede nach der anderen.«

»Frag doch Denise' Aufpasser, vielleicht macht er mit Dir einen Tagesausflug.«

Beide blickten zu Niko.

»Was?«, fragte er, wissend, was gleich kommen würde.

Kira setzte ein Lächeln auf und rückte näher zu ihm.

»Sag mal, hast Du morgen schon etwas vor?«

»Wieso?«

»Ich könnte Dir einen der schönsten Plätze der Insel zeigen. Das einzige, kleine Problem wäre, wir müssten mit einem Auto ... mit Deinem Auto fahren.«

»Ernsthaft?« Niko legte den Kopf schief und sah sie

eindringlich an.

»Was ist mit Deinen Freunden, die sich so eindrucksvoll bei mir vorgestellt haben?«

»Die sind entweder arbeiten oder zu jung für einen Führerschein. Du musst morgen noch nicht abreisen und die zwei Turteltauben werden auch nicht abhauen. Bitte.«

Niko schüttelte den Kopf.

Aufpasser, Babysitter und jetzt Taxifahrer. Das wird immer besser.

»Wo soll es hingehen?«

»Nur auf die andere Seite der Insel, an die Südküste«, meldete sich Aléxandros zu Wort.

»Genau«, pflichtete ihm Kira bei, »Ein gemütlicher Ausflug, nichts Besonderes. Du wirst auch nicht viel reden müssen, das verspreche ich Dir.«

Nach einem weiteren Kopfschütteln ließ sich Niko dazu überreden. *Es kann nicht schaden, noch etwas von der Insel zu sehen, auch wenn es gerade morgen sein muss,* dachte er.

Kapitel 4

Es war kurz nach acht Uhr morgens, als Niko zu seinem Wagen spazierte. Nachdem er Kira gestern versprochen hatte, mit ihr in den Süden zu fahren, hatte er seinen Alkoholkonsum eingestellt. Während die Geschwister und Denise noch in die Diskothek weiterzogen, war Niko in sein Zimmer gegangen.

Auf der Straße fiel ihm auf, dass die beiden alten Männer dieses Mal ohne Flasche beim Holztisch saßen. Dafür hatten sie eine Tasse Kaffee vor sich. Beide hatten ihr Komboloi in der Hand und ließen es geschickt über die Finger gleiten. Ihre Fingerfertigkeit faszinierte Niko.

»Dunkle Wolken ziehen auf«, hörte er den rechten Mann sagen, bevor dieser an seinem Kaffee nippte.

»Das ist nur der Anfang. Es wird noch ein richtiger Sturm über die Insel fegen.«

Niko ließ die Männer reden und spazierte zu seinem Wagen. Ein Blick in den Kofferraum verriet Niko, dass er seinen Rucksack noch immer im Fahrzeug hatte.

Survialpaket, Einbruchswerkzeug, Messer, ... alles Dinge, die ich wohl kaum brauchen werde.

Kira wartete bereits vor ihrem Haus und sprang zu ihm in den Wagen.

»Kalimèra! Efharistò, also Danke. Ich verspreche Dir, Du wirst dafür eine der schönsten Plätze der Insel zu sehen bekommen. Und meine Erledigung ...«

»Morgen. Vielleicht erklärst Du mir einmal, warum und wohin wir fahren.«

»Griesgrämig wie immer«, meinte Kira freundlich, »Aber Du hast recht. Wir fahren nach Chora Sfakion, um von dort mit der Fähre nach Loutro zu gelangen. Ein Ort, an dem man nicht mit einem Fahrzeug gelangt. Dementsprechend ruhig und angenehm ist es dort.«

»Und warum?«

Kiras Stimmung änderte sich schlagartig. Ihr Lächeln verschwand und sie wurde ernst.

»Vor über einem Monat ist mein Großvater verstorben. Ich hatte immer viel Kontakt zu ihm und war oft bei ihm in Loutro. Er hat in mehreren Orten auf Kreta gelebt, das Haus in Bali hat er als einziges nicht verkauft und meinen Eltern überlassen. Die letzten Jahre war er nur noch in Loutro, wenn Du den Ort siehst, weißt Du warum. Er hat Kreta nicht mehr verlassen, seit seiner Landung. Aber das ist eine lange Geschichte...«

Niko, der inzwischen auf seinem Smartphone herum-getippt hatte und das Navigationsgerät eingeschaltet hatte, blickte zu ihr.

»Fast zwei Stunden Fahrt, wir haben Zeit.«

Kira lehnte sich in ihren Sitz zurück.

»Nun gut. Dann bekommst Du eine kleine Geschichts-stunde. Eine Geschichte aus dem Zweiten Weltkrieg.«

20. Mai 1941

Fünf Transportflugzeuge vom Typ JU 52 flogen hintereinander auf die Nordküste Kretas zu.

»In wenigen Minuten sind wir über Rethymno. Dann können wir endlich abspringen und diese Insel von den britischen Hunden befreien. Diese griechischen Hinterwäldler sollten kein Problem darstellen.«

»Von der Insel aus werden wir das Deutsche Reich ausweiten. Über die Türkei hinaus, bis es zum endgültigen Krieg gegen die Russen kommt.«

»Das klingt so, als würden wir den Ausschlag geben, um diesen Krieg zu gewinnen.«

»Kreta ist von großer strategischer Bedeutung, deshalb ist unser Einsatz wirklich bedeutend für das Deutsche Reich.«

»Kreta gilt als zukünftige zentrale Stellung, jeder Winkel des östlichen Mittelmeers liegt von hier aus im Bereich der deutschen Luftwaffen.«

»Damit wächst das Reich von Tag zu Tag. Bis zum Endkrieg gegen die Sowjetunion, dann folgt die Endlösung.«

»Da hat jemand die Ansprachen des Führers genau verfolgt.«

Unter den jungen Männern des Fallschirm-Jäger-Regiment 3 herrschte angespannte, aber durchwegs euphorische Stimmung. Seit Tagen warteten sie auf den Einsatzbefehl, der sie nach Kreta bringen sollte. Dabei wurde ihnen eingetrichtert, wie wichtig die Einnahme der Insel war. Sie waren nicht die erste Angriffsflotte an diesem Tag, hatten aber keine Informationen, wie sich die bisherigen deutschen Einheiten auf der Insel schlugen. An ein Versagen glaubte niemand.

»Fertigmachen zum Absprung!«, dröhnte die Stimme des Piloten aus dem Lautsprecher und ließ jedes Gespräch verstummen.

Der Pilot, Jürgen Schramm, konnte vom Cockpit aus sein Ziel bereits erkennen. Minuten zuvor waren unzählige Bomben über der Insel abgeworfen worden. Dunkle Rauchwolken zogen über die Stadt und den Flugplatz Iraklio. Genau dort sollten die Männer abspringen und die britischen Besetzer zerschlagen.

»Bist Du froh, hier in der Tante Ju zu sitzen und nicht da runter zu müssen?«, fragte sein Nachbar.

»Ich bin nicht für den Kampf Mann gegen Mann geschaffen. Nur mit einer Pistole und zwei Handgranaten bewaffnet hinauszuspringen und nicht zu wissen ...«

Eine Erschütterung unterbrach Jürgen Schramm.

»Flakgeschütze! Diese Bastarde wehren sich noch immer. Wir müssen sofort hinaus!«, schrie der Major und öffnete die Heckklappe des Flugzeuges.

Jürgens Nachbar stand auf und schüttelte seine Hand.

»Es war mir eine Ehre mit Dir zu fliegen. Hoffentlich sehen wir uns wieder, wenn dieser Krieg gewonnen wurde. Heil Hitler!«

Die Treffer an dem Flugzeug hatten noch keine gravierenden Auswirkungen. Jürgen konnte die Maschine unter Kontrolle halten und mitansehen, wie die Fallschirmjäger durch die Luft segelten. Unzählige weiße und graue Schirme sanken zu Boden. Ohne eine Möglichkeit, sich zu wehren, wurden sie vom Boden aus unter Beschuss genommen.

»Dieser Krieg bringt doch nur Tod und noch mehr Tod«, sagte Jürgen zu sich selbst und wendete seine Maschine, gleichzeitig versuchte er, an Höhe zu gewinnen.

Ein weiterer Treffer ließ das Flugzeug durchrütteln. Aus der eigentlich leeren Kabine hinter ihm vernahm Jürgen einen Aufschrei. Sofort griff er nach seiner Pistole, zögerte aber im nächsten Moment. In diesem Flugzeug waren nur Fallschirmjäger, wer sollte mir da gefährlich werden?, redete er sich ein. Er brachte die Maschine auf einen sicheren Kurs und öffnete die Tür vom Cockpit.

Neben der Tür kauerte ein junger Mann in der Montur der Fallschirmjäger. Er hatte Tränen in den Augen und zitterte am ganzen Körper.

»Ich will nicht springen. Ich will mein Leben nicht verlieren, für einen Krieg, in dem wir nur verlieren können. Warum kann ich nicht einfach zurück und das alles hinter mir lassen?«

Jürgen, der vollstes Verständnis hatte, half ihn hoch und zog ihn mit ins Cockpit.

»Setz Dich, Junge. Mir geht es ähnlich. Ich sehe keinen Sinn in diesem Krieg. Wenn ich könnte, würde ich mit der Maschine abhauen und soweit es nur geht wegfliegen.«

Noch bevor der junge Soldat antworten konnte, riss eine Salve Maschinengewehrkugeln die Seite des Flugzeugs auf. Jürgen warf sich in seinen Sitz und versuchte, seine Maschine unter Kontrolle zu bekommen.

»Ein britisches Flugzeug greift uns an. Wir müssen versuchen, notzulanden.«

»Wo denn? Etwa zurück nach Kreta, wo sie uns erst recht umbringen werden.«

Jürgen antwortete nicht, wich mit einem waghalsigen Manöver seinem Feind aus und steuerte erneut die Insel an. Er wusste, wie aussichtslos ihre Situation war. Wahrscheinlich würden sie in wenigen Minuten nur zwei weitere Striche auf einer der unzähligen Listen sein, auf denen »Für das Deutsche Vaterland gestorben« stand.

Der Junge heulte wie ein Kind, er hatte sich ebenfalls schon aufgegeben.

»Ich werde diese verdammte Maschine runterbringen und dann sehen wir weiter«, versuchte er, ihnen beiden etwas Mut zuzusprechen. Obwohl das Flugzeug nahezu unkontrollierbar wurde, schaffte er es, den Sinkflug mehr oder weniger ruhig zu gestalten. Da das Flugzeug einen brennenden Schweif hinter sich herzog, ließ ihr Angreifer von ihnen ab.

»Ein Berg!«, schrie der Junge, von dem er noch nicht einmal den Namen wusste.

Jürgen versuchte alles, um die Maschine über diesen zu steuern, aber es war vergeblich. Sie rasten über und durch mehrere Bäume, er hörte, wie die Flügel zerbarsten und dachte nur noch an seine Jugendliebe.

Meinen ersten selbst gemachten Goldring habe ich Dir geschenkt, war sein letzter Gedanke, als ein dicker Ast die Scheibe zerschlug.

Jürgen öffnete die Augen und sein erster Gedanke war: Wenn das der Himmel sein soll, war alle Religion umsonst.

Er lag auf dem Boden des völlig zerstörten Flugzeugs, auf und um *ihn herum lagen Glassplitter und Metallteile.*

Es dauerte einige Minuten, bis er in der Lage war, sich aufzurichten. Wie durch ein Wunder hatte er keine Brüche oder ernsthafte Verletzungen davongetragen. Der Junge neben ihm war von einer Metallstrebe aufgespießt worden, die durch das gesprungene Cockpitfenster hineingedrückt worden war. Sie war vom Hals abwärts, durch seinen Körper gedrungen, irgendwo im Rücken hatte sie sich dann in den Sitz gebohrt.

Jürgen musste sein entsetztes Gesicht zur Seite drehen, um sich nicht zu übergeben. An der Hand des unbekannten Jungen glänzte der silberne Ring der deutschen Fallschirmjäger. Ein herabstürzender Adler, umgeben von einem Lorbeerkranz, versilbert mit schwarzem Hintergrund. Er nahm ihm den Ring vorsichtig herunter. Auf der Innenseite waren das Datum und »Kreta« eingraviert. In den Taschen seiner Uniform suchte Jürgen vergebens nach einem Ausweis.

»Das ist also alles, was von Dir übrigbleibt«, sagte er zu dem Toten, »Ein Ring, wie ihn knapp zehntausend andere auch tragen. Wer weiß, wie viele von euch nach diesem Tag noch am Leben sind.«

Langsam torkelte er ins Freie und sah sich um. Vor ihm lag das Meer, in einiger Entfernung eine kleine Ortschaft, aus der kein Rauch von Bombenangriffen aufstieg. Das Flugzeug war in der Mitte auseinandergebrochen, die Teile über den Berghang verteilt. Er entfernte sich einige Meter von der Kabine, hielt sich dabei immer wieder an den großen Felsen und Bäumen fest, bis er sich auf einem schrägen, weniger rutschigen Teil hinsetzte.

Ich lebe, soweit, so gut. Jetzt muss ich es nur noch von diesem Hügel hinab schaffen und darauf hoffen, nicht erschossen zu werden.

Während er über seine Lage nachdachte, fiel ihm eine Tontafel auf, die unweit von ihm auf dem Boden lag. Sie war nicht größer als ein Taschenbuch und mit seltsamen eingravierten Strichen versehen. Jürgen hatte keine Ahnung, was er vor sich hatte und sah sich weiter um. In der Nähe fand er einen Teil des Flugzeugflügels, der sich in den Berg gerammt hatte. Dadurch waren einige Felsen den Hang hinabgerutscht und hatten eine kleine Höhle freigelegt. Ohne eine

Lampe konnte er nur ausmachen, dass der Raum dahinter recht-eckig war und nach einigen Metern an einer Gabelung endete. Das schwache Licht von draußen reichte gerade noch dafür aus, dass er an den Wänden ein eingraviertes Symbol erkennen konnte.

»Wo befindet sich diese sagenhafte Höhle?« Niko war anzu- hören, dass er von dem Ende der Geschichte nicht sonderlich begeistert war.

»Das hat er nie verraten. Opa meinte immer, das wäre zu gefährlich, aber irgendwann wäre ich so weit, um sie zu finden.«

»Vielleicht hat er Dich einfach nur verarscht und ...«

»Nein!«, konterte Kira energisch, »Denn aus dieser Höhle stammt das Gold, aus dem er in den nächsten Jahren seine Kunstwerke schuf. Vor dem Krieg war mein Opa nämlich Goldschmied.«

Kira zog ihre Kette hervor.

»Die habe ich von ihm bekommen. Ein goldener An- hänger in der Form des Diskus von Phaistos.«

»Welcher Diskus?«

»Oh Mann, Du bist ja überhaupt nicht interessiert an Kretas Geschichte.«

»Ich kam etwas spontan auf diese Insel.«

»Jedenfalls hat mir Opa etwas vererbt, nämlich genau diesen Ring, von dem ich gerade erzählt habe. Er hat immer gesagt, der Ring ist für ihn das Wichtigste und irgendwann werde ich verstehen warum.«

Niko sah zu ihr hinüber.

»Du glaubst ernsthaft, mithilfe eines Ringes einen Goldschatz zu finden?«

»Nein ... vielleicht ...Ich weiß nicht. Aber dieser Ring hat meinem Großvater viel bedeutet und ich möchte ihn als Andenken haben.«

Schatzsucher, soll ich das jetzt auch noch auf meine Liste setzen? dachte Niko und blickte auf sein Handy.

Noch knapp eine Stunde. Nichts gegen die Aussicht, aber das wird noch ein mühsamer Tag, befürchtete er und drehte das Radio lauter.

»... nur hier auf RockFM. Wir spielen echte Musik. Wenn wir vom bekanntesten Sommer der Musikgeschichte sprechen, was fällt Euch dann ein?«

Schon beim ersten Gitarrenriff, erkannten Kira und Niko den Song, »Summer of 69« von Bryan Adams. Anstatt weiterzureden, sang Kira lieber den Text mit. Ein Blick zu Niko verriet ihr, dass auch er den Text kannte und lautlos mitsang.

Gleich bei der Ortseinfahrt von Chora Sfakion befand sich ein großer Parkplatz. Niko schulterte seinen Rucksack und folgte Kira zum Hafen.

»Unsere Fähre läuft in fünfzehn Minuten aus. Das schaffen wir.«

Zwischenzeitlich hatte sie ihm erzählt, wie ihr weiterer Plan aussah. In Loutro erwartete sie ein Freund ihres Großvaters, der den besagten Ring für sie aufbewahrt hatte. Außerdem hatte sie Niko angeboten, den restlichen Tag noch am Strand zu verbringen.

Er fühlte sich etwas lockerer und begann auch langsam, die Insel zu genießen. Doch nichtsdestotrotz war er nur hier um Denise zurückzubringen, oder um seinem Freund ein gutes Argument zu liefern, dass sie auf der Insel bleiben sollte.

An Bord der Fähre, die sie entlang der Südküste Kretas zu dem bekannten Ort bringen sollte, versuchte Kira erneut, mit Niko ins Gespräch zu kommen.

»Denise hat erzählt, Du hast ihren Vater über seine Arbeit kennengelernt.«

»Korrekt.«

»Er ist doch Anwalt für Strafsachen?«

»Korrekt.«

Niko blickte zur Stadt hinüber. Chora Sfakion schien nur aus einem Straßenzug zu bestehen. Vom Hafen aus ging diese Straße neben dem Meer bis zu einer Felsformation, wo auch die Häuser endeten. In den Hügeln dahinter befanden sich noch vereinzelt einige Häuser, die alle im selben griechischen Stil gebaut waren. Nahezu jedes

Haus war in Weiß gestrichen und hob sich von der bräunlichen, teils noch grünen Kulisse der Hügellandschaft ab. Es gab keinen richtigen Badestrand, nur kleine Buchten mit einem Streifen aus Kies. Dort sah er ein paar wenige Sonnenliegen stehen.

»Chora Sfakion wäre der ideale Urlaubsort für Dich. Absolute Ruhe, außer einmal am Tag, wenn die Wanderer aus der Samaria-Schlucht zurückgebracht werden. Ansonsten ist es hier überaus beschaulich. Andere würden sagen langweilig ...«

»Ich würde es genießen, richtig.«

Kira schüttelte leicht den Kopf.

»Warum bist Du so? Du kannst kostenlos Urlaub machen, noch dazu, solange Du willst. Versuch Dich zu entspannen, genieß das herrliche Wetter, das Meer, die Landschaft.«

»Ich bin nicht zum Erholen hier, wie Du weißt.«

Nach einem weiteren tiefen Seufzer lehnte sich Kira neben Niko an die Brüstung.

»Was hast Du angestellt?«

»Wie bitte?« Niko drehte den Kopf zu ihr.

»Der Vater von Denise. Warum hast Du ihn getroffen?«

Niko schwieg und wandte sich wieder dem Meer zu. Doch Kira ließ nicht locker.

»Einen Mord traue ich Dir nicht zu. Drogen noch eher, aber dazu bist Du zu sportlich. Körperverletzung, das würde passen! Oder Diebstahl, das geht immer.«

Niko schloss die Augen und massierte seine Schläfen.

»Wie lange dauert die Fahrt?«

»Zwanzig Minuten.«

»Dann sind wir ja gleich da«, meinte Niko genervt.

Obwohl sie ihm sympathisch war, fiel es Niko schwer, nicht zu unfreundlich zu werden. Ihre direkte und forsche Art machte ihm zu schaffen. Er konzentrierte sich auf die geschätzt dreihundert Meter entfernte Küste. Raue Felsen, die von kleinen Buchten und Höhlen unterbrochen wurden. Zwischendurch reichten Schotterflächen bis zum türkisblauen Meer hinunter. Aufgrund des Spätsommers war hier die Vegetation schon großteils verblüht, die wenigen Bäume stachen deutlich hervor.

Die Fähre passierte einen größeren Strandabschnitt, an dem auch ein Gebäude zu erkennen war, welches über einen Steg im Wasser gebaut war. Die Bäume an diesem Kiesstrand waren die einzigen Schattenspender für die Badegäste. Niko konnte einen Weg ausmachen, der sich entlang der Küste schlängelte. Er vermutete, dass es sich dabei um einen Wanderweg handelte, der die beiden Ortschaften verband. Kurz überlegte er, Kira danach zu fragen, unterließ es aber.

Wir haben auf dem Heimweg noch genug Zeit zum Reden, entschied er.

Kurz darauf erschien in einer großen Bucht der Ort Loutro. Eine Ansammlung von weißen, einstöckigen Häusern mit blauen Fensterläden. Dahinter die grüne Hügellandschaft, von der keine Straße in den Ort führte. Gerade einmal drei Motorboote und zwei kleine Fischerboote lagen vor Anker. Die Strandliegen des angrenzenden Strands waren beinahe alle belegt.

Ein typisches Postkartenmotiv, kam Niko in den Sinn. Er musste sich eingestehen, dass er die Aussicht genoss.

Die Fähre näherte sich langsam dem Anlegesteg, währenddessen musste Niko zugeben, dass seine Begleitung nicht zu viel versprochen hatte. Der Ort faszinierte ihn, die Abgeschiedenheit und offensichtliche Ruhe wirkten beruhigend auf ihn.

»Ich habe es Dir ja gesagt, einer der schönsten Plätze der Insel.«

»Ich habe noch nicht viel gesehen von Kreta. Aber ich stimme Dir zu, ein wirklich idyllischer Ort.«

Kira grinste ihn an.

»Es geht doch. Endlich mal nicht so miese Laune. Weiter so!«

Nikos Einschätzung über den Ort erwies sich als vollkommen richtig. Schon beim Verlassen der Fähre erkannte er, dass Loutro einen ganz eigenen Charme versprühte. Eine überdachte Strandpromenade, die weniger mit Souvenirläden, dafür mit einladenden Lokalen besetzt war, zog sich durch den Ort. Von Hektik keine Spur, die Zeit schien hier langsamer zu vergehen.

»Wir müssen nicht weit gehen, um den Freund meines Großvaters zu treffen.«

»Weit zu gehen wird in diesem Ort schwer möglich sein«, stellte Niko fest.

In der Tat dauerte es keine fünf Minuten, bis sie vor einem kleinen, natürlich komplett in Weiß gestrichenen Haus standen und Kira an die dunkelblaue Tür klopfte.

»Fatos und mein Großvater kannten sich seit Jahrzehnten. Er war einer der ersten Personen, die sich um ihn kümmerten, als er auf Kreta ein neues Leben anfing.«

Die Tür wurde geöffnet und ein hagerer Mann stand vor ihnen. Sofort fielen seine schneeweißen, dichten Haare auf, da er komplett in Schwarz gekleidet war. Tiefe Falten zogen sich durch sein Gesicht, auf seinen Lippen war ein freudiges Lächeln, als er Kira erblickte.

»Da bist Du ja, Kleines! Es ist schon so lange her!«, begrüßte er sie und umarmte sie.

Kira stellte ihm Niko vor und erwähnte, dass er aus Österreich kam und kein Griechisch verstand.

Vielleicht ein idealer Zeitpunkt, um es zu erwähnen, dachte Niko, doch im nächsten Moment reichte ihm Fatos die knochige Hand.

»Grüß Dich. Meine Deutsch ist etwas eingerostet, aber ich verstehe noch gut die Sprache. Kommst Du rein, macht Euch gemütlich, ich bringe Kaffee.«

Er führte sie in sein Wohnzimmer, von dessen Fenster aus sie auf das Meer blicken konnten. Die folgenden zwei Stunden verbrachten Kira und Fatos mit alten Geschichten über ihren Großvater. Teilweise sprachen sie Deutsch, wechselten dann auch immer wieder ins Griechische. Unter anderem erfuhr Niko, dass Kiras Großvater nach seinem Absturz auf Kreta wochenlang in einem kleinen Küstenort versteckt lebte. Eine Familie hatte ihn aufgenommen und versorgt. Damals wurde aus Jürgen Jorgos und seitdem hatte er die Insel nie wieder verlassen. Niko zeigte wenig Interesse an den weiteren Stories, er stand beim Fenster und blickte über den weißen Kiesstrand. Die Liegen waren gut besucht, es hatte noch immer sommerliche Temperaturen, der Himmel war wolkenlos. Die Strandbesucher waren überwiegend älter als Niko, er nahm an, dass vor allem Pensionisten den Herbst im Warmen verbrachten.

»Ich habe es zwei Tage vor seinem Tod persönlich von ihm erhalten. Mit den Worten, es unbedingt nur Dir in die Hand zu geben.«

Niko drehte sich zu den beiden um und sah, wie Fatos Kira eine kleine hölzerne Schatulle überreichte.

»Von diesem Ring hat er oft erzählt. Er hat ihn von dem Jungen, der beim Absturz seiner Maschine umgekommen ist.«

Sie öffnete die Schatulle und zeigte den Ring Niko. Er griff zu und betrachtete ihn aus der Nähe.

Der versilberte Ring zeigte einen Adler im Sturzflug, darunter ein Eichenblatt. Der Hintergrund war geschwärzt, das Motiv von einem runden Kranz umrandet. Auf der Innenseite waren das Wort »Kreta« und ein Datum eingraviert.

Niko hielt den Ring weiter in der Hand, zückte gleichzeitig sein Handy und begann auf dem Display zu tippen. Kira war sichtlich ergriffen, behutsam hielt sie die leere Schatulle in der Hand.

»Dieser Ring ist Teil der Geschichte meiner Familie. Durch den Absturz begann sein Leben auf Kreta. Er hat eine Frau gefunden, mein Vater ist hier geboren. Er ist zwar mehrere Jahre nach Deutschland zurückgegangen, aber mit meiner Mutter wieder nach Kreta gezogen, nachdem Aléxandros und ich auf der Welt waren. Wir leben inzwischen ...«

»Der Ring ist nicht echt«, unterbrach Niko und warf ihn achtlos auf den Tisch.

»Wie bitte?«, fragten Kira und Fatos gleichzeitig überrascht.

»Was willst Du damit sagen?«, fragte Kira giftig.

»Der Ring ist kein Kriegsrelikt. Das Palladium ist zu neuwertig, die Abnützungen sind nicht auf natürlichem Weg entstanden und die Gravur unterscheidet sich von den anderen Ringen«, erklärte Niko trocken.

»Woher willst Du das wissen?«, keifte sie ihn an.

»Ich habe solche Ringe schon gesehen.«

»Wahrscheinlich bei einer Deiner Diebestouren, oder?«

Niko beachtet sie nicht und deutete auf den Ring.

»Deine Geschichte handelt vom 20. Mai 1941. Wenn Du Dir den Ring ansiehst, steht dort ein anderes Datum.«

Kira schnappte sich den Ring und betrachtete die Innenseite.

»Kreta 14. 9. 1941«, las sie vor.

»Ich verstehe das nicht«, meinte Fatos perplex, »Jorgos hat mir diesen Ring anvertraut und ...«

Niko nahm Kira die Holzschachtel aus der Hand und entdeckte auf der Innenseite des Deckels einen eingravierten Spruch.

»Der Ring führt zum Dolch - Der Diskus weist den Weg«

»Wie bitte?« Kira klang immer noch aufgebracht. Sie nahm die Holzschatulle und den Ring an sich und musterte beides genau.

»Was hat das zu bedeuten? Hängt es mit Jorgos Erzählung über diese sagenhafte Höhle zusammen?« Fatos war anzusehen, wie verwirrt er war.

»Das ist möglich. Opa hat mir mehrmals gesagt, eines Tages werde ich das Geheimnis erfahren. Durch seinen Tod habe ich gedacht ...«

»Von welchem Dolch ist die Rede?«, fragte Niko und erntete nur ratlose Blicke.

»Wenn ihr es nicht wisst, wer dann?«, hakte er nach.

Fatos schlug vor, dass Kira und Niko sich im Haus von Jorgos umsehen sollten. Das kleine Gebäude hatte Jorgos seinem Freund Fatos vermacht. Schon zu Lebzeiten hatte er ihm dies versprochen, um Fatos' Kindern und Enkeln ein Zuhause in Loutro anbieten zu können.

»Ich habe es seit seinem Begräbnis nicht mehr besucht. Hier ist der Schlüssel. Vielleicht findest Du dort, was Jorgos Dir mitteilen wollte.«

Sie verabschiedeten sich vorerst von Fatos und spazierten entlang der Promenade in Richtung Ortsende. Die Schatulle mit dem Ring verstaute Niko in seinem Rucksack, nachdem er ihr mehrmals versicherte, dass dieser wasserdicht war.

Vor einem Restaurant blieb Niko abrupt stehen.

»Hunger?«

»Eigentlich schon. Die letzte Fähre fährt um sechszehn Uhr. Notfalls können wir ein Wassertaxi nehmen. Lass uns etwas essen«, entschied Kira.

Niko ließ Kira das Mittagsmenü entscheiden und bekam zuerst gefüllte Weinblätter serviert. Das Hauptgericht, Moussaka kam in einer großen Auflaufform. Niko ließ es sich nicht anmerken, aber das Essen schmeckte vorzüglich. Die griechische Küche war für ihn immer ein Genuss, und bei diesem Ambiente mundete es noch besser. Sie saßen im Freien, durch ein Strohdach von der Nachmittagssonne geschützt. Nur wenige Meter neben ihnen schlug das Meer in sanften Wellen gegen die Steinmauer. Für einige Zeit konnte sich Niko auf alles einlassen und sowohl Denise als auch seine anderen Gedanken vergessen. Er ertappte sich dabei, wie er alles rund um sich aufsog und sich seit langem wieder einmal richtig wohlfühlte.

»Was ist los? Du siehst so ... fast würde ich sagen glücklich aus?«

»Ich genieße die Ruhe.«

Mehr wollte er nicht verraten.

Als sie mit ihrem Mahl fertig waren, war es bereits fünfzehn Uhr.

Das Haus ihres Großvaters lag am Ende der Strandpromenade, in einer Gasse, die vom Strand ins Landesinnere führte. Wie alle anderen Gebäude war es ebenerdig und bestand nur aus wenigen Räumen. Ein kleiner Vorraum, von dem man in die Küche und ins Wohnzimmer gelangte, ein Bad und ein Raum, der gerade einmal Platz für ein Bett und einen Kasten bot. Sie standen im Wohnzimmer, das durch die geschlossenen Fensterläden angenehm kühl war, aber muffig roch. Das wenige Licht, das durch die Holzläden kam, reichte kaum, um etwas im Zimmer zu erkennen. Kira öffnete ein Fenster und ließ damit Licht und warme, frische Luft ins Innere.

»Seine Werkstatt hat er schon vor einigen Jahren aufgegeben und verkauft. Opa hatte hier im Ort ein eigenes Geschäft mit Goldschmuck aufgezogen. Inzwischen ist daraus ein Souvenirladen geworden.«

Als sie sich umdrehte, stand Niko direkt vor ihr. Für einen Moment schreckte sie zurück, als seine Hand nach ihrem Hals langte. Er griff ihren Anhänger und sah ihn sich genauer an.

»Sehr präzise Arbeit. Er hat sein Handwerk verstanden«, stellte Niko bewundernd fest, »Das gilt auch für den Tätowierer deines Dekolletés.«

Provokativ zog sie ihr Shirt weiter hinunter und zeigte

Niko das komplette Kunstwerk.

»Bitte schön, so kannst Du es besser sehen.«

Nikos Blick wanderte über die beiden Vögel, die links und rechts neben dem blauen Diamanten auf einer Dornenranke saßen und die Sonne hinter dem Stein.

»Willst Du noch mehr sehen?«, fragte Kira mit einem heraus-

fordernden Grinsen.

»Nicht notwendig.« Niko ließ den Anhänger wieder los und sah sich im Zimmer um.

»Ein Regal mit Büchern, ein Kleiderschrank und einige Zeitschriften. Aber weder ein Dolch noch ein Hinweis, was es mit dem Spruch auf der Schachtel auf sich hat«, stellte Niko fest.

Kira sah sich ebenfalls um, an ihrem Blick war zu erkennen, dass dabei viele Erinnerungen hochkamen.

»Ich war so oft hier, mir wäre nie ein Dolch aufgefallen. Opa hat mir viel über die Geschichte Kretas, die Minoer und die griechische Mythologie erzählt.«

»Hier im Bücherregal sind ein Haufen Bücher über die Minoer.«

Selbst Niko wusste über dieses Volk Bescheid.

Die minoische Kultur gilt als das große Mysterium der griechischen Geschichte. Viele Legenden und Erzählungen der griechischen Mythologie beziehen sich auf die früheste europäische Hochkultur, deren Zentrum Kreta darstellte.

Dabei ist über das Volk noch relativ wenig bekannt, auch der Grund für das Verschwinden der Hochkultur ist bis heute nicht eindeutig geklärt.

»Hier ist vielleicht der echte Ring.«

Niko zog ein in Leder gebundenes Buch ohne Titel heraus und erkannte, dass es ein Notizbuch war. Der Buchrücken war mit einem dünnen Lederband geschmückt, an dessen Ende eine Miniatur des Diskus hing. Es glich dem Anhänger von Kira, nur war dieser aus Silber. Der braune Umschlag war mit einem weiteren Lederband zugebunden, an dem auch der Ring befestigt war. Das Motiv war deutlich zu erkennen, der Vogel im Sturzflug, genau wie bei dem Ring, den Kira erhalten hatte.

Kira kam zu ihm und inspizierte den Ring.

»Das richtige Datum. Dann ist das wohl der Echte.«

Hinter dem Buch fand Niko eine handflächengroße, viereckige Tontafel. Niko nahm sie hervor und betrachtete die eingravierten Zeichen. Über mehrere Zeilen waren Hieroglyphen in den Ton geritzt worden, bevor er gebrannt wurde. Die Zeichen glichen einer Art Keilschrift mit einfachen Symbolen.

Das Teil ist entweder eine Kopie, oder verdammt alt, überlegte Niko und verstaute die Tontafel in seiner Hose. Unterdessen löste Kira den Knoten des Lederbandes.

»Ich bin gespannt, was mein Opa ...«

»Her mit dem Buch!«, wurde sie plötzlich angeschrien. Zwei Männer waren in das Wohnzimmer gestürmt und hatten sich vor ihr aufgebaut. Vor Schreck sprang sie zurück und stieß gegen Niko.

Die Männer waren fast übertrieben muskulös, mit schwarzen, kurzgeschorenen Haaren und weißem, eng anliegendem Hemd. Niko musterte beide und unterschied zwischen dem Typ mit großer Hakennase und dem mit Schnauzbart. Erst dann fiel ihm auf, dass beide eine Pistole in der Hand hielten.

»Ernsthaft?«, fragte er erstaunt und spannte seine Muskeln an.

Kira wurde vom Schnauzbartträger fest am Oberarm gepackt und zu sich gezogen.

»Gib es her und Euch beiden ...« Weiter kam er nicht, da Kira ihm das Lederbuch mit aller Kraft gegen den Hals stieß. Mit lautem, gurgelndem Stöhnen taumelte er zurück.

Niko reagierte im selben Moment und stieß den Mann vor ihm mit Wucht gegen die Wand. Gleichzeitig entriss er ihm die Waffe und warf sie in die entfernteste Ecke des Zimmers.

»Achtung!«, rief er Kira zu, deren Angreifer aufs Neue zugriff. Er schaffte es, ihr das inzwischen offene Buch aus der Hand zu reißen. Kira hatte nur noch eine Seite in der Hand. Niko zog sie zu sich, als der Mann mit Hakennase wieder auf ihn zustürmte. Einen Moment, bevor er ihn erreichte, machte Niko einen Schritt auf ihn zu und donnerte ihm die Faust zielsicher auf die Nase. Das Krachen war nicht zu überhören, als sie brach.

In diesem Augenblick sah Niko rot und holte erneut aus. Sein zweiter Schlag landete ebenfalls im Gesicht und schleuderte den Mann gegen den Wohnzimmertisch. Sofort drehte er sich zu dem zweiten Eindringling um und trat zu. Zuerst in den Magen, dann gegen das Knie. Noch während der Mann zu Boden ging, setzte Niko mit einem Faustschlag nach. Innerhalb einer Sekunde war Niko in Rage. Seine Faust traf ein weiteres Mal den auf dem Boden liegenden Mann, seine Waffe stieß er mit dem Fuß weg. Das Klirren neben sich nahm er nicht wahr, dafür aber den plötzlichen Hitzeschwall. Jemand hatte durch das offene Fenster etwas Brennendes hineingeworfen, sodass das Bücherregal in Flammen aufging.

»Raus hier, sofort!«, kreischte Kira und stolperte zur Tür. Niko folgte ihr, schnappte im Vorbeilaufen noch seinen Rucksack und hastete ebenfalls ins Freie. Sie liefen die Gasse zur Promenade hinab, wo sie eine Gruppe von drei Männern sahen, die eindeutig auf sie warteten.

»Was wollen die?«, fragte Kira ängstlich.

»Lauf einfach!«, befahl Niko und sprintete in Richtung Hafen. Kira konnte mit ihm Schritt halten, die herausgerissene Seite fest in der Hand haltend. Sie blickte kurz zurück, wo eine dunkle Rauchwolke aufstieg. Das Haus ihres Großvaters war im Begriff vollständig in Flammen aufzugehen. Während einige der Strandbesucher das Feuer entdeckten und aufschrien, verfolgten andere die Verfolgungsjagd über die Promenade.

Kira und Niko rannten an den Restaurants vorbei, hinter ihnen kamen ihre Verfolger immer näher. Die beiden Angreifer von zuvor hatten es rechtzeitig aus dem Haus geschafft, standen aber am Strand und waren nicht in der Lage ihnen zu folgen.

»Wohin? Es gibt kein Boot und der Weg ist dort vorne aus«, keuchte Kira.

»Sehe ich.«

»Wie sollen wir dann entkommen?«

»Über das Wasser.«

»Bist Du Jesus?«

Anstatt zu antworten, streckte er die Hand nach Kira aus.

»Den Zettel!«

»Was willst Du ...«

Niko ließ sie nicht ausreden und nahm ihn ihr aus der Hand. Ohne das Tempo zu verlangsamen, nahm er seinen Rucksack und stopfte das Stück Papier hinein.

Sie erreichten das letzte Kafenio vor dem breiten Steg, wo ansonsten die Fähre anlegte.

Bis auf ein kleines, angebundenes Fischerboot und einer etwas entfernt schwimmenden Jacht schaukelten nur zwei Jet-Skis im Wasser, welche Niko ansteuerte.

»Willst Du etwa damit flüchten?«, fragte Kira aufgeregt.

»Ja.«

»Kannst Du denn mit sowas umgehen?«

»Es soll so leicht wie Motorradfahren sein.«

»Und Du hast Erfahrung mit Motorrädern?«

»Noch nicht, aber das wird sich gleich ändern.«

Kira sah ihn fassungslos an.

»Willst Du mich verarschen?«

Niko beachtete sie nicht und sprang auf einen der bereitstehenden Jet-Skis auf. Er schlüpfte in die Schwimmweste, die auf dem Sitz lag und blickte zu Kira. »Willst Du lieber warten, bis sie Dich erwischen?«

Kira überlegte nicht lange und setzte sich zu ihm. Ihre Verfolger waren inzwischen beim letzten Haus des Piers angelangt und rannten weiter auf sie zu.

»Fahr los!«, stieß Kira aufgeregt hervor.

»Ich suche noch die Zünd...«

Kira griff nach der Kordel an seiner Schwimmweste.

»Der Schlüssel hängt hier!«, fauchte sie.

Niko steckte den Schlüssel ins Schloss und augenblicklich sprang der Motor an. Er schaffte es, wegzufahren, in Schlangenlinien holperten sie aus dem Hafen hinaus.

»Das kann ja ein geiler Ritt werden. Du solltest schneller lernen.« Kira klammerte sich fest an Niko und blickte zurück zum Pier von Loutro. Ihre Verfolger deuteten der kleinen Jacht, die sich langsam in Bewegung setzte und in Richtung Jet-Ski drehte.

»Sie werden uns weiter verfolgen.«

Niko hatte die Bedienung des Jet-Skis schnell verstanden. Mit hoher Geschwindigkeit steuerte er auf das Meer hinaus und lenkte in Richtung Osten. Über ihnen bildeten sich langsam dichte Wolken, die auf baldigen Regen hindeuteten.

»Wohin willst Du?«, wollte Kira wissen.

»Wir fahren die Küste entlang bis Chora Sfakion.«

»Ach wirklich? Das sind ungefähr fünf Kilometer. Mit einem Schnellboot, wie die es haben, werden sie uns bald eingeholt haben.«

»Dann müssen wir uns etwas einfallen lassen!«, antwortete Niko und beschleunigte.

Minutenlang donnerten sie über das Meer, immer wieder einen Blick zurückwerfend auf ihre Verfolger.

»Das wird sich nicht ausgehen, die kommen näher!« In Kiras Stimme war deutlich ihre Angst herauszuhören.

»Was wollen die von Dir?«

»Keine Ahnung. Das Notizbuch meines Opas ... vielleicht den Ring. Oder an dem vermeintlichen Schatz ist ...«

»Keine Zeit für solche Abenteuergeschichten«, unterbrach Niko.

Er lenkte ihr Gefährt in Richtung Küste und wurde langsamer.

»Du kannst schwimmen, oder?«, rief er Kira zu.

»Ja natürlich.«

»Gut, siehst Du den Strand?«

»Ja, wieso?«

»Wir treffen uns dort.«

Kira wollte noch etwas antworten, kam aber nicht mehr dazu. Niko stieß sie vom Jet-Ski und wendete.

Laut fluchend landete Kira im Meer, schimpfte und schluckte Salzwasser. Niko raste von ihr weg, direkt auf ihre Verfolger zu.

»Was hat dieser verrückte Esel vor?«, fluchte sie laut, während sie in Richtung Festland kraulte.

Niko beschleunigte seinen Jet-Ski und steuerte auf das Boot der Verfolger zu. An Bord zeigte man auf ihn und war sich scheinbar unschlüssig, was Niko vorhatte. Dabei war es sehr offensichtlich.

Mit einer Hand zog Niko seinen Rucksack nach vorn und holte ein Messer hervor. Als die Männer auf dem Boot realisierten, dass er tatsächlich beabsichtigte, sie zu rammen, gestikulierten sie hektisch miteinander. Einer stürmte zur Steuerkabine, ein anderer zog seine Waffe. Inzwischen war Niko schon sehr nahe. Mit dem Messer durchtrennte er die Kordel, die Schwimmweste und Startschlüssel verband, und sprang seitlich vom Jet-Ski ab.

Die Landung im Wasser hatte er sich angenehmer vorgestellt. Es fühlte sich an, als würde er aus einem fahrenden Wagen auf die Straße fallen, so hart kam ihm das Wasser vor. Die Schwimmweste dämpfte zwar seine Landung, trotzdem durchfuhr ein heftiger Schmerz seine Schulter und ließ ihn die Orientierung verlieren, als er untertauchte.

Was mache ich hier eigentlich? Kann dieser Tag denn noch verrückter werden?

Die Schwimmweste drückte ihn zurück an die Oberfläche, wo er nach Luft japste und sich umsah. Sein Jet-Ski rammte sich gerade in die Längsseite des Schiffes. Es gab keine gewaltige Explosion oder Ähnliches. Der Jet-Ski riss einen Teil des Rumpfes auf und versank dann neben der Jacht. Dennoch reichte der Zusammenstoß, um die Verfolger daran zu hindern, ihnen weiter zu folgen. Niko sah, dass Wasser ins Innere des Schiffes drang und alle an Bord damit beschäftigt waren, die Jacht vor dem Untergang zu retten.

Er drehte sich der Küste zu und begann zu schwimmen.

Ein wasserdichter Rucksack, weil der ja so oft ins Wasser fallen wird, erinnerte er sich an seine Gedanken beim Kauf des Teils. Jetzt war er dankbar dafür.

Auf halber Strecke zum Strand fing Niko an, darüber nachzudenken, wann er zuletzt im Meer geschwommen war.

Das muss in der Kindheit gewesen sein. Ach nein, da waren ja noch zwei Urlaube in Kroatien, bevor ich den Job verloren habe. Aber dann war`s vorbei mit Urlauben und die letzten Jahre hatte ich andere Sorgen.

Er versuchte, Kira zu entdecken und glaubte sie kurz vor dem Strand im Wasser zu sehen. Er war sich sicher, dass sie von seiner Aktion nicht begeistert gewesen war. Aber genauso sicher war er sich, dass diese Männer nicht so einfach aufgeben würden. Was auch immer sie wollten, Kira schwebte in Gefahr. Und obwohl es ihn eigentlich nichts anging, überlegte Niko, ob und wie er ihr helfen konnte.

Die letzten fünfzig Meter spürte er, dass er die Entfernung und seine Ausdauer unterschätzt hatte. Jede Schwimmbewegung kostete ihn mehr Anstrengung. Vor sich sah er den Strand näherkommen. Ein Kiesstrand, der von hohen Felsen eingegrenzt war. Es war nur wenig Vegetation zu sehen, aber nahe der Felswand stand eine Gruppe aus fünf Bäumen, deren Grün aus den braungrauen Farben hervorstach. Neben einem großen Felsen, der aus dem seichten Meer herausragte, war eine Taverne auf einem Felsen im Meer errichtet worden. Da Niko keine weiteren Personen ausmachen konnte, nahm er an, dass sie schon geschlossen war.

Endlich am Kiesstrand angekommen, setzte sich Niko keuchend auf eine Strandliege, lehnte sich zurück und versuchte, sich zu beruhigen. Die Ruhe hielt nur kurz, denn schon kam Kira angelaufen. Ihr Blick verriet, dass seine Idee ihr wenig gefallen hatte. Er erhob sich.

»Du hast es also auch an Land ...« Eine schallende Ohrfeige von Kira beendete seinen Satz.

»Bist Du eigentlich noch zu retten?«, fauchte Kira ihn an und verpasste ihm einen Schubs.

»Wenn ich schwimmen gehen möchte, dann mache ich das zu Hause, im Bikini und nicht in voller Montur«, schimpfte sie weiter. Niko blickte auf seine Schuhe hinab und war froh, sich für die dünnen Laufschuhe entschieden zu haben, die schnell wieder trocknen sollten. Da er nicht auf Kiras Wutausbruch reagierte, wandte sie sich ab von ihm.

»Wir sollten versuchen, nach Chora Sfakion zu gelangen. Es wird schon dunkel und ...«

»Vergiss es. Wir werden hier übernachten und morgen gehen.«

Kira sah ihn erstaunt an.

»Ach so? Und wie stellst Du Dir das vor, sollen wir auf den Liegen schlafen? Abgesehen davon haben wir weder Wasser noch etwas zu essen.«

Niko antwortete nicht, sein Blick wanderte über den Kiesstrand und die schroffen Felsen, die den Strand abgrenzten. Als er nach einer knappen Minute immer noch nichts sagte, stieß ihn Kira mit dem Ellbogen an.

»Hallo, möchte der Herr vielleicht mit mir sprechen?«

Niko hob nur die Hand und deutete ihr, still zu sein. Kira schnaubte und überlegte kurz, ihm einen heftigeren Schubs zu verpassen. Sie entschied sich dagegen und stampfte über den Strand zu den Felsen.

»So ein Esel, was glaubt der eigentlich, wer er ist. Zuerst dieser halsbrecherische Ritt übers Meer, dann landen wir hier und jetzt ...«, fluchte sie vor sich hin. Wütend drehte sie sich zu Niko um.

»Du kannst gerne bleiben und die Nacht im Freien verbringen. Ich werde sicherlich nicht mit Dir hier ...«

»Doch wirst Du. Oder willst Du im Halbdunklen über Felsen klettern und auf einem Weg wandern, der an manchen Stellen nicht breiter als einen Meter ist? Außerdem ...«, er deutete auf das Meer hinaus, »Siehst Du die Wolken? In weniger als einer Stunde wird es hier richtig ungemütlich.«

»Und da willst Du hier am Strand bleiben, völlig ungeschützt?«

»Hier steht eine Taverne, wir werden weder verhungern noch verdursten. Und einen Unterstand für die Nacht haben wir ebenfalls.«

»Die ist geschlossen!«

»Nicht mehr lange.«

Ohne weiter auf sie zu achten, nahm Niko seinen Rucksack und marschierte auf die Taverne zu. Kira stampfte auf, lief ihm dann aber hinterher.

Die Hütte war auf mehreren Felsen im Meer errichtet worden, ein Holzsteg führte vom Strand zur Terrasse.

Mehrere Tische und Stühle standen auf dem betonierten Untergrund, deren Mauern hell gestrichen und mit blauen Delphinen verziert waren. Obwohl an der Tür ein massives Vorhängeschloss hing, rüttelte Kira daran.

»Wie ich sagte, verschlossen.«

Niko folgte ihr, nachdem er aus seinem Rucksack ein schwarzes Etui herausgeholt hatte und betrachtete das Schloss aus der Nähe. Dann zog er zwei Dietriche aus dem Etui, setzte sie an und versenkte beide im Schlüsselschlitz.

»Hey, Du wirst doch nicht ...« Weiter kam Kira nicht, das Schloss sprang auf.

»Wie ich sagte, nicht mehr lange.« Niko stieß die Holztür auf.

»Dir ist schon klar, das was Du hier machst und vorhast, nennt sich Einbruch und Diebstahl.«

»Wer hat Angst, am Strand zu schlafen und wegen einer Nacht ohne Nahrung gleich zu verhungern?«

»Blöder Esel! Ich habe keine Angst, es ist nur ... ach vergiss es. Warum soll ich mit Dir hier zum Diskutieren anfangen? Und ich würde sehr wohl eine Nacht ohne Essen auskommen, es ist nur so, dass ...«

Niko hatte zwei Flaschen Bier aus dem Kühlschrank genommen und öffnete sie an der Tischkante.

»Hier trink ... und sei ruhig.«

Kira wollte etwas erwidern, schluckte es aber hinunter und griff nach der Flasche. Niko fischte seine Geldbörse aus dem Rucksack und legte einen Schein auf den Tresen.

»Kein Diebstahl.«

Der Regen prasselte mittlerweile unaufhörlich auf das Holzdach der Strandtaverne. Mit dem Sonnenuntergang hatte der Regen angefangen und nicht mehr aufgehört. Im Inneren blieb es zwar trocken, doch die klatschenden Tropfen gaben Kira und Niko keine Möglichkeit ans Ausruhen zu denken.

»Ich glaube, wir haben eine lange Nacht vor uns.«

»Du wolltest nach Chora Sfakion spazieren«, erinnerte Niko die junge Frau und reichte ihr eine frisch geöffnete Bierflasche.

»Darf ich Dich etwas fragen, ohne eine dämliche Antwort zu bekommen?«

»Probier's«, antwortete Niko nach einem Schluck aus seiner Flasche.

»Was ist los mit Dir? Bist Du lebensmüde, oder versuchst Du übertrieben cool zu sein? Zuerst diese Kampfsporteinlage beim ersten Treffen ...«

»Ich habe mich nur gewehrt.«

»Ja natürlich. Du bist wie ein wilder Stier auf Manos und die anderen losgegangen. Dann Dein Auftreten Denise und uns gegenüber.«

»Ich bin hier um sie zu holen. So habe ich es Martin versprochen.«

»Schon klar. Und was war mit der Schlägerei in Loutro? Du bist richtig ... abgegangen. Chuck Norris wäre stolz gewesen, aber das ist kein Actionfilm aus den 80ern.«

»Dir ist schon aufgefallen, dass diese Typen Pistolen hatten? Hätte ich warten sollen, bis die auf dumme Ideen kommen?«

Kira seufzte laut.

»Und der Höllenritt mit dem Jet-Ski? Du wirfst mich ins Meer und rammst das Boot ...«

»Es hat uns vor den Typen gerettet«, meinte Niko trocken und wandte sich dem Tresen zu. Er füllte eine Schüssel mit Erdnüssen und stellte sie zwischen ihnen auf den Boden.

»Was hat Dich so werden lassen? Ich weiß, Du warst schon einmal im Knast und Denise' Vater hat Dir geholfen. Okay, aber solltest Du dann nicht ...«

»Kleine«, unterbrach er sie mit strenger Stimme, »Ich habe mir das nicht ausgesucht. Ich wollte nur Denise holen und zurückfliegen. Mir wäre es lieber, wenn diese ganzen Dinge nicht passiert wären.«

»Blödsinn, Dir hat das doch gefallen«, keifte Kira zurück.

Niko schwieg.

»Warum warst Du im Gefängnis?«

»Einbruch, Diebstahl, Körperverletzung. Such Dir was aus.«

»Und was hat Dir klargemacht, dass Du so nicht weiterleben kannst?«

Niko sah sie eindringlich an.

»Ich hatte viel Zeit zum Nachdenken.«

»Da steckt doch mehr dahinter.«

Niko stand auf und ging zur Tür. Dichte Wolken sorgten dafür, dass er nichts vom Strand erkennen konnte, vor der Tür war alles schwarz.

»Du willst nicht darüber reden, okay. Es geht mich auch nichts an, ich wollte mich nur etwas unterhalten. Du bist sicherlich ein netter Kerl, aber ...«

Niko drehte sich zu ihr um und warf die Tür ins Schloss. Für einen Moment wurde Kira nervös und blickte ihn mit großen Augen an.

»Du willst wissen, was passiert ist?«, sagte Niko und klang dabei ruhig und gefasst, »Warum ich so bin, wie ich bin? Weil ich auf Kreta bin und ganze Zeit an meine Mutter denken muss.«

»Wie lange ist es her, dass Deine Mutter ...?«

»Vier Jahre«, meinte Niko leise.

»Es wird kühl.«

»Ich glaube nicht, dass Du Dich zu mir kuscheln möchtest«, meinte Kira versöhnlich.

Für einen kurzen Moment schmunzelte Niko. Er setzte

sich neben den Tresen und deutete Kira, zu ihm zu kommen.

»Komm her, ich erzähle Dir eine Geschichte. Eine über meinen Bruder, einen misslungenen Einbruch, falsche Freunde und warum ich für den Tod meiner Mutter verantwortlich bin.«

Vier Jahre zuvor
21. September

Zu viert standen sie vor dem Zaun der zweistöckigen Villa am Wiener Stadtrand. Nikos Bruder Stefanos tippte auf seinem Tablet, während die anderen die Umgebung im Auge behielten.
»Wie erwartet, die Alarmanlage hängt am WLAN-Netz.«
»Wie lange brauchst Du, um sie ...«, fragte Nadine, die einzige Frau in der Runde.
»Auszuschalten? Schon geschehen. Die Luft ist rein, lasst uns loslegen.«
Nacheinander kletterten sie über den Zaun, um gleich darauf zur Hintertür des Gebäudes zu sprinten. Das Schloss stellte für Niko kein Problem dar, binnen einer halben Minute gelangten sie in die Villa. Die Besitzer waren auf Urlaub, das hatte der Vierte in der Gruppe, Karim, ausgekundschaftet.

Es war nicht ihr erster Einbruch, beim elften hatte Niko aufgehört zu zählen.
Lange hatte Niko sich aus den krummen Touren seines Bruders herausgehalten. Er wusste von Stefanos Aktivitäten, ihre Mutter hatte nur eine Vermutung, die sie aber nie aussprach. Als Niko seinen Job verlor und durch Glücksspiele in finanzielle Schwierigkeiten geriet, sah er nur einen Weg. Er bat seinen älteren Bruder um einen Gefallen, vorerst eine einmalige Sache. Daraus wurden drei erfolgreiche Jahre für die Brüder. Bis zu jenem fatalen Abend.

»Der Safe wird sich im Arbeitszimmer befinden, der Schmuck wahrscheinlich im Schlafzimmer. Wir haben zwölf Minuten, dann könnte sich das Alarmsystem reaktivieren. Also los, aufteilen«, befahl Stefanos.
Wie bereits vorher besprochen, durchkämmten sie systematisch das Haus.
Es dauerte keine zehn Minuten, bis sie sich wieder bei der Hintertür versammelten.

»Nette Schmuckstücke, viel Gold«, meinte Karim und deutete auf seinen Rucksack.

»Ich hatte es leicht, die haben ihr Bargeld einfach so rumliegen«, sagte Niko.

Nadine hatte neben einigen weiteren Wertsachen auch eine kleine Statue aus Gold eingesteckt.

Stefanos' Teil der Aktion war es, darauf zu achten, dass die Sicherheitssysteme tatsächlich abgedreht blieben.

Es war wieder einmal ein schneller und reibungsloser Einbruch, stellten sie fest und liefen zum Zaun. Doch als sie hinüberkletterten, wurde das Licht eines Nachbarfensters angemacht. Niko erkannte eine Person hinter dem Fenster, die zu ihnen blickte und wieder verschwand.

»Scheiße, schnell weg hier!«

Als sie ihren Wagen erreichten, stürmte hinter ihnen ein Mann auf die Straße.

»Keine Bewegung, ihr verdammten Schweine. Ich habe die Polizei gerufen«, schrie er und zielte mit einer Pistole auf sie.

Augenblicklich blieben Nadine, Stefanos und Karim stehen. Niko war hinter einem anderen Auto in Deckung gegangen. Während der ältere Mann sich dem Trio näherte, schlich er um den Wagen und tauchte hinter ihm auf.

»Ihr habt euch den Falschen ausgesucht. Ich habe euch schon vor einigen Minuten gesehen und ...«

In diesem Moment sprang Niko auf ihn zu und wollte ihm die Waffe aus der Hand reißen. Doch zu seiner Überraschung packte ihn der, trotz seines Alters sehr agile Mann und schleuderte ihn zu Boden.

»Pech für Dich, wenn Du einen pensionierten Polizisten angreifst.« Niko sprang auf und hob die Hände.

»Gute Entscheidung«, meinte der Mann und wandte sich den anderen zu. Genau darauf hatte Niko gehofft. Er machte einen Satz nach vor, ergriff die Hand mit der Waffe und konnte sie dem Mann aus der Hand schlagen. Ohne nachzudenken, schlug er auf den Mann ein, traf mehrmals mit der Faust das Gesicht und ließ erst von ihm, als keine Gegenwehr mehr kam.

»Wir müssen schleunigst verschwinden, bevor die Polizei kommt.«
Dafür war es zu spät, in diesem Moment bogen zwei Streifenwagen
um die Ecke, schalteten ihre Lichter ein und bewaffnete Polizisten
sprangen heraus.
»Polizei, Hände hoch, keine Bewegung.«
Niko blickte auf den bewusstlosen Mann. Er blutete stark, es war
nicht zu erkennen, ob er überhaupt noch am Leben war.
Wieder einmal ausgerastet, *tadelte er sich selbst. Es war nicht*
das erste Mal, dass Niko die Fassung verlor und sich zu unkon-
trollierten Aktionen hinreißen ließ.
Die Polizisten kesselten sie ein und ließen ihnen keine Möglichkeit
zur Flucht.

Auf der Polizeistation gestanden sie diesen einen Einbruch, aber
keinen weiteren. Alle sagten aus, dass es ihr erster Versuch war,
auch wenn es ihnen niemand glauben wollte.
Nach der Befragung jedes Einzelnen trafen Niko und Stefanos in
einer Zelle wieder aufeinander.
»Du steckst voll in der Scheiße, kleiner Bruder.«
»Das haben die mir auch gesagt. Der alte Typ liegt auf der In-
tensivstation.«
»Hoffentlich kommt er durch. Wieso musst Du auch immer so
übertreiben?«
Niko ging nicht darauf ein.
»Wir sollten Mama anrufen. Sie kann uns ...«
»Sie wird uns eine runterhauen. Aber sie könnte die Kaution
hinterlegen.«

Niko, dem noch das getrocknete Blut an den Fingerknöchel klebte,
sah nur eine Möglichkeit, nicht in Untersuchungshaft zu kommen.
So schwer es ihm auch fiel, rief er seine Mutter an. Sie hörte ihm
schweigend zu, als er in wenigen Worten erklärte, was passiert war
und sie bat, auf die Polizeistation zu kommen. Sie zeigte keine
Regung, antwortete nur kühl: »Ich bin auf dem Weg.«

Kira lehnte an Nikos Schulter, der einen Arm um sie gelegt hatte. Inzwischen hatte der Regen nachgelassen, das monotone Plätschern ließ sie immer müder werden.

»Hat euch Eure Mutter rausgeholt?«

Niko leerte seine Bierflasche.

»Dazu kam sie nicht. Wir wurden ein paar Stunden später geholt und informiert. Nur wenige Kreuzungen vor der Polizeistation hat ein Betrunkener die Ampel übersehen und sie mit voller Wucht gerammt. Keine Chance.«

Niko verstummte. Kira, die schon fast eingeschlafen war, drückte sich an ihn.

»Das tut mir ehrlich leid. Und deshalb fühlst Du Dich schuldig?«

»Ich bin es ja auch.«

»Was war mit dem Mann, den Du niedergeschlagen hast?«

»Der ehemalige Polizist kam mit ernsthaften Verletzungen ins Krankenhaus, wo er mehrere Wochen verbrachte. Beinahe hätte er sein Augenlicht verloren. Diese schwere Körperverletzung machte später vor Gericht den Unterschied zwischen den Bewährungsstrafen für alle anderen und meiner Haftstrafe.

Während ich saß, hat mein Bruder seine religiöse Seite entdeckt und ist ins Kloster gegangen. Er hat jeglichen Kontakt abgebrochen, keine Chance, ihn ausfindig zu machen.

Martin, mein Anwalt, hat, aus welchem Grund auch immer, sich hineingekniet und meine Strafe verkürzt. Dabei ist eine Freundschaft entstanden, die mich im Endeffekt hierher gebracht hat.«

»Auch wenn Du es nicht so siehst, ist das Ganze für Dich halbwegs glimpflich ausgegangen, oder?«

»Ach so? Meine Mutter ist gestorben, weil sie uns helfen wollte. Ich nenne das alles andere als glimpflich.«

»Schau, das Schicksal meint es nicht immer gut mit uns«,

sagte Kira schlaftrunken. Nach einem Gähnen war ihre Stimme nur noch ein Flüstern.

»Ich bin bislang vor schweren Schlägen verschont geblieben, dafür danke ich Gott. Vielleicht …«, ein weiteres Gähnen überkam sie, »vielleicht musst Du es anders sehen. Anstatt Dir Vorwürfe zu machen, kannst Du ihr beweisen, dass Du in ihrem Andenken Dein Leben neu gestartet… es auf die Reihe bringst.«

»Auf die Reihe bringen, gerade hier und heute?«

»Heute ist doch ein guter Tag dafür, oder?«

Niko blickte zu einer Wanduhr, deren digitale Anzeige im Dunklen leuchtete.

22:47

»Was ich dir gerade erzählt habe, ist vor vier Jahren passiert.«

»Vor vier Jahren«, wiederholte Kira schläfrig.

»Auf den Tag genau vor vier Jahren.«

»Dann ist es sogar der perfekte Tag, um Dein Leben zu ändern. Und um freundlicher zu werden.«

Niko blickte gedankenverloren ins Leere, kurz darauf war Kira eingeschlafen.

Eine halbe Stunde später, in der Niko die verhängnisvolle Nacht und die Zeit danach nochmals durchlebte, stand er vorsichtig auf. Er nahm ein paar Sitzkissen, bettete Kiras Kopf darauf und ging zur Tür.

Der Regen hatte aufgehört, die Wolken waren zum Teil verschwunden.

Heute ist ein guter Tag, um es auf die Reihe zu bringen, spukte Kiras Stimme in seinem Kopf.

Er blickte zu ihr, wie sie friedlich auf dem Boden schlief.

Möglicherweise hat dieses junge Ding Recht, musste er zugeben.

Kapitel 5

Obwohl er erst nach Mitternacht eingeschlafen war, wurde er zeitig wieder munter. Niko nahm sich eine Limonadenflasche aus dem Kühlschrank und setzte sich auf einen der Liegestühle am Kiesstrand. Der Sonnenaufgang warf ein sanftes Licht über das ruhige Meer, den Strand und die Felsen rund um ihn.

Als wäre er aus einem Traum aufgewacht, nahm Niko seine Umgebung viel genauer wahr. Er war wieder am Meer, nach Jahren ohne Urlaub. Er war auf Kreta, der Geburtsinsel seiner Mutter. Bislang waren ihm die Natur und der Strand egal, nun ließ er den feinen Kies gedankenverloren durch seine Finger rieseln.

Dann stand er auf, entledigte sich seiner Klamotten und lief auf das Wasser zu. Mit ausgebreiteten Armen ließ er sich rücklings ins Wasser fallen und zum ersten Mal genoss er das salzige Nass.

Es wird ein Spaziergang für Dich, inklusive etwas Urlaub, kamen ihm Martins Worte wieder in den Sinn. Keiner hatte etwas von einem Abenteuerurlaub erwähnt.

Als Niko zurück in die Taverne kam, war Kira bereits wach.

»Wo kommst Du denn her?«

»Ich war schwimmen.«

»Sportlich, sportlich.«

»Wenn ich schon hier bin, muss ich das doch ausnutzen.«

»Wie bitte?«

Kira war von seiner guten Laune etwas verwundert.

»Das Frühstück werden wir in Chora Sfakion genießen, nach dem Morgenspaziergang, ist Dir das recht?«

»Ja. Lass uns aufbrechen, bevor die Hitze kommt.«

Obwohl sie von seiner Stimmung irritiert war, ging sie nicht weiter darauf ein. Sie räumten die Flaschen weg, kontrollierten nochmals, ob genug Geld auf dem Tresen lag und verschlossen die Tür hinter sich.

Die Wanderung begann mit einem fast nicht ausmachbaren Weg über grobe Felsen, der neben dem Meer langsam hinaufstieg. Zwischendurch mussten sie gebückt unter vorhängenden Felsen gehen und dabei von einem großen Felsen zum nächsten steigen. Kira gestand sich ein, dass es unmöglich gewesen wäre, gestern diesen Weg zu gehen. Als sie es Niko gegenüber erwähnte, meinte dieser nur: »Wir hatten doch einen gemütlichen Abend.«

Nach zwei Kilometern wurde der Weg deutlicher, aus flachen Steinen hatte man einen erkennbaren Weg an den Felsen vorbei geschaffen. Eine Steigung führte zu einem schmalen Pfad, der in den Felsen geschlagen war. Hier war der Weg nicht breiter als zwei Meter. Neben ihnen fiel die Felsenwand mindestens fünf Meter steil hinunter zum ruhigen Meer.

»Du bist hoffentlich schwindelfrei«, erkundigte sich Niko.

»Machst Du Dir etwa Sorgen um mich?«

»Ich möchte Dich nicht tragen müssen.«

Eine etwas anstrengende Steigung später wurde der Weg breiter, der atemberaubende Ausblick auf das türkisblaue Meer blieb ihnen aber erhalten. Kira erklärte, dass dieser Weg Teil des Europäischen Fernwanderwegs E4 war. Eine Strecke, die von der spanischen Südspitze quer durch Europa verlief, auch durch Österreich und über Kreta bis nach Zypern verlief. Niko wirkte nicht besonders interessiert, aber weniger abweisend, als die letzten Tage.

Nach einem letzten Aufstieg durch ein Schotterfeld landeten sie auf der Zufahrtsstraße nach Chora Sfakion. Eine Tafel wies den Weg zum Sweet Water Beach. Wie auf Kreta typisch, war das Schild mit mehreren Schusslöchern verziert.

»Auf Kreta besitzt fast jeder eine Waffe. Die Jugendlichen üben gern oder demonstrieren ihr Können an Verkehrstafeln oder solchen Hinweistafeln.«

»Wie viele Waffen besitzt Du?«

Kira grinste ihn an.

»Ich bin eine Frau ... ich kann mich auch ohne Schusswaffe zur Wehr setzen.«

Begleitet von einigen frei umherlaufenden Ziegen marschierten sie neben der Küstenstraße bergab. Nach fünfzehn Minuten erreichten sie Chora Sfakion, durchquerten den kleinen Ort und schlenderten die Strandpromenade entlang. Die Geschäfte wurden für den Touristenansturm hergerichtet, doch es herrschte keine Hektik. In den Lokalen saßen nur wenige Personen bei ihrem Frühstück.

»Rucksacktouristen, die nach Loutro oder zur Samaria-Schlucht unterwegs sind. Wer hier urlaubt, will entweder wandern oder seine Ruhe haben«, erklärte Kira.

»Bali ist auch nicht gerade eine Partyhochburg.«

»Das stimmt, man bemüht sich auch nicht um mehr Trubel. Und das ist gut so. Kreta ist keine reine Partyinsel, ich bin sehr froh, das Bali nicht so geworden ist. Kreta hat genügend Möglichkeiten, um die Nächte durchzumachen, aber auch genauso viele, um die Ruhe und Schönheit der Insel zu erfahren und auch das wahre Kreta zu erleben.«

»Du klingst, wie ein Reiseführer.«

»Ich lebe lange genug auf der Insel und habe schon einiges gesehen.«

In einem Lokal am Ende der Strandpromenade nahmen sie Platz und bestellten ihr Frühstück.

»Was nun?«, wollte Niko wissen.

»Diese Typen sind wir hoffentlich vorerst los.« Kira

wirkte gefasst, aber Niko war sich sicher, dass das nur gespielt war.

»Glaubst Du das ernsthaft?«

Niko sah sich um und vergewisserte sich, dass sie ungestört waren. Dann holte er den Ring und das herausgerissene Blatt aus seinem Rucksack.

»Was hat es mit dem Spruch auf sich?«, fragte er Kira, die nur den Kopf schüttelte.

»Der Ring führt zum Dolch - Der Diskus weist den Weg. Ich habe keine Ahnung. Mit dem Diskus wird wohl dieser hier gemeint sein.«

Sie deutet auf ihre Halskette.

»Und der Dolch?«

»Keine Ahnung, Niko. Mir fällt nichts ein.«

Sie nahm das Blatt Papier und legte es zwischen ihnen auf den Tisch.

»Das ist die Tontafel, die hinter dem Buch lag.« Niko holte auch diese aus seinem Rucksack und verglich sie. Die Zeichen stimmten überein.

»Dann hat Opa sie übersetzt. Er schreibt hier vom Minotaurus.«

»Ein Stier in der griechischen Mythologie.« Mehr wusste Niko nicht über die Legende. Er hatte sich nie viel mit Geschichte beschäftigt.

»Ein Stier? Oh Mann, Du hast ja sowas von keine Ahnung. Wenn wir zurückfahren, erzähle ich es Dir.«

Sie drehte das Blatt um.

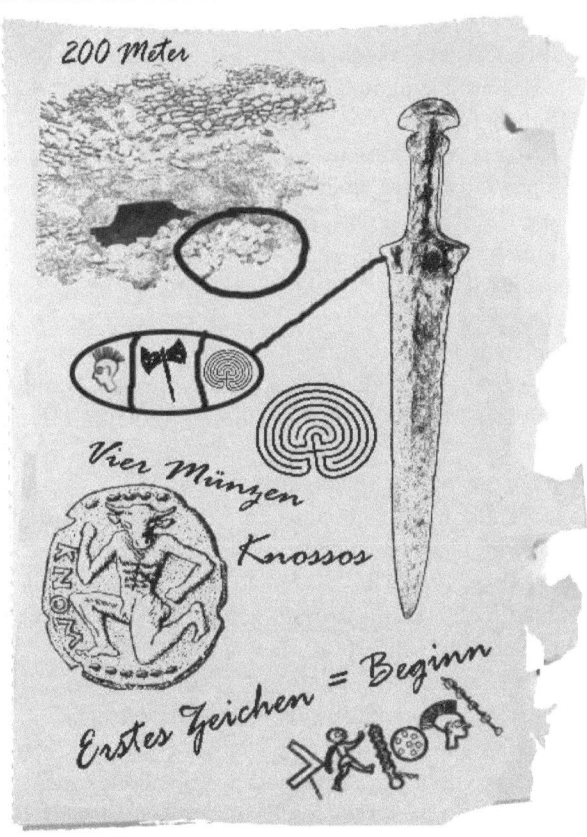

»Da hätten wir einen Dolch«, meinte Niko spöttisch.

»Gut erkannt, aber der Rest? Eine Zeichnung einer Höhle, Schriftzeichen, ein griechisches Labyrinth, eine Münze mit dem Motiv des ... Stiers. Ich kann damit nicht viel anfangen.«

»Griechisches Labyrinth?«

Kira deutete auf das Zeichen in der Mitte des Blattes.

»Du wirst dieses Zeichen überall auf der Insel sehen. Es gehört ebenso zur Mythologie, wie der Minotaurus, der schon auf antiken Münzen aus der Gegend gefunden wurde. Dabei sagen viele, dass das Wort Labyrinth eigentlich eine Ableitung vom Wort Doppelaxt ist. Ich könnte Dir jetzt einen langen Vortrag darüber halten, aber das wird jemanden wie Dich eher langweilen.«

»Möglicherweise.«

»Wichtig ist im Moment nur, was diese Verbrecher von meinem Großvater wollten und ob es tatsächlich etwas mit der Geschichte der Minoer zu tun hat.«

Niko nahm einen großen Schluck Kaffee.

Ernsthaft? Will ich das ernsthaft laut sagen, was ich mir gerade denke?

Er entschied sich, es zu tun.

»Wir werden heimfahren und herauszufinden, was diese Verrückten wollen ... und wo dieser verdammte Dolch sein soll.«

»Wir?« Kira war sichtlich verwundert.

»Ich werde mit Martin sprechen. Denise geht es gut und sie könnte hier einige Zeit bleiben, dafür hat Dein Bruder gesorgt. Wenn ihr Vater das akzeptiert, dann bleibe ich auch noch. Dann können wir gerne dem Geheimnis von Deinem Großvater nachgehen.«

»Und wenn nicht?«

»Sitzt sie im nächsten Flieger nach Österreich.«

Kira seufzte laut.

Kaum waren sie im Auto und auf der Landstraße, die quer hinauf in den Norden der Insel führte, begann Kira mit der Geschichtsstunde.

»Was weißt Du über die griechische Mythologie?«

»Ich kenne ein paar Namen. Zeus, Herkules, Aphrodite, Venus, ...«

Kira brach in herzhaftes Lachen aus.

»Genug! Du hast also keine Ahnung. Zeus und Herkules sind Vater und Sohn. Aphrodite gilt als die Göttin der Liebe und der Schönheit. Ihr römisches Pendant heißt Venus. Es gibt so viele Götter, Halbgötter und andere Wesen in der griechischen Mythologie, selbst ein kurzer Überblick würde zu lange dauern.«

»Dann erzähl mir nur die Geschichte mit dem Stier.«

»Nun gut ... Wie fange ich an?«

»Am Anfang, das wäre praktisch.«

Kira schüttelte den Kopf.

»Wenn das so einfach wäre. Also, hör zu und lerne. Es geschah auf Kreta, dass König Minos, einer der unzähligen Söhne von Zeus ...«

»Unzählige?«

»Ja, Zeus war ein sehr potenter Gott. Darf ich jetzt erzählen?«

»Bin schon ruhig.« Niko konnte sich ein Schmunzeln nicht verkneifen und lauschte ihrer Geschichte, während er den Wagen zurück nach Bali lenkte.

»Also, besagter Minos wollte König auf Kreta werden. Um diesen Anspruch zu erheben, bat er Poseidon, den Meeresgott, um ein Wunder. Dieses Wunder kam in Form eines weißen Stiers direkt aus dem Wasser und sollte dem Meeres- gott auch wieder geopfert werden. Minos gefiel der Stier aber zu gut, deshalb ließ er einen anderen Stier opfern. Poseidon war davon wenig be- geistert und verfluchte Minos Frau, dass sie sich in den Stier verliebte. Sie gebar den Minotaurus ...«

»Sie gebar ihn?«

»Ja, die Geschichten sind nicht ganz jugendfrei, was soll ich tun? Pasiphae, die Frau von Minos, ließ sich ein

Gestell aus Holz bauen und es mit Kuhhaut beziehen. So konnte der Stier sie schwängern. Der Baumeister dieses Gestells hieß übrigens Daidalos, der kommt in dieser Geschichte nochmal vor.

Der Minotaurus wurde geboren, halb Mensch, mit einem Stierkopf und noch dazu einem Appetit auf Menschen. Du hast sicherlich schon in den Souvenirläden, oder auch auf dem Papier von meinem Opa gesehen, wie er ausgesehen haben soll.

Minos wollte das Monster töten lassen, doch seine Tochter Ariadne flehte ihn an, das Wesen am Leben zu lassen. König Minos hörte auf seine Tochter, aber er ließ den Minotaurus wegsperren.

Da kommt Daidalos erneut ins Spiel, denn er baute ein Labyrinth, aus dem der Minotaurus niemals entkommen sollte. Das typische kretische Zeichen für ein Labyrinth haben wir auch auf dem Papier von meinem Opa gesehen.

So weit, so gut. Der Minotaurus war weggesperrt, König Minos führte Krieg gegen die Athener und diese unterwarfen sich ihm. Das war ihm aber nicht genug, er verlangte von ihnen einen Tribut. Alle neun Jahre mussten sieben Jungfrauen und sieben junge Männer zu ihm gebracht werden. Diese wurden in das Labyrinth geschickt, damit der Minotaurus was zum Fressen hatte und die Stadt verschont blieb.«

»Welche Stadt?«

»Das mein lieber Niko ist die Frage, die sich seit Urzeiten die Archäologen stellen. Wenn die Geschichte wahr ist, wo befindet sich dann das sagenhafte Labyrinth?

Die Geschichte geht aber noch weiter. Ich glaube, beim dritten Mal des Opferritus, kam Theseus nach Kreta. Er war der Sohn des Königs von Athen und davon überzeugt, den Minotaurus töten zu können.

Auf Kreta gelandet, traf Theseus auf Ariadne und die beiden verliebten sich.«

Niko ließ einen Seufzer los.

»Dagegen ist so manche Seifenoper langweilig, stimmt´s? Ariadne war also schwer verliebt und wollte ihre große Liebe nicht verlieren. Deshalb gab sie ihm ein Schwert und eine Rolle eines roten Fadens mit. Heutzutage noch bekannt als Ariadnefaden. Mithilfe des Fadens konnte Theseus sich im Labyrinth nicht verlaufen. Er suchte den Minotaurus, tötete ihn und kam unbeschadet wieder ins Freie. Zusammen mit seiner Geliebten und den anderen Jünglingen und Jungfrauen flüchtete er von der Insel.

König Minos war natürlich mächtig sauer. Er ließ Daidalos und dessen Sohn Ikarus in das Labyrinth sperren, denn er hatte erfahren, dass die Idee mit dem Faden vom Baumeister gekommen war.

Theseus wurde neuer König von Athen, die weitere Geschichte von Ariadne ist nicht so ganz klar, jedenfalls dürfte sie nicht seine Gemahlin geworden sein. Daidalos und Ikarus konnten aus dem Labyrinth und auch von der Insel flüchten. Und König Minos herrschte weiter, bis er ebenfalls einen qualvollen Tod fand. Aber das ist eine andere Geschichte.«

»Sehr interessant, sehr lehrreich«, kommentierte Niko die Geschichtsstunde.

»Du Esel! So lernst Du wenigstens auch etwas über die Insel, immerhin bist Du ja zum Teil Kreter.«

Plötzlich wurde Nikos Stimme todernst, jeder Sarkasmus war verschwunden.

»Ja, da hast Du vollkommen recht, Kleine.«

Kira konnte ihn nur anstarren und seine Reaktion nicht einordnen.

Zurück in Bali trafen sie sich sofort mit Aléxandros und Denise in der Strandbar. Das Paar hatte eine ganz andere Vermutung, warum Kira und Niko über Nacht weggewesen waren. Sie warteten mit einem breiten Grinsen im Gesicht.

»Schön, dass ihr wieder hergefunden habt. Ich nehme an, der Ausflug hat Euch gefallen?«, begrüßte Denise die beiden.

»Vielleicht nicht nur der Ausflug, wie war denn die Nacht in ...«, sagte Aléxandros, zurückgelehnt auf der zweisitzigen Couch, einen Arm um Denise gelegt. Sie hatten einen Tisch ausgesucht, der direkt an der Straße stand.

»Schnauze, Bruderherz! Du wirst nicht glauben, was passiert ist.«

»Wollen wir das überhaupt wissen?« Aléxandros Grinsen wurde breiter.

Es verflog aber binnen weniger Minuten, als Kira von ihrem Abenteuer in Loutro erzählte. Nachdem sie mit ihrer Erzählung fertig war, benötigten Aléxandros und Denise einige Sekunden, um ihre Stimme wiederzufinden.

»Wir haben immer vermutet, dass er das Gold für seine Arbeiten nicht auf legalem Weg organisiert hat.«

»Schnauze!«, fuhr ihn Kira an.

»Stimmt doch. Du hast ihn immer verehrt und nie hinterfragt, woher ...«

»Du und Papa, ihr habt immer geglaubt, dass Opa spinnt! Aber ich bin mir sicher, dass seine Erzählungen wahr sind.«

Aléxandros lachte auf. In seiner Aufregung wechselte er ins Griechische.

»Natürlich! Unser Großvater hat eine Höhle mit einem Goldschatz gefunden. Und niemand außer ihm findet sie.«

»Und wenn es so ist? Wenn er tatsächlich etwas gefunden hat?« Auch Kira fuhr ihren Bruder nun auf Griechisch an. Denise lehnte sich zurück und hob abwehrend die Hände. Sie wollte mit der, für sie schon bekannten, Diskussion nichts zu tun haben.

»Und gerade Du sollst diesen sagenhaft Schatz finden?«, provozierte Aléxandros weiter.

»Anscheinend. Immerhin war ich diejenige, die sich immer um ihn gekümmert hat. Während der große Herr hier ...«

»Was? Ich habe mich um unsere Familie gesorgt, oder etwa nicht?«

»Opa ist Teil unserer Familie!«

»Ja, aber Du weißt selbst, wie merkwürdig er die letzten Jahre war. Seine Geschichten aus dem Krieg und sonstige Fantasien ...«

»Fantasien? Der Goldschmuck, den er hergestellt hat, war wohl keine Fantasie. Und das Geld, was Du vererbt bekommen hast, auch nicht!« Kira beugte sich über den Tisch und zischte ihn zornig an.

»Daher vielleicht Deine verrückte Idee, er hätte irgendwelche Geheimnisse. Weil Du kein Geld bekommen hast!«

»Unterstell mir das noch einmal und ich knall Dir eine!«

»Das machst Du genau einmal, Schwester!«, gab ihr Aléxandros wütend als Antwort und wollte sich erheben.

»Ihr könnt Euch wieder beruhigen, beide«, meldete sich Niko ruhig zu Wort, doch die Geschwister hörten nicht auf ihn.

»Ich bin kein kleines Mädchen mehr! Und von so einem Idioten wie Dir lasse ich mir doch nichts sagen.«

»Dann pack Deine Sachen, nimm Dein Skateboard und hau ab. In Loutro ist ein Haus frei!«

»Das ist abgebrannt«, erinnerte ihn Niko mit ruhiger Stimme. Keinem fiel auf, dass er den Streit und somit die Sprache verstand.

»Wenn ich eine Möglichkeit hätte, würde ich liebend gerne weg. Deine Besserwisserei hält doch keiner aus«, fauchte Kira mit hochrotem Gesicht.

»Und Deinen Lebensstil? Glaubst Du, der ist besser?«
Kira sprang auf. Auch Aléxandros erhob sich nun.

»Geh doch ins Meer und ertrink!«, schrie Kira ihn an.
Inzwischen drehten sich einige Gäste zu ihnen um.

»Geh doch zu Deinen tollen Freunden und bitte sie um Hilfe. Für eine Nacht mit Dir machen die das sicher gerne.«

Kira holte aus und wollte zuschlagen, doch Niko war schneller. Er schoss hoch, packte ihre Hand und blickte dabei mit ernster Miene zu Aléxandros.

»Es reicht! Ihr zwei setzt Euch jetzt wieder hin und beruhigt Euch. Sonst gibt es eine Abreibung ... für euch beide! Verstanden?«, erklärte er ihnen in einem bedrohlichen Tonfall. Und auf Griechisch.

Verblüfft sahen ihn Kira und Aléxandros an und realisierten erst nach einigen Sekunden, dass Niko sie die ganze Zeit über verstanden hatte.

»Du sprichst Griechisch?«, fragte Kira verwundert nach.

»Hat er Dir das etwa in Eurer gemeinsamen Nacht nicht ...«

»Schnauze!«, fuhren Kira und Niko ihn gleichzeitig an.

»Ja, ich verstehe und spreche griechisch. Und nun setzt Euch ... beide.«

Die Geschwister gehorchten und nahmen wieder Platz.

»Warum hast Du nichts gesagt?«, wollte Kira wissen.

»Weil es nicht notwendig war.«

Denise, die sich bislang ängstlich in ihren Sitz gedrückt hatte, besorgte eine Runde Getränke und versuchte, ihren Freund zu beruhigen. Das Thema rund um den Großvater wurde an diesem Abend nicht mehr angesprochen.   Nachdem Kira und Aléxandros eine Stunde kein Wort miteinander wechselten und Denise über ihre bisherige Zeit auf der Insel berichtete, wurde die Stimmung wieder   lockerer. Als die Damen zusammen verschwanden, lehnte sich Aléxandros zu Niko vor.

»Ich möchte nur klarstellen, dass meine Diskussion mit Kira nichts mit meiner Beziehung zu Denise zu tun hat.«

»Okay.«

»Nein, wirklich. Ich liebe sie über alles und würde alles tun, dass sie bei mir bleiben kann. Wirklich, das musst Du mir glauben.«

»Du bist angetrunken«, bemerkte Niko.

»Ja, aber trotzdem ist es die Wahrheit. Wenn Du ... und ihr Vater uns eine Chance gebt, kann ich es euch beweisen.«

Niko nickte nur.

Kira und Denise kamen zurück, Kira hatte ihr Telefon in der Hand.

»Wir essen heute zu Hause, auch Du, Niko. Unsere Eltern möchten Dich kennenlernen.«

Niko zog die Schultern hoch.

»Warum nicht, endlich einmal Erwachsene.«

Niko wurde bereits erwartet, als er zur abgemachten Zeit beim Haus von Kiras Eltern erschien. Sie saßen im Garten, stellten sich als Dorothéa und Giorgos vor und baten ihn, Platz zu nehmen. Beim Anblick von Dorothéa musste Niko an seine Mutter denken. Die zierliche Frau war mindestens zehn Jahre jünger als ihr Mann und wirkte eher zurückhaltend. Ihre tiefschwarzen, langen Haare waren zu einem dichten Zopf zusammengebunden, genauso wie sie seine Mutter immer trug. Auch das fast faltenlose Gesicht mit einer markanten Nase glich ihr. Dafür, dass sie auf einer sonnigen Insel lebte, war ihre Haut sehr blass. Niko verdrängte die Gedanken und begrüßte die beiden höflich.

»Wir haben schon gehört, warum Du hier bist, Niko«, kam Giorgos gleich auf den Punkt. Obwohl sie von Kira bereits wussten, dass Niko Griechisch sprach, unterhielten sie sich auf Deutsch miteinander. Der knapp sechzigjährige Mann machte einen ruhigen, besonnenen Eindruck auf Niko. Was ihm aber vielmehr auffiel, waren die stechenden, aufmerksamen Augen und die muskulöse Statur. Die komplette Erscheinung des Mannes erinnerte Niko sofort an einen Aufseher aus seiner Zeit in Gefängnis. Dazu gehörten auch die wie poliert glänzende Glatze und die tiefen Falten auf der Stirn des Mannes.

Dorothéa reichte Niko ein Glas Rotwein. In einem ernsthaften Gespräch, bei dem die Flasche Wein schnell leer wurde, erklärte vor allem Giorgos, was er über die Beziehung seines Sohnes zu Denise dachte. Er berichtete, wie er und seine Frau für Denise einen Job organisierten. Als Leiter der Security des Archäologischen Museums in Heraklion hatte er für die junge Frau nur wenig anzubieten. Dafür konnte Dorothéa, die im Hotel Bali Star als Köchin arbeitete, ihr eine Stelle als Sekretärin vermitteln.

Denise war vom ersten Tag an sehr bemüht, ihren Job besonders gut zu machen. Beide waren geschockt, als sie vor ein paar Tagen erfuhren, dass Denise von zu Hause abgehauen war.

Bevor Dorothéa zur Arbeit ging, bat sie Niko, für Denise ein gutes Wort einzulegen.

»Sie ist ein braves Mädchen, man sieht ihr an, wie glücklich sie mit Aléxandros ist.«

Niko wollte aufstehen und ins Innere gehen, als sein Handy läutete.

»Denise' Eltern?«, vermutete Giorgos. Niko nickte zur Bestätigung, blieb sitzen und nahm den Anruf entgegen. Nach einem kurzen Bericht, bei dem Niko sein Abenteuer mit Kira ausließ, fragte Martin nach seiner Meinung über Denise.

»Deine Tochter hat hier einen Beruf, sie baut sich ein Leben mit Aléxandros auf. Sie ist nicht so naiv wie erwartet.«

»Glaubst Du wirklich, sie kann auf der Insel glücklich werden?«

Wer bin ich, um das entscheiden zu können?

»Entweder ich nehme sie jetzt schnell mit, oder sie bleibt und versucht ein gemeinsames Leben mit ihrem Freund aufzubauen. Alles andere wäre ...« Niko suchte nach einem passenden Wort.

»Unfair?«, beendete Martin den Satz.

»Je länger sie bleibt, umso schlimmer wird es für Euch, wenn ich sie heimbringe.«

Martin schwieg für mehrere Sekunden. Als er ansetzte, um weiterzusprechen, war Niko klar, dass sein Freund eine schwere Entscheidung getroffen hatte.

Kira, Denise und Aléxandros saßen im Wohnzimmer. Die Fenster standen offen, ein kühler Luftzug blies sanft durch den Raum.

»Wo bleibst Du denn?« Kira war gerade dabei, den Tisch zu decken.

»Ich musste noch telefonieren.«

»Mit wem?« Denise wurde augenblicklich nervös.

»Mit Deinem Vater.«

»Und?«, fragten Denise und Aléxandros gleichzeitig.

»Er hat gemeint, ich soll meinen Urlaub etwas ausdehnen und versuchen es zu genießen.«

»Und?«, wiederholten Denise und Aléxandros.

»Und er hat sich nach Dir erkundigt.«

Denise sprang von der Sitzbank auf.

»Niko, bitte! Was hat Papa gesagt?«

»Du sollst herausfinden, ob das hier das Richtige für dich ist.«

Denise und Aléxandros blickten Niko perplex an.

»Wirklich?« Denise Frage klang zaghaft.

»Ja.«

»Du verarscht mich auch nicht? Das ist kein dummer Scherz?«

Niko sah sie ernst und beinahe missbilligend an.

»Bin ich jemand, der dumme Scherze macht?«

Denise stürmte auf Niko zu und umarmte ihn fest.

»Danke, danke, danke.«

Niko stand regungslos da und sah zu Kira und Aléxandros, die ihn angrinsten.

Beim gemeinsamen Abendessen mit Kira, ihrem Vater und dem verliebten, überglücklichen Pärchen wurde ihm ein Vorschlag unterbreitet. Zusammen wollten sie morgen Vormittag nach Knossos fahren, um die ehemalige Palastanlage zu besichtigen. Danach lud Giorgos zu einem Besuch des Archäologischen Museum ein. Er begann seinen Dienst zu Mittag und hatte bereits Freikarten für alle organisiert. Niko, der sich langsam mit der Aussicht auf einen richtigen Urlaub anfreundete, stellte sich als Fahrer zur Verfügung.

Dass er tatsächlich interessiert daran war, mehr über die Insel zu erfahren, wollte er nicht verraten.

Kapitel 6

Die Sonne war noch nicht mehr als ein Halbkreis am Horizont, der Strand menschenleer, die Strandbar und Geschäfte noch geschlossen. Niko stand alleine am Strand, zog sein Shirt aus und betrachtete die kleinen Wellen, die bis knapp vor seine Füße kamen. Nachdem er mehrere Minuten lang nur dastand und die morgendliche Ruhe genoss, warf er sich in das kühle Wasser, tauchte unter und schwamm los.

Dabei versuchte er, alles um ihn herum aufzusaugen. Das Farbenspiel der aufgehenden Sonne, die sanften Wellen, die die einzige Geräuschkulisse waren, der warme Wind, der über ihn hinwegblies. Selbst das Brennen des Salzwassers in seinen Augen störte ihn nicht.

Als er nach fünfzehn Minuten an Land ging, war er immer noch alleine am Strand.

Gut gelaunt, munter und erfrischt spazierte er den steilen Hang hinauf und freute sich auf den Tag. Nach den Ereignissen des Vortages und Kiras Erzählungen wollte er mehr über die minoische Kultur erfahren.

Während Niko auf dem Balkon frühstückte und dabei den Blick über den Hafen, das Meer und auch den Berg schweifen ließ, dachte er über seine derzeitige Situation nach.

Er war nun also definitiv auf Urlaub hier. Martin hatte ihn von seinem Auftrag entbunden, Denise durfte bei ihrem Freund bleiben. Auch wenn die Eltern wenig begeistert waren, wollten sie ihrer Tochter nicht im Weg stehen. Niko hatte noch einige Tage vor sich, in denen er die Situation beobachten konnte. Martin hatte er versprochen, ihn auf dem Laufenden zu halten. Nikos Angelegenheiten rund um Kira behielt er aber für sich. Dieses neunzehnjährige Mädchen hatte mächtig Eindruck hinterlassen. Nicht kitschig romantisch, sondern auf eine Art und Weise, die bislang keiner bei ihm geschafft hatte. Sie hatte mit wenigen Worten vollbracht, was er sich selbst lange Zeit nicht eingestehen wollte. Er musste sein Leben neu starten, die alten Sünden hinter sich lassen und jeden Tag voll und ganz genießen. Was war dafür besser geeignet, als die Insel, auf der seine Mutter aufgewachsen war?

Auf der Fahrt nach Knossos erzählte Aléxandros, dass er sich bei der Polizei in Heraklion erkundigt hatte.

»Wie zu erwarten, die Story von einem Ring mit einer seltsamen Nachricht und einem Schatz der Minoer hat sie nur ein hämisches Lächeln gekostet. Spätestens bei der Frage, welche Drogen ihr beide genommen habt, war mir klar, dass sie es nicht ernst nehmen.«

»Arschlöcher!«, fluchte Kira.

»Lass sie doch«, meinte Niko ruhig, »So können wir in aller Ruhe selbst herausfinden, was Dein Großvater für ein Geheimnis hatte.«

»Schon wieder wir. Bleibst Du denn lang genug hier?«

»Der Rückflug ist noch nicht gebucht. Also gibt es heute keinen Grund, sich darüber Gedanken zu machen.«

»Dann können wir uns heute Abend Gedanken um Opas Geheimnis machen.«

»Wo hast Du die Unterlagen versteckt?«

»Dort, wo sie niemand findet und auch nicht vermutet. Keine Sorge, Niko.«

Er begnügte sich mit der Antwort und schaltete das Radio ein. Der Rocksender sorgte sofort für gute Stimmung:

It's my life
It's now or never
I ain't gonna live forever
I just want to live while I'm alive
dröhnte der Bon Jovi Song aus den Boxen.

Eine Stunde später standen sie vor dem Eingang zur berühmtesten Sehenswürdigkeit der Insel.

»Die Ausgrabungsstätte von Knossos ist mit Abstand der meistbesuchte Ort auf Kreta. Täglich strömen unzählige Leute her, in einer halben Stunde werden jede Menge Busse angefahren kommen. Das heißt, im Moment ist es noch relativ ruhig. Kira, ich nehme an, Du wirst unserem Freund eine kleine Privatführung geben?« Aléxandros Grinsen verriet seine Gedanken über das Pärchen.

»Wird sie. Und ihr könnt ungestört in einer Ecke verschwinden. Dann musst Du ihr nicht wieder im Auto unters Shirt gehen«, konterte Niko und ließ Aléxandros mit offenem Mund stehen.

Noch vor ein paar Tagen hätte Niko nur einen Haufen Steine vor sich gesehen, heute aber dachte er anders. Gleich nach dem Eingang führte der Weg zwischen Überresten von Steinhäusern zu Amphoren in unterschiedlichen Größen und restaurierten Säulen. Niko betrachtete ein teilweise renoviertes Haus, das eine ungefähre Vorstellung gab, wie die Minoer vor über dreitausend Jahren gelebt haben könnten. Auch wenn die Hälfte des Gebäudes fehlte, waren die Frontseite und die ehemaligen Mauern der Innenräume zu erkennen. Ein teils verfallener Stiegenaufgang deutete ein weiteres Stockwerk an.

»Die Menschen damals mussten um einiges kleiner gewesen sein, wenn man die Eingangstür sieht«, meinte Kira und zeigte auf den rechteckigen Türrahmen aus massiven Steinblöcken.

Niko stimmte ihr zu und studierte die Hausmauer. Die Mauer hatte eine Dicke von mindestens einem halben Meter. Anstatt Ziegeln waren Steine in unterschiedlichen Größen sorgfältig aufgereiht und miteinander verbunden worden.

Zwei quadratische Fenster sorgten zu jener Zeit für Licht im Inneren.

Einige Meter weiter stand Niko vor der Wand eines ehemaligen Gebäudes. Auf zwei eingerahmten Wandgemälden waren braungebrannte Personen zu sehen, die eine   Amphore in ihren Händen trugen. Die kräftigen Farben und die Detailtreue faszinierten Niko.
»Sind diese Fresken noch original?«, fragte er.
»Nein. Diese hier sind sogar noch etwas vervollständigt worden. Die originalen Wandzeichnungen werden wir später im Museum sehen. Die Farben sind natürlich schon viel verblasster und es fehlen viele Teile. Aber so bekommt man einen ungefähren Eindruck, wie Knossos damals ausgesehen haben könnte.«
Niko musste ihr zustimmen. Die satten Farben der Wandfresken leuchteten ihnen entgegen.
Kaum vorstellbar, wie es vor Jahrtausenden hier gewesen sein musste, wenn auch die anderen Gebäude in diversen Farben bemalt waren.
Einige Schritte weiter blieben sie vor einem restaurierten Wandgemälde eines Stiers stehen, das sich hinter drei, tiefrot angemalten, Säulen befand.
»Das ist einer der Gründe, warum die Legende vom Minotaurus und dem Labyrinth oft mit Knossos in Verbindung gebracht wird.«
Da Niko nicht reagierte, holte Kira weiter aus mit ihren Erklärungen.
»Das Motiv des Minotaurus oder auch nur der Stierkopf wurde auf Kreta oft gefunden, es befindet sich auch auf antiken Münzen und natürlich auf unzähligen Souvenirs. Unterschiedliche Darstellungen gibt es seit Jahrhunderten. Das wirst Du im Museum sehen. Das Zeichen für ein griechisches Labyrinth hat eine ähnliche Geschichte. Sollte an der Minotaurusgeschichte etwas wahr sein, dann wird das Labyrinth hier vermutet, auch wenn es

noch nie gefunden wurde.«

»Etwas Wahres an einer griechischen Mythologie über Götter, Fabelwesen und Übermenschen?«, warf Niko zweifelnd ein.

»Es muss ja nicht zu hundert Prozent übereinstimmen. Vielleicht gibt... gab es eine Höhle, die einem Labyrinth gleichkommt. Im Süden der Insel befinden sich zwei Höhlen, die Labyrinthhöhlen genannt werden. Die kleine, die man auch erkunden kann, verdient diesen Namen aber nicht. Sie besteht aus einer großen Höhle und ein paar Verzweigungen. Die große Labyrinthhöhle diente im Zweiten Weltkrieg als Munitionslager. Aufgrund der vermuteten Sprengkörper und Patronen ist sie gesperrt. Nur einige Forscher haben sie erkundet, aber nichts gefunden, was den Mythos bestätigen würde.«

Niko ließ sich weiterziehen, während Kira nicht aufhörte zu sprechen. Sie versprach ihm ein Wandgemälde, welches ähnlich eindrucksvoll wirken sollte, wie der Stier. Dazu nahm sie seine Hand und zog ihn mit sich über einen großen Platz, der sich langsam mit Touristen füllte.

»Die stellen sich an, um einen Blick auf das Zentralheiligtum zu werfen. In diesem Gebäudekomplex befand sich der Thronsaal, der Herrscherstuhl aus Stein ist immer noch zu besichtigen. Die sogenannte Schlangengöttin wurde ebenfalls hier gefunden. Du wirst sie ...«

»Im Museum später zu sehen bekommen. Ich habe schon verstanden, vieles, was hier ausgegraben wurde, befindet sich in Heraklion im Museum.«

»Gut erkannt. Und jetzt schau Dir das an.« Kira hatte vor einem Raum Halt gemacht. Als Niko neben ihr vorbei sah, erkannte er sofort, was sie meinte. An der Wand war ein großes Gemälde von fünf Delphinen und mehreren Fischen. Die Tiere waren wunderschön gezeichnet, die Farben sehr deutlich zu erkennen. Niko bewunderte das Werk mehrere Sekunden lang andächtig.

»Da staunt auch ein alter Esel wie Du«, stellte Kira fest.

»Ja, da hast Du Recht, ausnahmsweise.«

Seine freundliche Art verwunderte sie immer noch etwas. Kira wollte die gute Stimmung nicht durch zu viel Hinterfragen gefährden und führte Niko weiter über das weitläufige Areal. Unterwegs trafen sie auf Denise und Aléxandros, mit denen sie im angrenzenden Lokal Platz nahmen. Bei griechischem Frappé, dem beliebten Eiskaffee auf Kreta, erzählte Denise, dass sie zwischenzeitlich in der Umgebung der Ausgrabungsstätte spazieren waren.

»Nur ein paar Kilometer von hier befindet sich ein Aquädukt. Es ist noch gut erhalten, ein Haufen Vögel haben dort ihren Nistplatz. Es war ein angenehmer Spaziergang, aber jetzt wird es langsam zu heiß dafür.«

Aléxandros zog eine Kette aus schwarzen, polierten Steinen hervor und reichte sie Niko.

»Als kleines Dankeschön. Nachdem Du wenigstens zum Teil Kreter bist, solltest Du auch ein Komboloi besitzen.«

»Du weißt, dass diese Kette ...«, wollte Kira ihm eine weitere Lehrstunde über Griechenland geben, doch Niko winkte ab.

»Ich weiß um die Bedeutung eines Komboloi. Ich habe selbst keines und ehrlich gesagt keine Ahnung, wie es zu handhaben ist, aber ich danke Dir Aléxandros.«

Aléxandros Blick verriet, dass er mit diesem Geschenk hoffte, dass ihre anfänglichen Schwierigkeiten damit bereinigt waren.

»Es sind Obsidiansteine und handgemacht«, erklärte er, »Nicht aus der Massenproduktion hier auf der Straße. Denise hat es besorgen lassen.«

Niko dankte ihnen nochmals und betrachtete das Komboloi in seiner Hand.

Nachdem Du wenigstens zum Teil Kreter bist... der Satz, den er auch schon von Kira gehört hatte, hallte in seinem Kopf wieder.

Nach dem Besuch in Knossos führte ihr Weg in die Altstadt von Heraklion, wo sie sich nun vor dem Morosini-Brunnen versammelten. Die vier steinernen Löwen, die eine Wasserschale trugen und in einem Becken standen, das einer achtblättrigen Blume glich, galten als Wahrzeichen der Stadt. Aufgrund des heißen Sommers war der Brunnen zurzeit abgeschaltet. Das hinderte aber die unzähligen Touristen nicht daran sich für Erinnerungsbilder rund um den Brunnen zu positionieren.

Aléxandros und Denise verabschiedeten sich, sie wollten beim Museum wieder zu ihnen stoßen. Vorher lockten die Einkaufmöglichkeiten das Paar. Kiras und Nikos Interesse galt mehr den kleinen Lokalen, die auf dem Platia Eleftheriou Venizelou ein abwechslungsreiches Angebot boten. Von griechischen Speisen, Hot-Dogs, Crêpes und Meeresfrüchten bis zu unterschiedlichen Desserts reichte die Auswahl.

Niko entschied sich für einen Teller Gyros, den sie im Freien bei einem kühlen Bier genossen. Während sie aßen, schlug Kira vor, nach dem Museumsbesuch den Tag am Strand von Bali und mit Cocktails an der Strandbar ausklingen zu lassen.

»Und die Sache mit Deinem Großvater?«

»Die können wir nach dem Strand in Ruhe angehen. Ich kann Dich abends abholen. Bevor wir ins Porto Paradiso gehen, können wir die Seite nochmals genau unter die Lupe nehmen.«

Niko stimmte ihr zu, auch wenn er nicht glaubte, dass hinter der Geschichte von Kiras Großvater ein großes Geheimnis steckte. Seine Neugier war dennoch geweckt. Außerdem musste er sich eingestehen, dass seine Abneigung gegen die Insel nahezu verschwunden war.

Inzwischen waren die Temperaturen auf über dreißig Grad geklettert. Dementsprechend wenige Leute waren daran interessiert, das Archäologische Museum zu besichtigen. Giorgos hatte seinen Dienst schon begonnen und empfang die vier beim Eingang zum Museum. Er erkundigte sich bei Niko, wie ihm der Besuch von Knossos gefallen hatte und empfahl einige Ausstellungsstücke.

Die ersten Säle des Museums zeigten Tongefäße und Werkzeuge aus der Jungsteinzeit bis ungefähr 2.000 vor Christus. Dann folgten Exponate der minoischen Zeit, die für Niko viel interessanter waren. Vor einem kleinen goldenen Schmuckstück blieb Denise stehen und winkte Niko zu sich.

»Dieser Anhänger ist so wunderschön, ich bestaune ihn jedes Mal aufs Neue.«

Niko trat näher an die Glasvitrine und begutachtete das kleine Kunstwerk. Aléxandros kam neben ihm.

»Die Bienen von Malia. Ein filigranes Kunstwerk der minoischen Altpalastzeit. Du musst Dir nur überlegen, mit welcher Präzision es hergestellt wurde, damals, knapp zweitausend Jahre vor unserer Zeitrechnung.«

Der Anhänger zeigte zwei Bienen, die sich um eine runde Wabe krümmten. Die Köpfe und Schwanzspitzen waren miteinander verbunden, so dass sie einen Kreis bildeten. Von ihren Stacheln und den Flügeln hing jeweils eine kleine Goldscheibe herab. Über ihren Köpfen befand sich eine Goldkugel in einem kugelförmigen Käfig.

Niko hatte schon viele wertvolle und fein ausgearbeitete Schmuckstücke gesehen, aber dieses faszinierte ihn besonders. Der Anhänger war nicht größer als fünf Zentimeter und trotzdem voller Details, die eine eindrucksvolle Handwerkskunst voraussetzten. Die unteren Körperhälften der Bienen waren mit Ringen aus kleinsten Kugeln verziert, der dargestellte Honigtropfen zwischen den Tieren bestand aus einer Ansammlung von kleinen Goldkügelchen, die sorgfältig neben- und aufeinander gestapelt und verschweißt waren.

Diese Fingerfertigkeit bringen heute nur noch die wenigsten zustande. So ein Kunststück habe ich auf keiner meiner Touren in die Finger bekommen.

In den Vitrinen daneben waren verschiedenste Schwerter und Dolche ausgestellt. Die Klingen waren zum Teil verrostet oder unvollständig, die Griffe aus Gold und mit Verzierungen versehen.

Beim Betreten des nächsten Raums fiel Nikos Blick zuerst auf eine Nachbildung des Palastes von Knossos. Die Palastanlage war komplett aus Holz erbaut und bot eine gute Vorstellung, wie groß die Palastanlage gewesen sein dürfte. Unzählige ein- und zweistöckige Gebäude mit unterschiedlichsten Räumen und Säulen, die die Anlage und den Innenhof zierten. Die Dächer vieler Bauten waren mit angedeuteten Hörnern verziert. Diese Darstellung von Stierhörnern war Niko schon mehrmals aufgefallen. Auf seine Frage hin, erklärte Kira, dass die sogenannten Kulthörner zu einem der bekannten Zeichen der Minoer gehörten, ebenso wie die Doppelaxt und das Labyrinth.

Während bei dem Nachbau, der den halben Raum einnahm, keine Personen standen, versammelten sich die wenigen Anwesenden um eine Vitrine am anderen Ende des Raumes. Auch auf die Entfernung und durch die Leute hindurch erkannte Niko sofort, welcher Gegenstand dort ausgestellt wurde.

Der Diskus von Phaistos, die auf beiden Seiten bedruckte Tonscheibe, wirkte unscheinbar auf dem Podest. Dennoch zog sie die Blicke auf sich, was vor allem an der Einzigartigkeit der Scheibe lag.

Das Fundstück aus der Bronzezeit zählte zu den bekanntesten und auch bedeutendsten Stücken des Museums.

»Der Diskus ist der erste Beleg für einen Stempeldruck.«
Kira übernahm wieder ihre Rolle als Reiseleiterin für
Niko, »Die Zeichen sind bis heute nicht entziffert, auch
wenn es unzählige Versuche gibt. Solange man aber
nichts Gleichartiges mit diesen Schriftzeichen findet,
wird es bei den Versuchen bleiben.«
Niko umrundete die Vitrine und betrachtete die einige
Zentimeter dicke Tonscheibe von beiden Seiten. Für ihr
Alter war sie in einem sehr guten Zustand, ausgestellt auf
einem Ständer, der es ermöglichte, beiden Seiten durch
das Glas genau zu studieren. Spiralförmig und mit Ab-
trennungen waren Gruppen mit unterschiedlichen
Zeichen eingedruckt. Manche der Tier-, Menschen- und
auch abstrakten Motive erschienen mehrmals, bis auf
einige wenige waren sie alle noch deutlich zu erkennen.
Kurz stutzte er, blickte zu Kira und dann wieder auf den
Diskus.
»Was ist?«, wunderte sich Kira.
»Nichts. Schönes Teil.« Niko sah sich noch einmal im
Raum um und ging weiter.
Der Museumsbesuch war der letzte Teil ihres Aufent-
halts in der Hauptstadt Kretas. Mittlerweile war es zu
heiß für weitere Spaziergänge und man einigte sich auf
die Rückfahrt und den Strand.
Inzwischen konnte Niko das Meer als angenehm emp-
finden und so schwamm er mit den anderen mit, ließ
sich sogar zu einem Ballspiel im seichten Wasser über-
reden und schaffte es, danach auf der Liege zu entspannen.
Doch kaum hatte er die Augen geschlossen, war Kira
neben ihm und schubste ihn leicht an.
»Wir wär´s, gehen wir zu Dir? Dort sind wir ungestört.«
Niko glaubte, sich verhört zu haben, riss die Augen auf
und sah die junge Frau verwundert an. Kiras breites
Grinsen ließ ihn für einen Moment nervös werden.

»Nein, Du alter Esel. Nicht, was Du denkst. Ich nehme die Sachen von meinem Opa mit und wir versuchen herauszufinden, was es damit auf sich hat. Lieber jetzt in Ruhe, als dann beim Abendessen oder danach.«

Schnell fand Niko seine Fassung wieder.

»Lass uns gehen.«

Als Kira ihrem Bruder und Denise verkündete, mit Niko zu gehen und zum Abendessen in der Strandbar wiederzukommen, erntete sie von beiden ein freches Grinsen.

»Schon klar. Ich nehme an, ihr werdet die Zeit brauchen ...«

»Schnauze, Bruderherz. Ich will mit Niko nur ...«

»Keine Details, Kira. Verschon mich damit«, beschwichtigte Aléxandros seine jüngere Schwester.

Ohne weiter auf ihn einzugehen, marschierten Kira und Niko zur Bar, wo sie sich ein kleines Paket aushändigen ließ.

»Wie gesagt, ich habe alles an einem sehr sicheren Platz deponiert. Niemand möchte sich mit Giannis oder jemanden vom Porto Paradiso anlegen.«

Beim gemeinsamen Verlassen der Bar kamen Kira und Niko drei bekannte Jugendliche entgegen. Niko erkannte sie sofort als die drei jungen Männer, die ihn bei seinem ersten Treffen mit Kira »begrüßt« hatten. Noch bevor einer der Drei etwas sagen konnte, hob Kira die Hand.

»Keine Aufregung, Jungs. Alles in Ordnung. Niko ist voll okay.«

Sie stellte Niko ihren Freunden vor.

»Die Zwillingsbrüder Stelios und Manos. Und Thaumas ...«

»Der Freund mit der Eisenstange «, meinte Niko gelassen.

»Ihr scheint Euch gut zu verstehen«, stellte Manos, der Zwilling mit Vollbart fest. Niko konnte deutlich die Eifersucht heraushören.

»Ja, Manos. Ich werde es Euch später erklären. Im Moment muss ich mit Niko...«

»Alleine sein, ich kenne mich aus. Schönen Abend noch.« Manos würdigte die beiden keines Blickes und ging an ihnen vorbei zur Bar. Die beiden anderen

Männer hoben nur die Schulter und folgten ihm.

Auf dem Weg zu Nikos Apartment fragte Niko nach dem Hintergrund zu Manos Verhalten.

»Die Drei sind meine besten Freunde. Aber Manos... naja, er hat sich etwas mehr erwartet, nachdem wir einmal ... Du weißt schon.«

»Du warst mit ihm im Bett und jetzt will er mehr von Dir.«

Kira nickte.

»Ich habe Manos gesagt, dass er nur ein Freund ist. Auch wenn ich ... Ach lassen wir das, er wird sich schon wieder beruhigen.«

In Nikos Apartment öffnete Kira das Paket und legte die Holzschatulle, den Ring und die herausgerissene Tagebuchseite auf den Tisch. Niko griff in seinen Rucksack und holte die Tontafel heraus, die er im Haus des Großvaters eingesteckt hatte.

»Ich lasse Dich einige Minuten überlegen«, erklärte er und verschwand im Badezimmer.

Während er sich duschte, studierte Kira die Utensilien, doch als er zurückkehrte, war sie nicht viel klüger geworden.

»Mir leuchtet einfach nicht ein, was es mit einem Dolch auf sich hat. Opa hat nie von einem bestimmten Dolch gesprochen. Wir haben solche Dolche wie auf der Tagebuchseite im Museum gesehen, mehr fällt mir nicht ein.«

Niko nahm den Ring aus der Holzschachtel und sah ihn sich genau an.

»Das Datum ist der Schlüssel zu allem«, murmelte er.

Als er aufblickte, stutzte er verwundert. Kira war gerade dabei, ihren Bikini auszuziehen.

»Schau nicht so, alter Mann«, meinte sie keck, »Ich will mich auch abduschen. Deshalb habe ich ja mein Gewand mitgenommen.«

»Tu nur«, sagte Niko, nahm die Tagebuchseite und setzte sich damit auf sein Bett.

In ein Badetuch gewickelt setzte sich Kira einige Minuten später zu Niko auf das Bett.

»Und?«

»Diese Zeichen«, Niko deutete auf die Zeichenfolge auf dem unteren Teil der Seite, »Es sieht aus, wie auf der Scheibe im Museum.«

»Der Diskus weist den Weg. Welchen Weg?«

»Darauf habe ich keine Antwort. Was hat es mit dem Datum auf sich?«

Kira überlegte, kam aber zu keinem Ergebnis. Kein Geburtstag oder Feiertag stimmte mit dem Datum überein.

»Vielleicht stehen die Zahlen gar nicht für ein Datum. Wenn die Zahlen etwas anderes bedeuten?«, mutmaßte Kira.

»Ohne Anhaltspunkt wirst Du nichts herausfinden. Du kanntest Deinen Großvater, überlege, was er gemeint haben könnte.«

Leicht säuerlich legte sich Kira auf das Bett, gleichzeitig zog Niko sein Smartphone hervor und tippte darauf herum.

»Glaubst Du, das habe ich noch nicht? Aber was soll ich suchen? Opa war Goldschmied, liebte das Meer, war viel wandern und interessierte sich sehr für die minoische Kultur. Ich weiß, dass er oft Kontakt mit dem ehemaligen Kurator des archäologischen Museums hatte.«

»Dann frag den doch.«

»Keine gute Idee. Er wurde wegen einiger krummen Dinge hinausgeworfen. Opa hat nur einmal angedeutet, dass er ihm nicht mehr über den Weg traut.«

»Irgendwelche Rituale, Festtage, besondere jährliche Ereignisse?«, versuchte Niko, ihr weitere Hinweise zu bieten.

»Ich weiß es auch nicht!«, meinte Kira genervt, »Opa war zum Beispiel ein begeisterter Wanderer. Er liebte die Berge. Ich habe ein Bild von ihm daheim, wie er auf dem Gipfel des Kofinas steht. Jedes Jahr hat er an der Prozession zur Kapelle am Gipfel teil ...«

Kira starrte Niko an.

»Am 14. September«, stießen beide gleichzeitig hervor.

»Der Ring führt zum Dolch. Er hat den Dolch auf dem Kofinas versteckt.« Kira griff nach dem Ring und kontrollierte nochmals das Datum.

»Ernsthaft jetzt?«

Sie sah ihn eindringlich an.

»Das passt doch ganz genau.«

Niko hatte inzwischen über sein Smartphone einen Text über den Berg gefunden.

»Nicht unbedingt ein sehr geheimes Versteck, wenn jedes Jahr ein Haufen Leute hinaufpilgern.«

Kira sprang auf, die Erkenntnis hatte ihr wieder volle Motivation eingehaucht.

»Wir müssen hin, nur so können wir sicher sein!«

»Dann viel Spaß beim Wandern. Vielleicht können wir vorher noch essen.« Er musterte die junge Frau von Kopf bis Fuß.

»Und es wäre nicht schlecht, wenn Du Dir etwas anziehst.«

Kapitel 7

Das Klopfen an der Zimmertür weckte Niko. Er setzte sich auf und benötigte einige Sekunden, um seine Gedanken zu sortieren.

Ach ja, beim Abendessen haben wir vereinbart, dass die Kleine mich zeitig abholt. Wir wollen ja auf diesen Berg und einen mysteriösen Dolch finden. Also, raus aus dem Bett und ein bisschen Indiana Jones spielen.

Kira erschien mit einer Papiertüte voll mit frischem Gebäck und einer Flasche Orangensaft, frisch gepresst, wie sie versicherte.

»Lass uns rausgehen, die Sonne geht gerade auf«, meinte Kira. Ohne auf eine Antwort zu warten, verschwand Kira wieder aus dem Zimmer. Niko griff nach seinem Handy.

»Ernsthaft?«, stöhnte er auf. Die Uhr zeigte 6 Uhr dreißig.

Beim gemeinsamen Frühstück auf der Terrasse studierte Niko die Straßenkarte. Ein dickes X markierte den Berg Kofinas an der gegenüberliegenden Küste von Heraklion. Ein Großteil der Strecke würde über die Hauptstraße verlaufen, doch die letzten Kilometer waren sie laut der Karte auf nicht befestigte Straßen unterwegs.

»Wir können ziemlich nahe bis zum Gipfel fahren. Beim letzten Aufstieg befinden sich eine Kapelle und Parkmöglichkeiten. Von dort geht es um die 250 Meter hinauf. Über Stiegen, Steine und an einer Stelle muss man etwas klettern.«

»Das sollte kein Problem sein«, versicherte Niko.

»Alles andere hätte mich bei Dir auch gewundert.«

Während Kira nach dem Frühstück alles im Kühlschrank verstaute, schnappte sich Niko seinen Rucksack.

»Die Kapelle auf dem Gipfel ist offen, Du wirst keinen Dietrich benötigen.«

»Ich hätte auch in Loutro kein Messer oder eine andere Waffe benötigt, oder?«, gab Niko trocken zurück und sperrte sein Zimmer zu.

Niko hatte sich nach dem Abendessen in der Strandbar nur noch einem Cocktail gegönnt. Er wollte für den heutigen Tag ausgeschlafen sein. Kira hingegen war noch länger unterwegs, sie war erst nach vier Uhr ins Bett gegangen. Müde hing sie im Sitz neben ihm.

»Sag mal, was hast Du eigentlich bislang beruflich gemacht, Niko?«

Die Frage verwunderte ihn.

»Na ja, Du wirst ja nicht seit Schulzeiten ein Verbrecher gewesen sein, oder?«

Er seufzte auf.

»Nein. Da gab es vorher auch ein normales Leben. Schule, versucht zu studieren, diverse Jobs. Vom Verkäufer, Trainer im Fitnessstudio, kurze Zeit als Taxifahrer, einmal auch in einem Büro ... Ich habe schon einige Sachen probiert.«

»Und wie kam es dann ...«

»Ich habe den Job verloren und hatte Schulden. Nachdem Stefanos schon länger mit diesen ... Leuten unterwegs war, habe ich ihn um Hilfe gebeten. So ist es passiert.«

Die Erklärung schien Kira vorerst zu genügen.

»Aber was ist mit Dir? Du bist alles andere als ein typisch griechisches Mädchen.«

Kira drehte den Kopf zu ihm, strich sich ihre leuchtenden roten Strähnen zur Seite und lächelte.

»Das ist wahr. Ich bin die ersten zehn Jahre in Deutschland aufgewachsen, bis meine Eltern zurück nach Kreta gekommen sind.«

»Worüber Du nicht begeistert warst«, warf Niko ein.

»Gut erkannt. Ich wollte nicht und dieses Revoltieren habe ich lange beibehalten. Erst mein Opa hat es geschafft, dass ich mich auf Kreta heimisch gefühlt habe. Ganz schlimm war es mit vierzehn, fünfzehn.«

»Deine Tätowierungen?«

»Sind ein Teil dieser Zeit, ja. Möglichst auffällig, gegen jeden und alles. Aber ich bin reifer geworden, wie ihr Erwachsenen so schön sagt.«

Niko grinste.

»Trotzdem willst und wirst Du dich nicht einfach so den normalen Umständen anpassen.«

Kira zog ihr Shirt im Ausschnitt hinunter und präsentierte ihre große Tätowierung.

»Das wird immer ein Teil von mir sein, und das ist auch gut so. Wer will denn schon normal sein? Außerdem, gerade Du verrückter Esel willst mir etwas über Normalität erzählen?«

»Auch wieder wahr«, musste Niko ihr zustimmen.

Nachdem er ihr versicherte, den Weg auch alleine zu finden, versank Kira in einen tiefen Schlaf. Niko ließ das Radio leise laufen und die Gedanken schweifen, während er über die leere Küstenstraße fuhr.

Je weiter in den Süden sie kamen, desto enger wurde die Fahrbahn. Inzwischen glich sie mehr einer kleinen Bundesstraße. Nach einer kleinen Ortschaft bog Niko ab und landete kurz darauf auf einer Schotterpiste, die zu einem Bergmassiv führte.

Kira wurde munter, streckte sich und sah sich um.

»Oh, wir sind ja schon fast da.«

»Du hast auch über 2 Stunden geschlafen.«

Die staubige Straße führte einspurig in Serpentinen bergauf. War es bislang eine ruhige Fahrt gewesen, so wurde der weiße Mietwagen nun durchgeschüttelt. Mit langsamer Geschwindigkeit kämpfte sich Niko die rumplige Straße hinauf, hinter ihm war nur eine dichte Staubwolke zu sehen.

»Das Verdeck zu öffnen wäre wohl keine gute Idee. Dabei lädt das Wetter dazu ein«, stellte Kira mit einem Blick in den Himmel fest. Einige Wolken waren über ihnen, in einiger Entfernung konnte Niko aber auch dunklere ausmachen.

»Der Wagen ist nicht für diese Piste geeignet.« Niko bemühte sich, den Schlaglöchern auszuweichen, dennoch erwischte er immer wieder eines. Mehrmals streiften Steine über den Unterboden.

»Wir werden nur etwas durchgeschüttelt, mehr nicht.« Kira schien die Fahrt zu gefallen, auch wenn neben ihr das Gelände steil bergab fiel.

»Ich mache mir nicht um uns Sorgen, sondern um den Wagen.«

»Du bist doch sicherlich beim ADAC«, scherzte Kira.

»In Österreich heißt der ÖAMTC. Und bis uns hier wer findet, würde es einige Zeit dauern.«

Vielleicht hätte ich mir die Versicherungsdetails genauer durchlesen sollen.

Langsam fing Niko an zu zweifeln, ob der Ausflug in die Bergwelt eine gute Idee gewesen war. Vor ihnen wurde der Weg immer steiniger und auch schmaler. Viele der engen Kurven konnte Niko nur mit Schrittgeschwindigkeit fahren, oft musste er größeren Steinen auf dem Weg auszuweichen.

Dafür war die Aussicht atemberaubend. Sie sahen zu mehreren Berggipfeln und tief ins Landesinnere hinein. Weite grüne Felder, vereinzelte Hügel und Ortschaften, deren weiße Häuser herausleuchteten, ergaben ein beeindruckendes Bild.

Eine halbe Stunde lang quälte sich Nikos Mietwagen hinauf, bis sie zu einer Abzweigung kamen.

»Wir müssen nach rechts. Der andere Weg führt zu einem einsamen Kloster am Meer«, erklärte Kira.

Niko lenkte den Wagen nach rechts und landete damit auf einer noch steinigeren Straße. Der Himmel über

ihnen wurde von Minute zu Minute wolkenverhangener.
»Das sieht nicht gut aus«, sagte Niko und deutete hinauf.
»Wir sind ja gleich da. Es muss nur noch ein bisschen aushalten.«

Nach einer Fahrt über eine Hügelspitze, bei der die Reifen des Wagens mehrmals durchdrehten, konnten sie ihr Ziel sehen. Die Straße führte zu einem staubigen Platz, an dem eine weiße Kapelle stand. Links daneben war deutlich der Weg zum Gipfel des Kofinas zu erkennen. Das Braun der Straße und die ausgedörrten Wiesen wechselten nach einigen Meter zu einem hellen Grau bis zum erkennbaren Gipfelkreuz. Die Bergkette zog sich weit von ihnen fort. Es war ein imposanter Anblick, wenngleich die dicken Wolken über dem Gipfel die Sicht trübten.

»Nachdem wir nun gut massiert wurden, wird der Aufstieg sicher kein Problem.«

»Wir sollten uns beeilen«, meinte Niko mit etwas Nervosität in der Stimme. Der Himmel über ihnen wurde von Minute zu Minute grauer.

Als sie ausstiegen, fiel ihm der kühle Wind auf, der ihm entgegenblies.

Ich habe ein ganz schlechtes Gefühl. Doch er sagte nichts, schnappte sich seinen Rucksack und folgte Kira zu einer Hinweistafel.

»Früher soll auf dem Berg ein minoisches Heiligtum gestanden haben. Unweit von hier gibt es auch eine Ausgrabungsstätte, die noch erforscht wird.«

»Keine langen Erklärungen«, drängte Niko und marschierte zum Holzgeländer neben der Tafel. Mit großen Schritten gingen sie über die in den Felsen gehauenen, unebenen Steinstufen bergauf. Die Stufen wechselten sich mit kurzen Abschnitten von glatten flachen Felsen ab. Der Weg war zwar deutlich zu erkennen und ausgetreten, dennoch mussten sie behutsam vorgehen. An einer Stelle war ein metallener Stufenaufgang in den

Felsen geschlagen worden. Der musste schon viele Jahrzehnte hier sein Dasein fristen, die Stangen waren verbogen und durchgehen rostbraun. Es folgte eine Passage, die durch ihre Neigung und dem Fehlen eines Geländers nur langsam überquert werden konnte. Die Felsen waren aufgrund der feuchten Luft rutschig. Niko riskierte einen Schritt zum Abgrund und blickte hinab.

»Geschätzte 150 Meter freier Fall. Mit einer Landung auf hartem Gestein.«

»Darum solltest Du aufpassen, wohin Du steigst, Niko.«

Sie kamen immer höher, mussten zwischenzeitlich auch die Hände zu Hilfe nehmen. Die anfänglichen Stufen waren verschwunden, nun führte ihr Aufstieg über Felsenplateaus und in den Fels geschlagene Durchgänge. Kira hielt sich hinter Niko, da der Weg nicht breit genug war. Neben ihnen war immer wieder der Abgrund gefährlich nahe, ein Grund, nicht unvorsichtig zu werden. Die Fernsicht bot einen Blick tief ins Innere der Insel, über kleinere Berge und grüne Täler hinweg. Die Straße, die sie vorher benutzt hatten, war deutlich zu erkennen. Nach einem letzten Abschnitt, bei dem sie mehrere Meter zwischen zwei Felsblöcken hinaufklettern mussten, um dann nur Zentimeter neben dem Abgrund weiterzugehen, hatten sie es geschafft.

Der Gipfel des Kofinas war ein großflächiges Plateau, auf dem sie von einer steinernen Kapelle, zwei Bäumen und dem Gipfelkreuz auf einer kleinen Anhöhe erwartet wurden.

»1.236 Meter über dem Meer.«

»Auch sehr schön, und nun?« Niko klang beunruhigt.

»Was glaubst Du, wo könnte er den Dolch versteckt haben?«

Niko sah sich um und musste zugeben, dass die Auswahl der Möglichkeiten ihn nicht sehr positiv stimmte.

»Vergraben wäre mühsam, aber eine Option. Eine, die es uns unmöglich macht, den Dolch zu finden. Immer vorausgesetzt, es gibt auch...«

»Es muss ihn geben!«, unterbrach Kira ihn energisch.

»Wenn Du meinst. Wir werden die Kapelle untersuchen.«

Der schlichte Bau aus verschieden großen Steinen und flachem Dach hatte keine Fenster, nur ein schmaler Türrahmen diente als Eingang und Lichtquelle. Im Inneren waren mehrere Ikonen an den Wänden und am Boden. Die Bilder zeigten unterschiedliche Heilige, teils nur im Porträt, manche vor einem Kreuz stehend oder in einer Gruppe mit Menschen und Tieren. Neben dem Eingang waren zwei Ständer mit jeweils einer Schale voll Sand aufgestellt, in welcher knapp ein Dutzend dünne abgebrannte Kerzen steckten. Der klapprige Holztisch daneben war das einzige Möbelstück in dem Raum.

»Ich bin für Vorschläge offen«, meinte Niko und sah sich die Ikonenmalereien genauer an.

Kira ließ ihren Blick durch den Raum streifen, auf der Suche nach einem Hinweis.

»Wir haben keinen Anhaltspunkt. Das Datum auf dem Ring hat uns zwar hierher geführt, aber nun?«

Niko stand an der Wand gegenüber des Eingangs, wo ein Holzgerüst Platz für eine Vielzahl an Ikonen bot. Mehr als die Bilder interessierte ihn aber die Rückseite und die Wand hinter dem Gerüst.

»Ich werde mich draußen beim Gipfelkreuz umsehen. Immerhin ist das Bild von meinem ...«

Ein greller Blitz ließ sie und Niko zusammenzucken und sprunghaft zur Tür blicken. Im nächsten Moment ließ ein lautstarkes Donnern den Boden erbeben. Die angelehnten Ikonenbilder wackelten, eine der nicht fest in den Sand eingedrückten Kerzen fiel.

»Was ...«

»Ein Gewitter. Das kann in den Bergen sehr schnell gehen. Zu schnell in unserem Fall«, sagte Niko und blickte hinaus. Wie er befürchtete hatte, regnete es. Der

Regen wurde rasch stärker, dazu hatte der Wind nun auch an Kraft zugelegt. An einen Abstieg war nicht mehr zu denken. Niko konnte zusehen, wie sich die hellen Felsen durch den Regen dunkel färbten und sich binnen einer Minute Pfützen und kleine Rinnsale bildeten.

»Das ist nicht gut.«

»Wieso denn? Hier sind wir im Trockenen. Wir müssen nur warten ...«

»Bis der Regen und das Gewitter vorüberziehen. Dann noch länger, bis wir den Weg begehen können, ohne beim nächsten Felsen auszurutschen und einen tödlichen Abflug zu machen«, erklärte Niko und blickte auf seine Uhr. Es war noch nicht einmal 11 Uhr.

Das kann ein langer Tag werden.

Zwei Stunden später war auch Kira bewusst, dass sie auf dem Gipfel festsaßen und ausharren mussten. Der Regen hatte bislang nicht aufgehört, der Wind pfiff ihnen um die Ohren. Jeder Blitz wurde von einem ohrenbetäubenden Donnerknallen begleitet. Ihre Mobiltelefone waren nutzlos, beiden wurde langsam kalt in ihren dünnen Hosen und kurzärmligen Shirts.

Kira ging fröstelnd auf und ab, die Arme eng um den Körper geschlungen. Niko studierte weiterhin die Wände und die Einrichtungen in der Kapelle.

»Wir können niemandem Bescheid geben.«

»Denise und Aléxandros wissen, wo wir sind.«

Kira drehte sich zu Niko.

»Ja, und? Wenn wir nicht kommen, glauben die nur wieder, wir machen uns eine schöne Nacht. Aléxandros ist überzeugt, dass da was läuft zwischen uns.«

»Ernsthaft?«, wunderte sich Niko.

»Hey, du Esel! Bin ich denn so uninteressant für Dich?«, feixte Kira und gab ihm einen leichten Stoß.

»Wie alt bist Du?«

»Neunzehn.«

»Und damit fast zwanzig Jahre jünger. Selbst davon abgesehen, ich kann gut ohne Frauen leben.«

»Bist Du schwul?«

»Nein.«

»Dann hast Du wohl sehr schlechte Erfahrungen gemacht.«

»Kann man so sagen.«

»Dann ...

»Das ist eine lange Geschichte, für einen anderen Tag. Kurz gesagt, es liegt an einem Vertrauensproblem. Bis ich jemand ernsthaft traue, dauert es sehr lange«, beendete Niko das Thema.

Ein weiterer Windstoß ließ den Kerzenständer neben der Tür schwanken und gegen die Wand kippen.

»Es wird langsam etwas kühl. Ich hätte vielleicht mitdenken sollen, dass wir keinen Strandausflug machen«, bedauerte Kira ihre Kleidungswahl.

Niko kramte eine schwarze Plastikbox aus seinem Rucksack hervor. Er nahm eine sorgfältig zusammengefaltete silberne Folie heraus und warf das Päckchen Kira zu.

»Wickel dich damit ein. Die Aludecke kann dich wärmen.«

»Wieso? Ich meine, was hast Du da alles mit?«

»Eine kleine Notfallausrüstung.«

Auf Kiras Nachfrage erzählte Niko, dass er sich für Survivaltechniken interessierte, aber eher zufällig sein Notfallpaket eingepackt hatte.

»Ich habe auch meine Wurfmesser mit, ohne zu wissen warum.«

Er holte sein Taschenmesser hervor.

»Dieses Teil habe ich ständig bei mir. Ein typisches Schweizer Taschenmesser mit unzähligen Gimmicks, die sehr nützlich sein können.«

»Und warum gerade Survival?«

»Das Survivaltraining war Teil der Antiaggressiontherapie. Gruppendynamik, Teambuilding und solche Späße.«

»Und hat es auch etwas gebracht?«

»Deine drei Freunde haben keine ernsthaften Verletzungen.«

»Sehr großzügig von Dir.«

»Weil wir gerade über unser erstes Treffen reden, was haben Deine Freunde damit gemeint, dass Du schon mehrmals belästigt wurdest?«

Kira setzte sich zu Niko auf den Boden und lehnte sich an ihn.

»Es hat vor kurzem einige unangenehme Situationen gegeben. Es begann einen Tag nach der Beerdigung meines Großvaters. Wir kamen heim und jemand hatte bei uns eingebrochen. Es wurde nichts gestohlen, aber die Einbrecher waren sehr an meinem Zimmer interessiert. Seitdem haben wir eine Alarmanlage, etwas, was noch nie notwendig war. Kurz darauf bin ich auf dem Heimweg beinahe überfallen worden. Wenn Manos nicht vor unserem Haus auf mich gewartet und eingeschritten ...«

»Du machst mir nicht den Eindruck, dass Du dich nicht wehren könntest.«

»Es ist nicht so leicht, wenn neben Dir ein Lieferwagen anhält und zwei maskierte Typen herausspringen. Manos ist damals laut schreiend auf mich zu gerannt, das hat die Männer verschreckt.«

»Eine Idee, wer es war und warum?«

»Bislang nicht. Aber es werden wohl dieselben gewesen sein, die wir in Loutro getroffen haben.«

Kira wurde das Thema unangenehm, weshalb sie mit Fragen anfing, um mehr von Nikos verbrecherischer Zeit zu erfahren. Auf ihre Fragen, erzählte Niko von einigen Einbrüchen und beschrieb ihr, wie er in die verschiedensten Häuser eingedrungen war. Mehrmals ertappte er sich dabei, wie er sich über sich selbst wunderte, wie offen er mit der jungen Frau über seine Vergangenheit sprach.

Als er von einem Einbruch erzählte, bei dem er über die Hausmauer emporklettern musste, stutzte er. Ohne weiter zu sprechen, sprang er auf und zog ein klobiges Taschenmesser aus dem Rucksack.

»Wie viele Messer hast Du denn mit?«

»Einige«, antwortete Niko und ließ die Klinge aufspringen.

»Wozu brauchst Du es?«, Sie deutete auf das auffällig dicke Messer.

»Für die groben Arbeiten.«

Auf ihren fragenden Blick hin streckte er die Hand aus und überreichte ihr das Messer.

»Walther? Machen die nicht Pistolen?«

»Korrekt, Kleine. Aber sie fertigen auch taktische Messer.«

»Und was ist so besonders an diesem, außer dem Gewicht?«

Niko nahm ihr das Messer aus der Hand.

»Die Spearpoint-Klinge ist scharf und breit, durch den großen Polymergriff kann das Messer praktisch nicht aus der Hand rutschen. Das zweite Tool ist eine einsatzfähige Säge, was bei vielen Taschenmessern nicht der Fall ist. Weiters befinden sich ein Schleifstein und ein Feuerstein zum Herausnehmen ...«

»Okay, ich hab´s verstanden. Und was hast Du jetzt damit vor?«

»Mir ist eingefallen, was mich vorhin an der Wand dort gestört hat.«

»An der Wand? Das ist die Rückseite der Kapelle. Viele Steine, sehr alt und ...«

»Genau! Sehr alt.«

Niko tastete die Wand hinter dem Gerüst und den Bildern ab.

»Sehr alt. Aber diese Steine sind später eingesetzt worden. Auch der Verputz ist anders.«

»Na und? Dann wurde sie eben restauriert.«

Mit der breiten Klinge begann er, einige der Steine aus der Wand zu hebeln. Zuerst einen relativ kleinen, der nicht größer als Kiras Faust war. Dahinter befand sich nichts, außer einem weiteren, größeren Stein. Während er den nächsten Stein herausbrach und das entstandene Loch inspizierte, riskierte Kira einen Blick ins Freie.

»Reicht es nicht, dass der Wind durch diese Tür kommt? Willst Du, dass er so richtig durchpfeift?«

»Nein. Willst Du den Dolch sehen, den Dein Großvater hier versteckt hat?«

Kira drehte sich zu ihm, um eine freche Antwort zurückzugeben. Im nächsten Moment erstarrte sie mit offenem Mund.

In Nikos Hand lag ein Dolch, ähnlich denen aus dem Museum. Die verrostete Klinge war in einem weitaus besseren Zustand als die ausgestellten, die sie in Heraklion gesehen hatten. Der goldene Griff hatte einen Durchmesser von zirka fünf Zentimetern und war mit Nieten und einem glatten, halbrunden Knauf verziert. In der Einfassung der Klinge waren Zeichen in das Gold graviert.

»Das sind die Zeichen, die Dein Großvater in sein Notizbuch gezeichnet hat.«

Die Symbole waren sehr gut zu erkennen. Ein Kopf mit aufgestellten Haaren, eine Doppelaxt und das Labyrinthzeichen waren in das Gold graviert worden.

Kira konnte nur sprachlos auf das Fundstück starren. Vorsichtig streckte sie ihre zitternde Hand aus und griff nach dem Dolch.

»Er beißt nicht.« Niko legte ihn in ihre Hand. Andächtig begutachtete sie den Dolch von allen Seiten.

»Es ist also wahr. Er hat tatsächlich etwas gefunden ...«, murmelte sie leise.

»Wie geht es jetzt weiter? Der Ring führt zum Dolch, das hätten wir erledigt. Der Diskus weist den Weg, dazu wissen wir noch nichts«, stellte Niko fest. Kira schien ihn nicht zu hören, sie war völlig von dem scheinbar jahrtausendalten Dolch fasziniert.

Mittlerweile war es 16 Uhr, seit einer Stunde hatte der Regen aufgehört. Die Wolken waren fast vollständig verschwunden, die Sonne strahlte und sorgte umgehend für sommerliche Temperaturen. Nur einige Pfützen zeugten noch von dem Unwetter vom Vormittag.

Niko entschied, dass der Abstieg inzwischen möglich sein sollte, bat Kira aber um besondere Vorsicht.

»Ja natürlich. Machst Du Dir etwa Sorgen um mich?«

»Ich möchte Deinen Eltern nicht erklären müssen, was passiert ist. Pass einfach auf, wo Du hinsteigst.«

Langsam und behutsam kletterten sie vom Plateau hinab. Niko achtete dabei sehr darauf, dass Kira immer in seiner Reichweite war. Obwohl es an manchen Stellen noch feucht und rutschig war, wurde der Abstieg für beide weniger beschwerlich als befürchtet. Keine 10 Minuten später standen sie vor Nikos Wagen.

Der Regen hatte den Staub vom Fahrzeug gewaschen, machte aber auch einige Dellen und Kratzer an den Seiten sichtbar.

»Ich werde mit Aléxandros reden, ob er jemanden bei der Autovermietung kennt«, meinte Kira.

Nachdem sie sich nochmals vergewissert hatte, dass Niko den Dolch im Rucksack verstaut hatte, fuhren sie los.

»Wenn dieser Dolch echt ist, dann ist er alleine schon ein kleines Vermögen wert.«

»Darum geht es Dir aber nicht.« Niko lenkte den Wagen vorsichtig über die nun schlammige Piste. Das Unwetter hatte die Strecke noch holpriger werden lassen, tiefe Rinnen zogen sich quer über die Fahrbahn. Sie erreichten die Kreuzung, die Hinweistafel zum Kloster hatte der Sturm umgeworfen. Von der Straße, auf der sie weiterfahren wollten, kam ihnen ein Wagen entgegen.

»Die waren klüger bei der Fahrzeugwahl«, stellte Kira fest.

»Ich hatte nicht geplant mit diesem Wagen eine Bergtour ...«

»Niko, runter!!!«, schrie Kira auf, gleichzeitig schlug eine Kugel vor ihnen in die Motorhaube ein. Aus dem näherkommenden Wagen lehnte ein bekanntes Gesicht aus dem Fenster und feuerte auf sie. Seine angeschwollene Nase war dick eingebunden.

Der Nasentyp, durchfuhr es Niko. Er stieg aufs Gas und bog nach rechts ab.

»Was machst Du jetzt?« Kiras Stimme klang schrill.

»Nicht darauf warten, dass sie uns erwischen.«

Er verzichtete darauf, Rücksicht zu nehmen und beschleunigte auf der ausgewaschenen Piste. Kira krallte sich am Sitz fest und wurde heftig durchgeschüttelt. Das Lenkrad fest mit beiden Händen haltend, verlangsamte Niko vor einer engen Kurve und schlitterte über mehrere Steine durch die Kehre.

»Wie weit bis zum Kloster?«

»Ich weiß es nicht genau ...«

»Wie weit?«, schrie er.

»Fünf Kilometer, vielleicht acht.«

Das geht sich nicht aus, fluchte er in Gedanken.

»Ausweichmöglichkeiten?«

»Keine, das ist eine einzige Straße, die zum Kloster führt.«

»Fuck!«, schimpfte Niko, gab Gas und blickte kurz zu ihren Verfolgern. Der Wagen kam näher, wenigstens wurde nicht mehr auf sie geschossen.

»Wie haben die uns gefunden?«

»Gewartet oder den Wagen verwanzt«, antwortete Niko angespannt.

Die nächste Kurve schaffte er, ohne zu bremsen, obwohl ein Hinterreifen neben der engen Fahrbahn einen Stein touchierte. Niko versuchte einem Loch vor ihm auszuweichen, wobei er einen Stein übersah. Dieser zerbeulte die Stoßstange und ließ das Glas des Scheinwerfers springen. Unbeirrt blieb sein Fuß auf dem Gaspedal.

Hinter ihnen näherten sich ihre Verfolger, die mit den Straßenverhältnissen weitaus besser zurechtkamen. Eine Kurve später hatte Niko eine längere gerade Strecke vor sich, die in einer Haarnadelkurve endete.

Er riskierte einen Blick hinter sich, inzwischen war der Wagen weniger als fünf Meter hinter ihnen. Ihm kam ein verrückter Gedanke.

»Die kriegen uns gleich«, kreischte Kira aufgebracht.

»Nimm den Rucksack«, befahl Niko und trat das Gaspedal durch.

Der Wagen rumpelte über die Schotterpiste und drohte mehrmals auszubrechen.

Verrückt oder nicht, was soll's, dachte er und sah im Rückspiegel, wie auch der Verfolgerwagen beschleunigte. Der Wagen touchierte erneut einen Stein, welcher an Kiras Seite einen tiefen Kratzer hinterließ.

»Was hast du vor?«

Niko antwortete nicht, sah nur konzentriert nach vorne.

»Bei der Geschwindigkeit kriegst du die Kurve nie!«

»Ich weiß.«

»Vor uns ist nur noch ein kurzes Stück, dann kommt das Meer!«

»Ich weiß.«

Die Haarnadelkurve vor ihnen war einige Meter von einer Klippe entfernt. Vom Auto aus konnten sie das Meer noch nicht sehen, nur den Himmel, der sich langsam orange färbte.

»Die Straße!!! Wie willst du auf der Straße bleiben, wenn du so schnell ...«

»Wo wir hinfahren, brauchen wir keine Straße.«

»Wie bitte!«, schrie Kira und sah angsterfüllt zu Niko.

Dieser steuerte mit entschlossener Miene geradeaus auf die Klippe zu, ließ die Kurve hinter sich. Der Verfolgerwagen bremste ab. Niko hingegen fuhr weiter, wich einem verdorrten Baum aus und blieb auf dem Gaspedal. Kira war verstummt, ihre Hände krallten sich am Sicherheitsgurt vor ihrer Brust fest. Der Wagen raste unbeirrt auf die Klippe zu. Genau beim Abgrund waren einige größere Steine, einen davon erwischte Niko mit dem Vorderreifen. Dadurch hob sich die Schnauze des Fahrzeugs und im nächsten Moment jagte der Wagen über die Klippe.

Sie hatten einen weiten Satz über die Klippen gemacht. Das Auto schien für einen Bruchteil in der Luft zu schweben, bevor es vorkippte und wie ein Stein hinab-fiel. Kira stieß einen schrillen Schrei aus, als sie das Wasser näherkommen sah. Niko hatte inzwischen das Lenkrad losgelassen und die Hände an den Körper gepresst. Mit der Schnauze voran schlug der Wagen auf der Wasseroberfläche auf. Niko erwartete, dass sich der Airbag auslöste, doch dieser versagte seinen Dienst. Der Wagen tauchte bis zur Hälfte ein und wurde abrupt abgebremst. Durch die offenen Fenster schwappte das Wasser in den Innenraum.

»Hör mir genau zu ...« Niko bemühte sich, ruhig zu klingen.

»Bist du verrückt? Lebensmüde?«

»Hör mir zu! Schnall dich ab.«

Kira folgte. Sie versuchte die Tür zu öffnen, die sich aber keinen Zentimeter bewegte.

»Wir gehen unter ... wir werden ertrinken!«

»Nein.«

»Aber die Tür ... sie geht nicht ...«

»Ich weiß. Hör mir jetzt genau zu. Tief durchatmen.«

Kira sah ihn panisch an.

»Sobald der Wagen unter Wasser ist, können wir die Tür aufmachen. Dann ist der Druck ausgeglichen, wenn hier im Wagen auch das Wasser steigt. Sobald ich aufmache, machst Du dasselbe und schwimmst an die Oberfläche.«

Kira nickte nur. Zu ihren Füßen strömte das Wasser ins Innere und füllte den Wagen. Es reichte schon über ihre Knöchel.

»Nicht nervös werden, tief einatmen. Es dauert etwas, bis der Wagen vorne überkippt und vollständig ver-sinkt.«

Kira nickte erneut. Ihre Hände zitterten, ihr Blick verriet, wie panisch sie war. Niko griff nach ihrer Hand.

»Hör mir genau zu. Wir werden gleich hier heraus-schwimmen.«

»Ich ... ich weiß nicht ...« Panik stieg bei Kira auf.

»Doch, Du weißt, dass Du das kannst. Luft holen, Tür auf und raus mit Dir. Selbst unter Wasser sind es nur ein, zwei Meter. Lass den Rucksack dabei nicht los, sonst war alles umsonst.«

Das Wasser erreichte ihre Knie.

»Das wird ein Kinderspiel. Vertrau mir«, versicherte Niko.

»Muss ich das?«

»Wenn Du überleben willst, ja!«

Niko holte tief Luft und stieß die Tür auf. Augenblicklich schoss das Meerwasser in den Wagen. Niko stieß sich ab und sprang aus dem Wagen ins Meer. Kira blickte ihm kurz nach, bevor sie ihre Tür öffnete. Das Wasser kam ihr entgegen, während sie sich aus dem Sitz ins Meer warf. Sie waren nicht mehr als einen Meter unter Wasser, binnen Sekunden erreichten sie die Oberfläche und schwammen neben dem sinkenden Fahrzeug im Meer. Nebeneinander im Wasser treibend sahen sie zu, wie der Wagen langsam unterging.

Wie soll ich das der Autovermietung erklären?

Wortlos schwammen sie die Felsküste entlang, konnten dabei deutlich das Kloster und den davorliegenden Strand ausmachen. Mehrmals blickten sie hinauf zur Felskante, aber niemand ließ sich blicken.

Sie schwammen zehn Minuten an der Küste entlang, bis sie den Strand vor dem Kloster Moni Koudouma erreichten. Die Sonne hatte inzwischen die Bergkette erreicht, vor ihnen wurden das Kloster und die Landschaft in verschiedenen Rottönen erleuchtet.

Die weißen Klostermauern verdeckten zum Teil die Sicht auf die Klosteranlage, dennoch waren mehrere Gebäude und die Kuppel der Kirche deutlich zu sehen. Bäume wuchsen direkt hinter der Mauer und auf dem Areal, trotzten den hohen Temperaturen und wirkten gut gepflegt. Die Gebäude waren alle in einem blassen

Gelb gestrichen, die Kirche selbst war ein Steinbau, dessen Grau herausleuchtete.

Neben dem Kloster führte eine Straße bis zum Kiesstrand, der unbesucht war. Im Hintergrund waren die Serpentinen zu sehen, die sich den Berg hinaufschlängelten. Rund um das Kloster standen saftig grüne Bäume dicht beisammen, dann wurden es schlagartig nur noch wenige Bäume, die über die ansonsten steinige Landschaft verteilt standen.

Neben dem Kloster waren die Unterstände für Ziegen und Anbauflächen für Gemüse auf einer grünen, umzäunten Fläche zu erkennen. Inmitten dieses Geheges waren Solarpanele aufgestellt, die mit Sicherheit ausreichten, um das komplette Kloster mit Strom zu versorgen.

Niko schwamm hinter Kira auf den Strand zu und überlegte, ob sie wohl im Kloster die Nacht verbringen konnten. Außerdem mussten sie sich Gedanken machen, wie sie den Ort wieder verlassen konnten, ohne eine lange, mühsame Wanderung auf sich zu nehmen.

Kira kroch an Land, blieb keuchend und erschöpft am Rücken liegen, den Rucksack fest an sich gedrückt. Als Niko neben ihr auftauchte, quälte sie sich langsam hoch. Sie blickte ihn an, holte tief Luft, um ihm dann mit voller Wucht die Hand ins Gesicht zu schlagen.

»Du verrückter, lebensmüder, alter Esel! Was hast Du Dir dabei gedacht?«, fuhr sie ihn lautstark an, »Ja, wir wurden verfolgt und ich habe es mitbekommen, die hatten Waffen! Aber mit Vollgas über die Klippen ins Meer? Wir sind nicht in einem billigen Actionmovie und Du bist kein Statham, Tom Cruise oder sonst wer! Wir hätten draufgehen können!«

»Wir haben es überlebt und sind die Typen losgeworden.«

Seine trockene, kalte Antwort ließ ihre Wut noch größer werden.

Sie ballte die Hand zur Faust, ließ sie aber unten. Aus dem Kloster kam ein Mann auf sie zu, seine Kleidung verriet ihn als Priester.

»Na super jetzt bekommen wir auch noch Ärger mit den Priestern.«

»Wir fragen einfach, wie wir schnellstens hier wegkommen.«

Der Mann kam näher, während sich Kira ihre nasse Kleidung glattstrich. Niko bemühte sich nicht, nahm den Rucksack an sich und wollte dem Geistlichen entgegengehen. Nach nur einem Schritt erstarrte er und blieb wie angewurzelt stehen. Kira blickte vom etwa fünf Meter entfernten Priester zu Niko und sah einen Gesichtsausdruck, wie sie ihn noch nie gesehen hatte. Niko blickte mit einer Mischung aus Überraschung und Entsetzen auf den inzwischen ebenfalls stehengebliebenen Priester.

Regungslos standen sich die beiden Männer gegenüber und starrten sich wortlos an, beide mit einem Blick, als würden sie einen Geist sehen.

»Also ...«, versuchte Kira, die Situation zu verstehen, »Hallo erstmal. Ich weiß nicht, was hier gerade abgeht.«

Als sich auch nach zehn Sekunden niemand rührte, stellte sich Kira zwischen die beiden Männer und sah den Priester an. Sie schätzte ihn auf etwa vierzig Jahre, wobei sein schwarzer, dichter Vollbart viel von seinem Gesicht verdeckte. Trotz der Priesterkleidung konnte sie erkennen, dass er sehr muskulös gebaut war.

»Guten Abend, Pater. Wir ... tja, wir sind gerade ... hier gelandet. Ich heiße Kira und dieser Typ ...«

»Niko«, war das erste und einzige Wort des Geistlichen.

»Genau, das ist Niko. Und wir ... Moment, woher ...«

Verwundert wandte sie sich an Niko.

»Woher kennt Dich der Priester?«, flüsterte sie ihm zu,

laut genug, dass es auch der Priester hören konnte.

»Weil er ...«

»Das ist Stefanos, mein Bruder«, meinte Niko voller Fassungslosigkeit.

»Holy Crap«, entfuhr es Kira.

Kapitel 8

Stumm folgten Kira und Niko Stefanos zum Kloster. Er brachte sie in einen Schlafsaal, der mit Stockbetten für zehn Personen Platz bot.

»Wir haben heute keine Gäste, der Raum gehört Euch.«

»Und wenn unsere Verfolger auftauchen?«, fragte Kira.

»Ich habe vorhin das Tor geschlossen. Heute wird niemand mehr Moni Koudouma betreten oder verlassen. Im Schrank findet ihr trockene Kleidung, keine Sorge, kein Priestergewand. Zieht Euch um und kommt etwas zur Ruhe. In einer halben Stunde hole ich Euch zum Abendessen.«

Als Stefanos sie alleine zurückgelassen hatte, packte Kira Niko am Arm und drehte ihn zu sich.

»Dein Bruder?«

»Ja.«

»Und du wusstest nicht, dass er hier ist?«

»Nein.«

»Aber ... Ich meine, es ist Dein Bruder?«

Niko schüttelte den Kopf, zog sein nasses Shirt aus und setzte sich auf das Bett.

»Ich wusste nichts, als er von einem Tag auf den anderen verschwand. Er hat nur gesagt, er muss zu sich finden. Seitdem habe ich nichts mehr von ihm gehört. Ich hatte keine Ahnung, wo er ist, wie es ihm geht ... Bis jetzt.«

Niko warf ihr ein grünes Shirt und eine braune, lange Hose zu.

»Das ist nicht gerade mein bestes Styling«, meckerte Kira beim Blick auf die verblassten Sachen.

»Zieh Dich um. Hier wird es niemanden interessieren, wie Du aussiehst.«

Sie waren nur zu dritt im Speisesaal, der Platz für mindestens fünfzig Personen bot. Mehrere massive Holztische waren im Raum aufgestellt, als Sitzflächen dienten

Holzbänke. Stefanos servierte ihnen einen Teller mit Gemüse, frischem Brot und Schafskäse. Eine große Schüssel Tsatsiki stand zwischen ihnen.

Nachdem einige Minuten lang keiner ein Wort sprach, versuchte Kira eine Unterhaltung anzufangen.

»Wie lange bist Du schon im Kloster?«

»Einige Zeit«, war Stefanos knappe Antwort.

»Wie bist Du hierher gekommen?«

»Mit dem Flugzeug.«

»Warum gerade Kreta?«

»Weil es für mich genau der richtige Ort war und ist.«

Kira blickte zwischen den Brüden hin und her.

»Ihr seid ja beide echte Plappermäuler. Nur kein Wort zu viel reden.«

Niko sah von seinem Teller auf.

»Warum? Warum bist Du gegangen, ohne irgendjemandem Bescheid zu geben?«

»Es war notwendig. Ich musste komplett von Neuem anfangen.«

Stefanos reichte Niko ein volles Glas Rakí.

»Und Du, Bruder? Was verschlägt Dich auf die Insel?«

»Das ist eine lange Geschichte.«

»Eine lange Geschichte mit einem fliegenden Auto als bisherigen Höhepunkt«, mischte sich Kira ein.

Weder Niko noch Stefanos waren sehr gesprächig, bis zum Ende des Abendessens war es Kira, die überwiegend sprach und von sich erzählte. Sie berichtete von ihrem Großvater und seiner Vergangenheit, die sie letztendlich hierher geführt hatte. Nach einer weiteren Runde Rakí bat Stefanos die beiden, in den Schlafraum zu gehen. Das Kloster war über Nacht verschlossen, somit waren sie hier sicher.

Kaum waren sie alleine, setzte sich Kira in ihrem Bett auf.

»Dein Bruder! Wie verrückt ist das denn bitte?«

»Ich weiß.« Niko drehte ihr den Rücken zu.

»Und Du hattest keine Idee oder Vermutung, dass er auf Kreta ...«

»Nein.«

»Aber ...«

»Schlaf jetzt, Kleine«, beendete Niko die Unterhaltung. Er musste selbst erst einmal seine Gedanken sortieren und sich darüber klarwerden, was vorhin eigentlich geschehen war.

Unzählige Gedanken schossen ihm durch den Kopf. Von gemeinsamen Erlebnissen, der verhängnisvollen Nacht, die ihr Leben verändert hatte, bis zu den Versuchen, Stefanos ausfindig zu machen.

Niko blieb in seinem Bett liegen, bis er sicher war, dass Kira schlief. Erst dann stieg er leise aus dem Bett und schlich aus dem Raum. Er spazierte in den Garten der Anlage. Es gab keine Laternen oder sonstige Beleuchtungen, nur durch den wolkenlosen Sternenhimmel und dem fast vollen Mond erkannte er die Umgebung. Und auch die Person, die auf einer Steinbank sitzend, zu ihm blickte und dabei ein Komboloi gleichmäßig über die Hand gleiten ließ.

»Die Wege des Herrn sind unergründlich«, sagte Stefanos.

»Das Schicksal mischt die Karten, aber wir spielen«, entgegnete ihm Niko.

»Du zitierst Schopenhauer?«, war Stefanos erstaunt.

»Eigentlich kommt der Spruch von meinem Bewährungshelfer.«

Stefanos deutete auf die Bank, Niko nahm neben ihm Platz, den Blick auf einen wuchtigen Olivenbaum gerichtet, der in der Mitte des Gartens stand.

»Also, kleiner Bruder, wie bist Du hier gelandet?«

»Wir wurden verfolgt und mein Wagen ...«

»Fang etwas früher an mit Deiner Geschichte.«

»Wie viel früher?«

»Wir haben uns seit Jahren nicht gesehen und gehört. Also wirst Du viel zu erzählen haben.«

»Dann wird das eine lange Geschichte.«

Stefanos holte eine Flasche unter der Bank hervor und stellte sie zwischen ihnen auf die Bank.

»Wir haben viel Zeit ... und sicher viel zu besprechen.«

Als Kira aufwachte, war Niko nicht im Schlafsaal. Sie fand ihn am Strand, wo er im Kiesstrand saß. Mit nachdenklichem Blick sah er auf das ruhige Meer hinaus, ließ den feinen Kiessand langsam durch seine Finger rieseln. Kira setzte sich neben ihn, betrachtete einige Minuten lang still das Meer, bevor sie etwas näher zu Niko rutschte.

»Wie war deine Nacht?«, versuchte sie ihn aus seinen Gedanken zu holen.

»Kurz.«

»Hast Du mit Deinem Bruder gesprochen?«

»Ja, sehr lange.«

»Und?«

»Er wird uns einen Wagen leihen, mit dem wir nach Spili fahren. Dort sollte uns Aléxandros abholen.«

»Und was ist mit euch beiden?«

Niko stand auf.

»Lass und frühstücken gehen.«

Neben Stefanos waren noch zwei Priester im Speisesaal anwesend. Sie grüßten die Gäste, wechselten ansonsten aber kein Wort mit ihnen.

»Bruder Janos wird Euch mitnehmen. Er weiß nicht, wie ihr angekommen seid. Schaut bitte, dass ihr heil in Spili ankommt.«

»Wir werden uns bemühen«, versicherte Niko.

Stefanos begleitete sie zum Wagen.

»Wir bleiben in Kontakt«, versprach er Niko und drückte ihn an sich. Danach wandte er sich an Kira.

»Ich wünsche Dir viel Glück auf Deiner Suche. Passt auf Euch auf.«

Kurz darauf, als sie auf der Rückbank des Wagens saßen und die holprige Schotterpiste erklommen, wandte sich Kira an Niko und sprach ihn auf Deutsch an.

»So, Aléxandros ist informiert. Seinem dummen Gerede nach, glaubt er natürlich etwas ganz anderes. Egal, jetzt erzähl.«

»Was?«

»Du hast Deinen Bruder wiedergefunden. Ihr müsst doch einiges zu bereden haben.«

»Wie gesagt, es war eine lange Nacht.«

Niko sah zu Kira hinüber. Nach einigen Sekunden seufzte er und erzählte ihr von der gestrigen Nacht.

Moni Koudouma
Die Nacht zuvor, 23 Uhr

Stefanos Kammer war äußerst spartanisch eingerichtet. Ein massiver Holzschrank, ein Bett, eine Kommode und ein Tisch mit zwei Sesseln. Außer einer Ikone an der Wand, welche die Gottesmutter Maria mit Christus in den Armen zeigte, sah Niko keine Einrichtungsgegenstände oder persönlichen Gegenstände. Abgesehen von einem schwarzen Komboloi auf dem Tisch, das seinem sehr ähnelte.

»Du hast gemeint, Du wirst niemals nach Kreta kommen.«
Während Stefanos sprach, füllte er die zwei Gläser erneut mit Rakí und stellte sie auf dem Tisch ab.

»Das war der Plan.«
»Was hat Deine Meinung geändert?«
»Die Bitte eines Freundes.«
Niko berichtete von Martin, wie er ihn kennengelernt hatte und sie zu Freunden wurden. Aus dem Anwalt, der sich für ihn eingesetzt hatte, war ein guter Freund geworden, einer der wenigen Personen, denen er vertraute.

»... Und nachdem seine Tochter abgehauen ist, hat er mich um Hilfe gebeten. Sie ist zu ihrem Freund hier auf die Insel geflüchtet. Zunächst hätte ich sie finden und heimbringen sollen. Dieser Plan hat sich geändert, sie darf noch bleiben.«
»Und deine Freundin?«
»Kira ist die Schwester von besagtem Freund.«
»Das meine ich nicht. Was ist da zwischen Euch?«
Niko schüttelte den Kopf, bevor er sein Glas leerte.
»Nicht, was Du denkst. Die Kleine ... sie hat mir klargemacht, dass ich nicht mehr nur an der Vergangenheit hängen soll. Sie ist jung und wild, hat aber einen sehr klaren Verstand.«
»Sie hat Recht, Du solltest Deine Vergangenheit hinter Dir lassen.«
»Ich weiß.«
»Hast Du noch Kontakt zu den Anderen?«
Niko schüttelte den Kopf.

»Das ist gut, Bruder. Wie sieht Dein weiterer Plan aus?«

Diese Frage hatte sich Niko schon einige Zeit nicht mehr gestellt.

»Gute Frage. Ich werde demnächst wieder heimfliegen. Nicht, dass mich etwas Besonderes erwartet.«

»Ich werde Dich nicht bitten hierzubleiben. Aber Du weißt, wo Du mich finden kannst. Ich werde nicht wieder verschwinden.«

»Ist das Klosterleben wirklich das, was Du willst, großer Bruder?«

Stefanos schwieg einige Sekunden lang, bevor er antwortete.

»Es ist besser, als die Realität, vor der ich geflüchtet bin. Aber wer weiß, wie lange noch.«

Die Fahrt nach Spili dauerte fast drei Stunden. Zeit, die sie nutzten, um im Stillen zu überlegen, wie es weitergehen sollte.

In einer Kurve mitten in Spili, als auf der Seite ein Priester in schwarzen Gewändern ihnen zuwinkte, hielt Bruder Janos an und bat sie auszusteigen. Nachdem Kira und Niko sich noch mehrmals für die Nacht und die Fahrt bedankten, ließen sie die zwei Geistlichen weiterfahren.

War es im Wagen noch angenehm temperiert, schlug ihnen nun ein heißer Schwall Luft entgegen.

»Ich bin mir sicher, die hatten gestern kein Gewitter, hier war Niemandem kalt«, meinte Kira und spazierte die Stufen zu einem breit angelegten Brunnen hinauf. Aus einer Steinwand mit mehreren Löwenköpfen sprudelte klares Wasser heraus. Das trinkbare, kühle Wasser sorgte für eine kleine Abkühlung, bevor sie sich auf den kurzen Weg zur orthodoxen Kirche machten. Die Läden an der Straßenseite warben mit Tischläufern, Decken und Bodenmatten, alle mit unterschiedlichen Mustern bestickt. Dazwischen befanden sich Tavernen und Souvenirläden mit den üblichen Mitbringseln, die Niko inzwischen schon kannte.

Aléxandros wartete bereits vor der großen Kirche, die unübersehbar an der Hauptstraße stand.

»Hallo! Was war das für ein komischer Anruf, Schwester? Wo habt ihr Euer Auto gelassen?«

»Am Meeresgrund vor dem Kloster Koudouma«, antwortete sie ihm und sorgte für ein verblüfftes Gesicht.

»Lass uns einsteigen, ich erzähle Dir alles unterwegs.«

Bis sie zurück in Bali waren, erfuhr Aléxandros vom Unwetter auf dem Kofinas, dem gefundenen Dolch und ihrer Flucht samt dem Sturz ins Meer. Das Wiedersehen von Niko und seinem Bruder sorgte für Staunen.

»Habt ihr gesehen, wer Euch verfolgt hat?«

»Dieselben Typen, die auch in Loutro aufgetaucht sind«, sagte Niko.

»Sicher?«

»Ich habe die Nase erkannt, die ich gebrochen habe.«

»Und wie geht´s jetzt weiter?«, wollte Aléxandros wissen.

»Weiter?«

»Was machst Du jetzt?«

»Demnächst heimfliegen.«

»Jetzt?«, fuhr Kira überrascht dazwischen, »Nachdem wir den Dolch gefunden haben? Nachdem Du deinen Bruder nach Jahren wiedergefunden hast?«

»Jetzt weiß ich ja, wo ich ihn finde. Was den Dolch betrifft, das ist Dein Abenteuer.«

Niko wandte sich zu Kira und sah sie mit einem für ihn seltenen Lächeln an.

»Aber es war sehr... interessant und aufregend.«

Kira war sichtlich enttäuscht von der Neuigkeit. Niko sah sie fragend an, gab sich dann einen Ruck und legte den Arm um die junge Frau.

»Keine Sorge, Kleine. Wir bleiben auch in Kontakt. Immerhin hast Du dafür gesorgt, dass mir diese Insel nicht mehr so fremd vorkommt.«

Zurück in Bali fuhr Aléxandros zuerst zu Nikos Apartment.

»Ich komme später nach!«, erklärte Kira ihrem Bruder und verließ ebenfalls den Wagen.

Nikos fragenden Blick entgegnete sie nur mit einem Schulterzucken.

»Schau nicht so dumm, Du Esel. Ich mag Dich und möchte den Tag noch mit Dir verbringen. Etwas schwimmen gehen, abends an die Bar und vielleicht kommst Du ja danach mit in die Disko.«

Ohne zu antworten, ging Niko die Stufen zur Terrasse und seinem Zimmer hinab. Er wollte gerade nach seinem Zimmerschlüssel suchen, als ihm auffiel, dass die Tür nur angelehnt war. Abrupt blieb er stehen und hielt Kira zurück.

Für die Putzfrau wäre es etwas spät, dachte er und lauschte.

Aus dem Studio war nichts zu hören. Niko zog sein klobiges Messer aus der Tasche, öffnete es, stieß die Tür auf und sprang in den Raum.

Das Studio war leer, abgesehen von der Verwüstung, die jemand angestellt hatte. Sein Gewand lag über den Boden verstreut, die Laden aus dem Schreibtisch waren herausgenommen und ausgeleert worden. Seine Tasche lag auf dem Bett. Selbst der Kühlschrank war durchsucht und offen gelassen worden.

Was zur Hölle geht hier ab?

Es war nichts gestohlen worden, sowohl sein Reisepass als auch das Geld aus der Lade waren zwar gefunden aber nicht entwendet worden. Er blickte mehrmals über das Chaos in seinem kleinen Raum, während die Wut in ihm hochstieg.

»Was ist denn hier passiert?«, fragte Kira, die neben ihm ins Zimmer stürmte.

»Deine Verfolger sind passiert!«, fauchte er und begann die Sachen vom Boden aufzuheben. Kira wollte ihm zur Hand gehen, doch er stieß sie weg.

»Ich mache das schon!«

»Hör zu, Du musst nicht auf mich sauer sein! Es tut mir leid, dass ich Dich da hineingezogen habe.«

»Schon gut«, zischte Niko zurück.

Beruhige Dich! Komm runter, sie kann nichts dafür, redete er sich selber ein.

»Dieses Abenteuer wird langsam aber sicher zu einem ernsthaften Problem.«

Kaum hatte er den Satz gesagt, musste er hämisch grinsen.

Ein ernsthaftes Problem? Leute mit Pistolen, die Kira bedrohen, eine Verfolgungsjagd und der Abflug ins Meer ... das ist schon längst kein Spaß mehr. Und das hier ... da möchte jemand klarstellen, dass ich abhauen soll.

Niko warf das Gewand auf das Bett und marschierte hinaus auf die Terrasse. Kira folgte ihm, blieb aber einige Schritte hinter ihm stehen. Er ging vor zur Brüstung, stützte sich am Geländer ab und blickte über das Meer hinüber zu dem kleinen Berg. Das leise Rauschen unter ihm wirkte tatsächlich beruhigend, die Kindergruppe, die lachend herumtollte, überhörte er. Sein Blick war auf den Berg konzentriert. Von der Küstenstraße aufwärts erkannte er die einzeln stehenden Bäume und Sträucher. Ein Schotterfeld war in mittlerer Höhe, darüber einige dicht beieinanderstehende Bäume. Weiter oben wurde das Braun zu einem Grau, als nur noch Steine zu sehen waren, am Gipfel glaubte er, ein Kreuz zu erkennen.

Es wird ein Spaziergang für Dich, inklusive etwas Urlaub. Das waren Deine Worte Martin. So hat es angefangen, mit einem Foto, mit diesem Berg. Zuerst habe ich den gefunden, dann Denise, jetzt auch noch eine gute Freundin, der ich scheinbar schneller vertraue, als sonst ...

Überrascht von seinen eigenen Gedanken drehte er sich um und blickte Kira an. Wortlos sah er ihr in die Augen. »Was?«, fragte Kira, die seinen Blick nicht deuten konnte. Niko löste sich von der Brüstung und kam langsam auf sie zu.

»Was?«, fragte sie erneut, leicht verunsichert. Sein Blick verdüsterte sich, dass Kira sich vor ihm zurücklehnte.

»Jetzt erst recht nicht!«, sagte er mit drohender Stimme und marschierte an ihr vorbei ins Zimmer. Kira lief ihm hinterher und stellte sich in den Türrahmen.

»Was hast Du vor?«

Niko hob seinen Rucksack hoch und präsentierte ihn ihr.

»Was ich vorhabe? Zuerst dafür sorgen, dass diese Möchtegerngangster mich richtig kennenlernen. Und dann ...«, er warf ihr den Rucksack zu, »suchen wir diesen verdammten Schatz von Deinem Großvater!«

Kapitel 9

Nikos Entschluss freute auch Denise und Aléxandros.

»Je länger Du bleibst, desto mehr kannst Du Papa erzählen, wie es mir hier geht. Und ihm versichern, dass
ich mir das alles gut überlegt habe.«

»Hast Du das?«, fragte Niko mit strengem Ton.

»Ja, natürlich.«

»War denn alles im Vorhinein schon fix geplant? Der
Job, die Unterkunft, wie es nach der Saison weitergehen
soll?«

Denise blickte verunsichert von Niko zu Aléxandros.

»Ganz ruhig. Von mir erfährt Martin nur Gutes im
Moment«, sorgte Niko für entspannte Gesichter.

Nach dem aufregenden Nachmittag saßen sie zu viert in
der Strandbar »Porto Paradiso« beim Abendessen.

Nachdem Niko beschlossen hatte, noch länger auf Kreta
zu verweilen, hatte Kira für ihn ein neues Zimmer organisiert. Unweit der Strandbar brachte sie ihn in einem
Zimmer der Apartmentanlage »Blue Horizon« unter.
Ihre Freundschaft zu den Besitzern sorgte für einen
günstigen Preis und Niko bekam die Möglichkeit, so
lange zu bleiben, wie er wollte.

Bei einem üppigen Abendessen beratschlagten Kira und
Niko ihr weiteres Vorgehen.

»Es ist klar, dass der Diskus von Phaistos gemeint ist,
aber welchen Weg weist er?«, überlegte Kira.

»Es sind genug Zeichen auf der Scheibe.« Niko hatte vor
sich auf seinem Handy einige Bilder des Diskus.

»Diese Scheibe, wie Du sie nennst, hat noch niemand
endgültig entziffern können. Und der Dolch scheint uns
auch keine Hilfe dabei zu sein.« Kira schwankte zwischen Euphorie und Ratlosigkeit.

»Aber er muss wichtig sein, wenn Euer Großvater ihn
versteckt hat«, meinte Denise.

Der Reihe nach sahen sie sich den gefundenen Dolch an.

»Es tut mir leid, er sieht wie eines der Souvenirs aus Rethymno oder von den Läden bei Knossos aus. Ich sehe nichts Auffallendes«, stellte Aléxandros fest.

»Aber Euer Großvater wird diesen Dolch aus gutem Grund versteckt haben«, wiederholte Denise und sah sich den Griff genauer an, »Die Klinge ist komplett verrostet. Aber die Zeichen im Griff, sie sind deutlich zu erkennen. Ein Kopf, eine Doppelaxt und ein Labyrinth.«

Niko entschied, den Dolch an sich zu nehmen und gut versteckt aufzubewahren.

»Heute werden wir nichts mehr herausfinden.«

Deshalb brachte er den Dolch auf sein Zimmer, wo er ihn versteckte. Mit den anderen hatte Niko ausgemacht, dass sie sich danach in der Diskothek »Crazy Town« treffen würden.

Die Disko lag nur knapp zehn Gehminuten von der Strandbar entfernt. Von außen machte sie einen unscheinbaren Eindruck. Dafür fand man sich nach dem Eintritt in einem modernisierten Westernsaloon wieder. An den Wänden hingen Cowboyhüte, Sättel und Pistolen hinter Glasfenstern. An den beiden Bartresen saßen Touristen und Einheimische bei Bier und Cocktails, auf der Tanzfläche bewegten sich vorwiegend Jugendliche zu harten Bassrhythmen.

Kira zog es sofort auf die Tanzfläche, Niko nahm auf einem der Barhocker Platz, bestellte ein Bier und blickte durch die Runde. Aléxandros und Denise saßen zwar neben ihm, waren aber mit sich beschäftigt.

»Tanzen ist wohl nicht Deine Lieblingsbeschäftigung«, meinte Kira spöttisch, als sie nach einiger Zeit neben ihm auftauchte.

»Nicht unbedingt.«

Ungefragt griff sie nach seiner Flasche und nahm einen großen Schluck.

»Aber wenn Du Dich so bewegen kannst, wie du andere Leute vermöbelst ...«

Niko hatte andere Gründe, nicht auf die Tanzfläche zu springen. Seine Zeit des ausgelassenen Tanzens war lange her. Ironischerweise hatten sie einen Themenabend in der Diskothek erwischt, »Best of the 90th – Eurodance and more«.

Schon die ersten Songs erinnerten ihn an seine Jugendzeit, an die wilde Zeit des Ausgehens damals, und an seine damalige Freundin.

Die erste große Liebe vergisst man nie. Noch dazu, wenn sie von einem Tag auf den anderen verschwindet.

Kira war seit ihrem Eintritt nicht von der Tanzfläche wegzubringen und zog mit ihren ungebändigten Haaren und ihrer Ausgelassenheit die Blicke auf sich. Niko gab sich mit einer weiteren Flasche Bier zufrieden. Mit hartem Bass unterlegt wechselte der DJ zu einem der bekanntesten Songs aus der Zeit.

What is love?
Baby don´t hurt me
Don´t hurt me no more

Ernsthaft, jetzt auch noch das? fluchte Niko in Gedanken. Der Dancefloor-Song von Haddaway war einer der bekanntesten Lieder aus Nikos Jugendzeit.

Plötzlich stand Kira vor ihm.

»Komm, sei kein fauler Esel. Das sind doch die Songs aus Deiner Zeit. Als Du noch jung und nicht so verdrossen warst.«

Wenn Du wüsstest, Kleine ... Wobei, warum nicht?

Kira war gerade dabei sich hinzusetzen und nach ihrem Cocktail zu greifen, da erhob sich Niko und packte sie am Arm.

»Du willst tanzen? Dann lass uns tanzen.«

Kira war völlig überrumpelt, ließ sich mitziehen und

wurde in der nächsten Sekunde überrascht. Niko war sehr wohl in der Lage sich zu bewegen, noch dazu mit Schritten und Bewegungen, als wäre er aus einem Tanzvideo entsprungen. Minutenlang nahm Niko die Tanzfläche für sich ein und bewies Kira, was er vor mehr als zwanzig Jahren auf der Tanzfläche angestellt hatte.

Er tanzte ausgelassen, die Aufregung der letzten Tage war für den Moment vergessen. Er vergaß die Zeit, seine Probleme und bald auch darauf zu achten, wie viel er trank. Immer wieder zog es ihn zurück auf die Tanzfläche, alleine oder mit Kira. Bis der Alkohol seine Wirkung zeigte...

Mein Kopf ... wo bin ich?

Niko öffnete die Augen. Der Raum war dunkel, er konnte nur schemenhaft erkennen, dass er in einem weichen Bett lag. Unweit von ihm entfernt stand ein Tisch, er bemerkte, dass das Fenster geöffnet war. Als er sich umdrehte,   bemerkte er eine Gestalt neben sich liegen.

Ich bin eindeutig noch nicht in der Lage, klar zu denken.

Mit diesen Gedanken versank er wieder in einen tiefen Schlaf.

Wo bin ich? Das ist nicht mein Zimmer, auch nicht mein Neues.

Niko blinzelte. Das Zimmer war abgedunkelt, aber er sah, dass vor dem Fenster schon helllichter Tag war.

Das war doch gerade noch anders. Glaube ich zumindest. Dieses Zimmer, ich kenne es.

An der Wand hing ein Poster einer Skateboarderin, die mitten im Sprung in einer Halfpipe fotografiert wurde. In einem offenen Kleiderschrank hingen mehrere bunte Shirts, ein Stoß kurzer Hosen lag auf dem Boden. Ein schwarzes, langes Kleid stach unter den ansonsten legeren Stücken hervor. Auf dem Schreibtisch daneben stand ein Computer, der offensichtlich selten benutzt wurde. Rund um die Tastatur stapelten sich Zetteln, Bücher und Kleinzeugs.

Das muss Kiras Reich sein.

Seine Erinnerung setzte langsam ein. Zuerst an die Diskothek, an sein ausgelassenes Tanzen und dann an den   Alkohol.

»Das wird ein harter Tag«, stöhnte er und setzte sich auf. Niko rieb sich sein Gesicht, versuchte einen klaren Kopf zu bekommen und die Kopfschmerzen auszutreiben. Eine Tür wurde aufgemacht.

»Kalimèra! Ausgeschlafen?« Es war Kiras Stimme, übertrieben freundlich und für Niko viel zu laut.

»Was ist gestern ...?«

»Du hast etwas zu viel getrunken. Und deshalb habe ich Dich mitgenommen.«

Niko wollte aufstehen, stoppte aber im nächsten Moment.

Ich habe nichts an!

Er sah sein Gewand auf einem Haufen neben der Tür liegen.

»Keine falsche Scham, Niko. Ich habe schon alles gesehen. Komm, Frühstück ist hergerichtet.«

Oh nein, es wird doch nicht wirklich ..., durchfuhr es ihn.

Kira erriet seinen Blick und seine Gedanken.

»Ich habe Dich gestern mitgenommen, weil Du keinen guten Eindruck gemacht hast. Aber ich habe Dich auch gefragt, ob Du in diesem Zustand noch Deinen Mann stehen kannst«, erklärte sie ihm verschmitzt.

»Ernsthaft?«

»Ja, ernsthaft. Und ich muss sagen, ich war ... sehr überrascht. Im positiven Sinn.«

Niko schüttelte ungläubig den Kopf.

»Keine Sorge. Nicht, dass Du jetzt glaubst, ich erwarte mir da mehr.«

»Dann ist es ja gut.«

Niko wälzte sich mühsam aus dem Bett.

»Ich komme gleich, lass mich noch anziehen und ins Badezimmer.«

Denise und Aléxandros waren schon außer Haus. Zusammen mit Kiras Eltern Dorothéa und Giorgos saßen sie im Garten bei Kaffee und frischem Gebäck. Niko merkte schnell, dass Kira nichts von dem gefundenen Dolch erzählt hatte, und hielt sich ebenfalls zurück. Zu den Plänen für den Tag befragt, entschied Niko, dass er nach der anstrengenden Nacht einen ruhigen Tag am Strand einlegen werde. Kira meinte dazu nur, dass sie ihm wohl Gesellschaft leisten würde.

»Irgendwer muss ja aufpassen, dass Du es nicht wieder übertreibst ... mit dem Alkohol.«

Niko reagierte nicht auf ihre spitze Meldung.

Eine halbe Stunde später war Niko alleine in seinem Apartment. Nun kam er dazu, sich sein neues Zimmer genauer anzusehen.

Das neue Studio war heller und geräumiger. Die Küchennische bot viel mehr Platz und neben einem Kühlschrank auch eine Kaffeemaschine, Mikrowelle und sogar einen Toaster. Sein neues Bett wirkte ebenfalls breiter und stand neben der Glastür, die zum eigenen Balkon hinaus führte. Von dort sah er auf die hügelige Landschaft hinter Bali, auf die eingezäunten Ziegen- und Schafherden und einige vereinzelt stehende Ferienhäuser. Auch das Meer konnte er sehen, wenn er sich über den Balkon lehnte.

Nett, hier kann man es länger aushalten.

Als Erstes nahm er eine ausgedehnte Dusche, die ihm half, den Abend und seine Auswirkungen zu verarbeiten. Obwohl er vorhatte, gleich darauf mit den Badesachen an den Strand zu gehen, war das Bett zu verlockend. Er ließ sich hineinfallen, schloss die Augen und versuchte noch etwas Erholung zu finden.

Aber lange konnte er nicht schlafen. Ein lautes Hämmern an der Tür riss ihn aus dem Schlaf. Ein Blick auf sein Telefon verriet ihm, dass er nur knapp zwei Stunden im Bett gelegen war.

Kira und Aléxandros stürmten in sein nicht abgeschlossenes Zimmer.

»Denise ... Sie ist weg!« Kira war aufgeregt, Tränen rannen ihr über das Gesicht.

»Diese Arschlöcher habe sie!« Auch Aléxandros war außer sich.

»Sie haben ...«

»Wir müssen sie ...«

Niko setzte sich auf.

»Ruhe! Was ist los?«, fragte er verständnislos. Sein Kopf fing wieder an zu pochen.

Nachdem sie tief Luft holte, nahm Kira das Handy ihres Bruders und zeigte ihm die eingegangene Nachricht:

Ich werde entführt! Ich soll Dir schreiben, dass man sich morgen bei Dir melden wird. Es geht um Kira. Ich habe Angst!!! Liebe Dich

Mit einem Schlag war Niko hellwach.

»Die Nachricht kam vor einer halben Stunde. In ihrem Büro habe ich erfahren, sie ist wegen eines privaten Vorfalls verschwunden und hat sich für die nächsten Tage krankgemeldet. Angeblich habe ich angerufen und ihre Kollegen informiert. Kurz darauf kam eine zweite Nachricht. Wir sollen uns nicht die Mühe machen, sie zu suchen. Morgen wird sich jemand melden und uns mitteilen, wie wir sie wiedersehen werden.«

Niko schien Aléxandros nicht zuzuhören. Er nahm sein Telefon in die Hand und öffnete ein Programm.

»Wir haben keine Ahnung, wer sie hat und wohin sie mit ihr ...«

»Wann können wir fahren?«, unterbrach Niko Kira.

»Wohin?«, fragten Kira und Aléxandros gleichzeitig.

»Denise holen.«

Niko kramte aus dem Rucksack sein Messer hervor und steckte es ein.

»Ich weiß nicht, wo sie ist.« Aléxandros sah erstaunt zu Niko, dessen eiskalte Miene ihn verunsicherte.

»Aber ich. Lass uns fahren.« Nikos strenger Befehlston ließ Kira und Aléxandros verstummen. Er setzte seine Sonnenbrille auf und marschierte kommentarlos hinaus. Sie folgten ihm zu Aléxandros Wagen, Niko nahm auf dem Beifahrersitz Platz und platzierte sein Handy auf der Mittelkonsole.

»Wenn sie ihr Handy bei sich hat oder in ihrer Nähe, dann finden wir sie. Fahr los.«

»Was willst Du machen? Hinfahren, die Tür eintreten und sie in Rambo-Manier rausholen?«, fragte Kira aufgeregt.

»Nein. Zuerst läute ich an und hoffe, dass uns aufgemacht wird.« Nikos eisige Stimmung verriet, wie ernst es ihm war. Innerlich kochte er vor Wut.

»Und wenn nicht?«

»Wäre es nicht die erste Tür, die ich eintrete.«

Einige Tage zuvor, der erste gemeinsame Abend an der Bar des »Porto Paradiso«

Aléxandros brachte das Handy zu Kira und Niko, die beim Bartresen standen.

»Ihr Vater will mit Dir reden«, meinte er verbittert und streckte Niko das Handy entgegen.

Niko leerte den gerade gelieferten Tequila in einem Zug und entfernte sich von den Geschwistern, um ungestört mit Martin telefonieren zu können.

»Du hast sie wirklich schnell gefunden, danke.« Martin klang erleichtert, aber nicht besonders glücklich.

»Wie versprochen.«

»Was ist Dein Eindruck, wie geht, beziehungsweise ging es ihr?«

»Bis ich aufgetaucht bin ziemlich gut.«

Niko berichtete ihm von Denise' Job und ihren weiteren Plänen. Auf Martins Frage zu Aléxandros, meinte er, dass der Junge einen recht soliden, ehrlichen Eindruck machte. Er erwähnte auch, dass der nächste Flug in zwei Tagen möglich wäre.

»Wenn sie jetzt heimkommt, wird sie uns das nie verzeihen.«

»Kann sein.«

»Sie ist glücklich auf der Insel mit ihrem Freund.«

»Ja, sehr sogar.«

»Würdest Du noch einige Tage länger bleiben, und ein Auge auf sie haben? Vielleicht erst ein Rückflug in einer Woche?«

Niko überlegte. Urlaub hatte er schon lange keinen mehr gehabt. Es hätte zwar nicht unbedingt Kreta sein müssen, aber damit konnte er leben. Finanziell war es kein Problem, er hatte genug Reserven, von denen selbst Martin nichts Genaueres wusste.

»Dann werde ich noch ein paar Tage den Babysitter machen.«

»Vielleicht kommt sie doch noch auf die Idee, von selbst zurückzukommen.«

»Und wenn nicht?«

Martin blieb stumm.

»Okay. Ich melde mich wieder.«

Niko sah auf das inzwischen verdunkelte Display seines Telefons. Er sah sich kurz um, weder Kira noch das Pärchen waren in seiner Nähe. Flink öffnete er den Appstore auf ihrem Handy.

Vertrauen ist gut, aber ich hab's nicht so damit, *dachte er und suchte nach einer passenden App.*

Schnell fand er das gesuchte Programm. Es übermittelt einer anderen, festgelegten Nummer die GPS-Koordinaten des Handys. So konnte er jederzeit sehen, wo sich das Handy gerade befand und sie gegebenenfalls über die Straßenkarte aufspüren. Noch dazu war das Programm auf dem Handy versteckt. Denise sollte nicht wissen, dass Niko sie im Fall einer Meinungsänderung schnell aufspüren konnte.

Erst, als er sich mehrmals versicherte, dass er alles korrekt ausgeführt und versteckt hatte, legte er das Smartphone zur Seite.

»Also ein paar Tage mehr auf dieser Insel. Es könnte schlimmer sein«, murmelte er.

Giannis erschien neben ihm am Tresen.

»Die beiden sind wirklich ein Traumpaar«, meinte er.

»Scheint so«, antwortete Niko. Im nächsten Moment stutze er, als er realisierte, dass er auf Griechisch angesprochen wurde und geantwortet hatte.

Giannis sah seine Verwunderung und deutete mit dem Kopf zum Tisch von Denise und Aléxandros.

»Sie wissen wohl nicht, dass Du Griechisch verstehst?«

»Nein, und so soll es auch bleiben.«

Kira kam von den Toiletten auf sie zu. Giannis schenkte ihm ein kurzes verschwörerisches Lächeln.

»Ich bin Barkeeper. Ich sehe viel, aber ich erzähle nichts.«

»Danke. Gib uns noch zwei Tequila, bitte.«

»Du hast ihr Handy verwanzt?«

»Ich würde an Deiner Stelle froh darüber sein«, entgegnete Niko Aléxandros. Ohne ein weiteres Wort nahm dieser das Handy und studierte ihre Route.

»Wenn das stimmt, dann landen wir in der Nähe von Peza, über Heraklion ins Hinterland. Ungefähr eine Stunde Fahrzeit.«

Aléxandros schaffte die Strecke in knapp vierzig Minuten. Denise' Handysignal führte sie zu einem umzäunten Anwesen außerhalb der Ortschaft. Hohe Metallgitter umgaben ein großes Areal und eine mehrstöckige Villa. Soweit sie sehen konnten, war niemand auf den gut gepflegten Grünanlagen zu sehen. Aléxandros stellte den Wagen neben dem Einfahrtstor ab. Das massive, schwarze Gittertor trug einen Adler als Wappen auf den Flügeltüren.

Niko stieg aus, fand eine Gegensprechanlage und drückte lange auf den Knopf. Doch niemand antwortete.

»Wir kommen hier nicht rein«, stellte Kira fest, nachdem sie die Mauer entlanggegangen war.

Niko ging einige Schritte von dem Tor zurück und sah sich um.

»Du kannst weder darüber klettern, noch das Tor eintreten. Was machen wir nun?«

Niko antwortete ihr nicht und entfernte sich von der Villa. Er blickte über die nähere Umgebung. Das Anwesen war auf einer Anhöhe erbaut worden, die einen weiten Blick über die Landschaft bot. Der nächste Ort war ungefähr einen Kilometer entfernt, die weißen Häuser leuchteten aus den umgebenden Bäumen hervor. Die Straße dorthin schlängelte sich den Hang hinab, vorbei an einer Baustelle und einer nicht fertiggebauten Lagerhalle.

»Ich komme wieder.« Niko lief los und ließ sie irritiert stehen.

»Wie bitte?«, rief Kira ihm hinterher, »Was soll das?«
Doch Niko antwortete nicht und rannte die Straße hinunter.

»Dieser komplett verrückte Esel! Egal was er jetzt vorhat, es ist sicherlich wieder eine blödsinnige Aktion, die ...! Ach, was rege ich mich noch auf!«

»Du magst diesen verrückten Esel, Schwester.«

»Nur weil ich einmal mit ihm im ...« Kira stoppte, doch sie hatte schon zu viel verraten. Ihr Bruder sah sie tadelnd an.

»Also doch! Du bist wirklich ... ich finde keine Wörter dafür.«

»Dann lass es! Ich kann tun und lassen, was ich will. Ich glaube, dafür bin ich alt genug, oder?«

»Alt genug vielleicht, aber ansonsten?« Kira wandte sich ab und stiefelte über die Straße davon.

»Bleib hier, Schwester! Wir müssen warten und hoffen, dass Dein Freund wiederkommt.«

»Er ist nicht mein Freund, sondern ...«

Ein Brummen ließ beide verstummen und umsehen. Es wurde schnell lauter, auf der Straße entdeckten sie eine Staubwolke, die sich zu ihnen hinaufzog.

»Nichts Besonderes, das klingt nach einem Lastwagen oder Baufahrzeug. Der wird von der Baustelle kommen.« Kurz darauf bestätigte sich Aléxandros' Aussage. Ein großer Bulldozer quälte sich den Weg zu ihnen hinauf. Kira wollte schon ins Auto, um sich vor dem Staub zu schützen, als sie den Fahrer erkannte.

»Das kann doch nicht wahr sein!? Aléxandros, siehst Du das?«

»Ich sehe es. Wie durchgedreht ist dieser Typ?«

Am Steuer des Planierfahrzeugs saß Niko und lenkte das Gefährt auf sie zu. Er fuhr einen großen Bogen um sie und sorgte dafür, dass Kira und Aléxandros vollständig vom Staub eingenebelt wurden. Ihre Flüche wurden vom Lärm des Fahrzeugs übertönt. Er stellte den Wagen mehrere Meter vor dem Tor ab und ließ die Bagger-schaufel einen Meter in die Höhe fahren.

»Dieser Verrückte wird doch nicht…« Weiter kam Kira nicht, der aufgewirbelte Staub nahm ihr die Luft. Sie hustete und rannte mit ihrem Bruder zur Seite.

Ihre Vermutung war richtig. Niko fuhr los und krachte ungebremst mit der Schaufel gegen das massive Eisentor der Villa. Das Tor bog sich ächzend nach innen, bevor es mit einem lauten Krachen aus der Verankerung gerissen wurde und zu Boden fiel. Niko fuhr unbeirrt weiter, bis er mit dem Bulldozer über das Gitter gefahren war. Erst dann stellte er den Motor ab und sprang aus dem Fahrzeug.

Kira und Aléxandros kamen zu ihm gelaufen, als er sich auf den Weg zum Gebäude machte.

»Sag mal, bist Du eigentlich noch zu … Du kannst doch nicht einfach hier mit diesem Ding …«

»Es ist Deine Freundin, oder?«, meinte Niko, der mit entschlossener Miene weiterging.

Neben dem Haupteingang führte ein betonierter Weg zur Rückseite. Von dort bogen zwei bekannte Männer um die Ecke.

»Das sind die Zwei aus Loutro!«, schrie Kira auf.

Umgehend stürmten sie auf Niko zu. Dieser erkannte sofort, welchen der beiden er bei ihrem ersten Treffen die Nase gebrochen hatte, sie war immer noch getapt und leuchtete dunkelblau. Genau dieser Mann wollte sich auf ihn stürzen. Niko wich aus, packte ihn am Arm und nutzte den Schwung, um ihn gegen die Hauswand zu schleudern. Obwohl sich der Angreifer mit einer Hand abfedern konnte, landete sein Gesicht auf dem harten Stein.

Der zweite Anzugträger packte Niko und holte mit der Hand aus. Kira war eine Spur schneller und warf sich gegen ihn. Sie konnte ihn zwar nicht umwerfen, doch die kurze Ablenkung genügte Niko, um dem Mann einen Schlag zu versetzen, der ihn zu Boden gehen ließ.

Ohne sich um die Männer zu kümmern, marschierten sie weiter und bogen um die Hausecke, wo sie bereits erwartet wurden. Vor einem rechteckigen Pool, der eine Länge von mindestens zehn Metern hatte, lag ein älterer Mann im Liegestuhl.

»Das ist Michail Papagos!«, entfuhr es Kira entsetzt.

»Der ehemalige Kurator des Archäologischen Museums in Heraklion«, erklärte Aléxandros, dem ebenfalls die Überraschung ins Gesicht stand.

Der Mann erhob sich, ließ sich von einem jungen Diener neben ihm einen Bademantel reichen und band ihn fest zu. Er wirkte trotz seiner knapp sechzig Jahre sehr robust und körperlich fit. Seine weißgrauen Haare waren sorgfältig nach hinten gekämmt und zeigten seine hohe Stirn, die nur wenig Falten aufwies. Sein kurz getrimmter weißer Bart wirkte gepflegt.

»Weißt Du eigentlich, wie viel es kostet, dieses Tor wieder zu reparieren?« Er klang nicht wütend oder überrascht, eher wie ein Professor, der einen Studenten maßregelte.

»Wo ist Denise?«, schrie Aléxandros.

»Bevor jemand auf mich losgehen möchte, sie ist nicht hier«, meinte er gelassen, nahm sich eine Zigarre und zündete sie an.

»Ich habe Ihnen doch ausrichten lassen, dass ich mich morgen melde.«

Niko machte einige Schritte auf ihn zu, bis Michail Papagos die Hand hob, den Rauch in die Luft blies und ihn musterte.

»Nikólaos Dovas. Schön, Sie persönlich zu treffen.«

Niko ließ sich seine Verwunderung nicht anmerken, nahm seine Brille ab und blickte den Mann verbissen an.

»Das finde ich nicht, Sie Stück Abschaum«, zischte er,

die Hände zu Fäusten geballt.

»Also bitte. Ich verbiete mir ...« Der ehemalige Kurator war die Ruhe selbst.

»Sie verbieten mir nichts! Wo ist Denise?«

»Natürlich nicht hier, oder halten Sie mich für so dumm. Nikólaos, ich habe mich über sie informiert. Auch über ihre ... Fähigkeiten.«

»Eine davon wäre, ihnen Schmerzen ...«

»Bitte bleiben wir kultiviert. Zunächst einmal, es war interessant, herauszufinden, dass sich mehrere Leute für sie interessieren, Nikólaos. Aber das tut nichts zur Sache. Ihr seid wegen Eurer Freundin hier.«

»Wo ist sie?«

»Keine Aufregung. Ich bin kein Unmensch. Sie ist gut untergebracht. Natürlich versteckt, aber es fehlt ihr an nichts. Und das wird auch so bleiben für die nächsten Tage.«

»Die nächsten Tage?«

»Ja, bis ihr mir den Dolch aushändigt, den ihr gefunden habt. Ein einfaches Tauschgeschäft, findet ihr nicht.«

»Darum geht es also«, mischte sich Kira ein, »Das war auch der Grund, wieso Sie sich mit meinem Großvater gestritten haben!«

Michail Papagos lächelte sie an.

»Kluges Mädchen. Ja, Dein Großvater hat mir von seiner Entdeckung erzählt. Ein riesiger Schatz der Minoer. Ein Beweis für die Existenz des Minotaurus. Mit seiner Entdeckung würde er unsere antike Geschichte umschreiben. Aber er hat nicht verraten, wo sich dieser ominöse Ort befindet. Dazu hatte er zu wenig Vertrauen.«

»Verständlich. Und jetzt wollen Sie den Schatz finden und alles stehlen?«

»Stehlen ist so ein negativ behaftetes Wort. Ich werde natürlich dafür sorgen, dass die Welt von diesem sagenhaften Fund erfährt, später. Doch zuerst muss ich ihn finden und mir persönlich ein Bild davon machen.« Kira wandte sich an Niko.

»Sie haben ihn aus dem Museum geworfen, nachdem er versucht hatte, einige Antiquitäten auf dem Schwarzmarkt zu verkaufen. Dasselbe wird er mit Opas Schatz machen!«

»Opas Schatz?«, sagte Michail Papagos abfällig, »Der Schatz gehört den Minoern und den Nachfahren. Ich stamme von dieser Insel, Dein Großvater nicht. Aber diskutieren wir nicht über solche Kleinigkeiten. Ihr wisst, was ich möchte.«

Kira stampfte wütend auf, Niko legte ihr eine Hand auf die Schulter.

»Ok, Sie verrücktes Arschloch. Ich bringe Ihnen heute noch den Dolch und Sie lassen Denise frei«, fauchte sie ihn an.

Inzwischen kamen die zwei Muskelmänner ebenfalls zum Pool. Auf ein Zeichen von Michail Papagos blieben sie abseits stehen, ihre Blicke auf Niko gerichtet. Er sah, dass der Mann mit der schon gebrochenen Nase frisch einbandagiert war.

»Nur keine Eile junge Dame. Wie gesagt, der jungen Frau geht es gut. Ich habe mir ihr Handy etwas genauer angesehen. Eine gute Idee, diese App mit dem Trackingsystem.«

Niko versteckte seinen Blick wieder hinter seiner Sonnenbrille und wandte sich um.

»Reden macht keinen Sinn. Lass uns gehen und den Dolch holen.«

Er nahm Kiras Hand und wollte losgehen, als er Michail Papagos räuspern hörte.

»Ach, bevor ich es vergesse! Da wäre noch eine ... Kleinigkeit.«

Niko blieb stehen, seine freie Hand wanderte sofort in die Tasche zu seinem Messer.

»Was?«

»Es betrifft Sie, Nikólaos. Genau genommen Ihre Fähigkeiten. Ihr werdet mir den Dolch aushändigen ... gemeinsam mit dem Diskus von Phaistos.«

Niko drehte sich überrascht um.

»Ernsthaft?«

»Ja, ernsthaft.«

»Und wie soll das bitte funktionieren?«

»Also bitte, Nikólaos, muss ich Ihnen das wirklich erklären? Sie werden ihn stehlen.«

»Sie wissen schon, dass mein Vater Chef der Sicherheitsleute im Museum ist?« Kira konnte nicht glauben, was dieser Mann gerade verlangt hatte.

»Natürlich.« Michail Papagos Stimme war immer noch ruhig und oberlehrerhaft.

»Wie ihr es anstellt, soll nicht mein Problem sein. Ich gehe aber davon aus, dass ihr Eure Freundin sehr schnell wiedersehen wollt, also beeilt Euch.«

Niko sah sich um.

Es bringt nichts. Selbst wenn ich sie alle ausschalte, Denise wird nicht hier sein.

»Wir gehen«, beschloss er.

»Eine weise Entscheidung. Sobald Sie den Diskus haben, werde ich es erfahren und mich melden. Wie gesagt, keine Sorge, im Moment wird gut für Eure Freundin gesorgt. Lasst Euch nicht zu lange Zeit, bitte. Und auch wenn es logisch sein sollte, aber keine Polizei. Meine Ohren sind überall, ich würde es sofort erfahren.«

Niko näherte sich Michail und beugte sich vor.

»Wenn Denise etwas zustößt, bringe ich Sie samt ihrer Busenfreunde um.«

»Bitte drohen Sie mir nicht, Nikólaos.«

»Nein, das ist ein Versprechen. Und ich halte meine Versprechen«, zischte er ihn an und wandte sich ab.

Sie marschierten zurück zum niedergerissenen Einfahrtstor. Als Niko bei dem Mann mit der gebrochenen Nase vorbeiging, sah er ihn mit zornigem Blick an.

»Wie geht´s der Nase?«

»Ich werde Dich noch kriegen, versprochen. Das nächste Mal ...«

»Das nächste Mal werde ich richtig wütend«, fiel ihm Niko ins Wort.

»Und dann?«, fragte der Mann mit einem schäbigen Grinsen.

»Dann werden Leute verletzt, ernsthaft verletzt«, gab ihm Niko entschlossen zurück und ging weiter.

Erst nach zehn Minuten Fahrzeit und absoluter Stille stellte Aléxandros die Frage, die sich jeder von ihnen längst gestellt hatte.

»Was werden wir tun?«

»Zur Polizei?«, schlug Kira vor.

»Was hat er gesagt? Er hat seine Freunde überall und wird es sofort erfahren, wenn wir zur Polizei gehen.«

»Was will er mit dem Diskus? Verkaufen wird er ihn nicht können«, meinte Aléxandros.

»Der Diskus weist den Weg. Wahrscheinlich weiß er mehr als wir«, sagte Niko, der mit abwesendem Blick aus dem Beifahrerfenster blickte.

»Und wie sollen wir nun Denise holen?«

Niko reagierte nicht. Erst als Kira ihn einen Stups gab, drehte er sich zu ihr.

»Was denkst Du, Niko?«

»Das Museum ist sehr gut bewacht. Als ehemaliger Kurator weiß er das. Außerdem wird er Hausverbot haben, deshalb braucht er jemanden, der die Drecksarbeit für ihn macht.«

»Du überlegst nicht wirklich ...«

»Ich muss nachdenken.« Mehr war aus Niko nicht herauszukriegen. Die restliche Heimfahrt schwieg er.

Vor seinem Apartment angekommen, stieg Niko ohne ein Wort zum Abschied aus und verschwand im Zimmer. Er nahm sich eine Flasche Wasser aus dem Kühlschrank, fluchte darüber, dass er keine härteren Getränke hatte und setzte sich auf den Balkon.

Er fiel ihm schwer, sich zu beherrschen, deshalb wollte er niemanden um sich haben. Noch vor einigen Stunden war er dabei, sein Leben neu aufzubauen. Mit den negativen Aspekten seiner Vergangenheit endgültig abschließen, mit den positiven in die Zukunft schauen. Doch dieser Kurator, der sich scheinbar sehr genau über ihn informiert   hatte, hatte alles zunichtegemacht.

Ich wollte nie wieder einbrechen, stehlen oder auf andere Art in Schwierigkeiten geraten. Schon gar nicht wegen einem Museum!

Niko fiel der Besuch im Archäologischen Museum ein. Beim genauen Begutachten des Diskus war ihm aufgefallen, dass er durch mehrere Sicherheitsvorkehrungen gesichert war. Er hatte die üblichen Glassensoren und eine Vorkehrung auf der Bodenplatte bemerkt, die ihn an den ersten Indiana Jones Film erinnert.

Man müsste die Scheibe gegen ein gleichschweres, genauso geformtes Teil austauschen. Vorausgesetzt man kommt unbemerkt rein. Nicht unbedingt eine leichte Aufgabe.

Niko verbrachte den restlichen Nachmittag in seinem Zimmer. Als die Sonne verschwand, entschied er, auch die Strandbar zu meiden. Er wollte und konnte sich nicht auf eine Unterhaltung mit Kira und Aléxandros einlassen.

Auch wenn die beiden es nicht so sehen werden, aber ich sollte auf Denise aufpassen. Sie ist wegen mir in diesen Schwierigkeiten.

Der Gedanke ließ ihn nicht mehr los. Niko war klar, dass er handeln musste, nur konnte er noch nicht absehen, welcher Weg der bessere wäre.

*Am liebsten würde ich nochmals hinfahren und es aus ihm raus-
prügeln, aber solche Leute haben mehrere Aufpasser, nicht nur die
zwei Hampelmänner.*

Niko musste raus. Er ging auf die Straße, sog die warme
Luft ein und spazierte die Straße in Richtung Hafen
entlang. Seine Gedanken kreisten dabei um Denise, um
die Möglichkeiten, die er hatte und wie er Martin erklären sollte, was passiert war.

Er kam an den Stufen vorbei, die zu seinem vorigen
Apartment führten und fand die beiden alten Männer
wieder an ihrem Tisch sitzen und reden. Sie blickten zu
ihm und grüßten ihn mit einem Nicken, bevor sie sich
wieder in ihr Gespräch vertieften.

»Mein Enkel hat geschrieben. Er lebt jetzt in Athen.«

»Alleine?«

»Nicht mehr. Er hat schnell Freunde gefunden.«

»Das ist gut. Ein Leben ohne Freunde ist wie eine weite
Reise ohne Gasthäuser.«

»Guter Spruch.«

»Er stammt nicht von mir, sondern von Demokrit.«

Etwas amüsiert von der mitgehörten Unterhaltung
schlenderte Niko weiter, bis er den Hafen erreichte. Die
Fischer- und Ausflugsboote hatten schon angelegt, am
Strand lagen noch einige Familien mit ihren Kindern
und im Wasser tummelten sich die letzten Strandbesucher.

Ich würde viel für einen ganz normalen Urlaub geben.

Aber bevor es so weit kommen sollte, musste er noch
dafür sorgen, dass Denise wieder wohlauf bei ihnen war.
Wie es bislang aussah, hatte er nur eine Möglichkeit und
die gefiel ihm überhaupt nicht.

Nachdem Niko eine halbe Stunde lang auf einem Stein
am Pier saß und das Meer beobachtet hatte, entschied er,
zurück in sein Zimmer zu gehen.

Die beiden alten Männer waren gerade dabei, ihren
Tisch abzuräumen und an die Wand zu schieben, als er

vorbeiging. Er konnte nur einen Satz hören, der ihm aber in Gedanken hängen blieb.

»Ein guter Junge kennt auch einen anderen Trittpfad.«

Ja, es lässt sich immer ein Weg finden. Nur muss ich diesen Weg erst sehen.

Nachdem er sich aus dem an die Apartmentanlage angrenzenden Supermarkt eine Kleinigkeit zum Essen und eine Flasche Wein geholt hatte, nahm er sein spartanisches Abendessen alleine auf dem Balkon zu sich. Martin meldet sich nicht, was eine von Nikos Befürchtungen war. Er wollte seinen Freund nicht anlügen.

Kurz nach Mitternacht, als er immer noch nicht einschlafen konnte, zog sich Niko an. Er hoffte, die frische Luft würde ihm gut tun und seine Gedanken ordnen. Der Spaziergang brachte ihm aber keine Erkenntnis.

Nach einer halben Stunde planlosem Herumgehen stand er vor der Diskothek.

Egal, ein, zwei Drinks können nicht schaden.

Die Disko war gut besucht, zu Nikos Glück waren weder Kira noch Aléxandros anzutreffen. Dafür erkannte er in einer Ecke die Zwillingsfreunde von Kira. Beide schienen schon sehr viel getrunken zu haben.

Niko bestellte einen starken Cocktail und ließ die Musik wirken. Kurzzeitig konnte er seine Gedanken verdrängen, aber immer wieder tauchte Denise in seinem Kopf auf. Er war sich sicher, dass dieser Michail ein ernstzunehmender Verbrecher war, mit dem man sich nicht anlegen sollte. Dementsprechend wenige Möglichkeiten hatte Niko.

Zwei Getränke später hatte er genug von der dröhnenden Bassmusik, die ihn heute nicht wirklich ablenken konnte.

Er trat ins Freie und genoss die kühle Luft. Über ihm strahlten die Sterne am wolkenlosen Himmel. Er wollte sich auf den Weg zu seinem Zimmer machen, als hinter ihm Manos ins Freie stolperte.

»Bleib stehen. Ich muss ... will ... muss mit Dir reden!«, lallte er und wankte auf Niko zu.

»Du solltest heimgehen.«

Dafür habe ich im Moment gar keinen Kopf.

»Nein! Zuerst werde ich Dir ...«, Manos drohte umzukippen und hielt sich an der Straßenlaterne an, »Ich werde nicht zulassen, dass Du meine ... Sie ist meine Kira und ich ... ich ... also ...« Das Reden fiel ihm genauso schwer, wie das Gleichgewicht zu halten.

»Du willst mir klarmachen, dass es Dein Mädchen ist.«

»Genau!«

»Und ich die Finger von ihr lassen soll.«

»Genau! Und wenn Du das nicht ... kapierst. Ich schlage Dir ...«

Niko seufzte laut. Der junge Mann tat ihm leid.

»Nein, das tust Du nicht. Du lässt Dich jetzt heimbringen und schläfst Deinen Rausch aus.«

Manos kam näher. Er holte aus und schwang seine Faust in Nikos Richtung. Dieser musste nicht einmal ausweichen. Dafür fing er Manos auf, als dieser nach vorne kippte.

»Wer glaubst Du eigentlich, dass Du bist? Kommst einfach her und ...« Der Rest war so undeutlich gelallt, dass Niko kein Wort verstand. Er packte den jungen Mann und richtete ihn vor sich auf.

»Wo wohnst Du?«

»Auf anderer Seite ... Hafen.«

Das hat keinen Sinn, der wird mir nicht sagen können wo genau.

Manos stieß Niko von sich und holte erneut aus, unbeholfen und auf wackeligen Beinen.

»Was glaubst Du eigentlich? Wer bist Du denn, ihr neuer Stecher?«, lallte er lautstark und schlug zu. Seine Faust kam so langsam auf Niko zu, dass er noch Zeit hatte, die Augen zu verdrehen und seine Hand zu packen.

»Nein, viel schlimmer. Ein guter Freund, der sich Sorgen um sie macht«, gestand er sich selbst ein. Er wusste nicht, ob Manos ihn verstanden hatte, sein Blick schien durch ihn durchzugehen. Niko blickte den betrunkenen Mann an und wunderte sich selbst über seine Idee.

»Wo ist Dein Bruder?«

Manos sah ihn perplex an, es dauerte einige Sekunden, bis er die Frage verstanden hatte.

»Schon gegangen. Er ist daheim.«

»Komm, ich helfe Dir.« Er zog Manos mit sich in Richtung seines Apartments. Der Weg, für den er normalerweise zehn Minuten benötigte, dauerte über eine halbe Stunde. Manos ließ sich meistens schleifen und sprach in teils unvollständigen Sätzen, wie verliebt er war.

Schon seit Jahren war er in das Mädchen verschossen, hatte sich aber nie getraut, ihr davon zu erzählen. Er hatte Angst um ihre Freundschaft, bis sie eines Abends miteinander im Bett landeten. Doch Kira hatte seine Hoffnungen tags darauf zerstört, als sie ihm höflich aber bestimmt klargemacht hatte, dass es nur eine einmalige Sache war.

»Aber ich gebe nicht auf. Und Du ... Du wirst nicht dazwischen ...«

»Nein, werde ich nicht«, half ihm Niko beim Reden.

In Nikos Apartment fiel Manos auf das Bett.

»Ich werde Dir das morgen nochmals erklären. Sie ist meine ...«

»Vielleicht solltest Du es ihr erklären und nicht mir«, rief Niko aus der Küchennische. Er brachte Manos eine Wasserflasche, doch dieser war eingeschlafen. Mit lauten Schnarchgeräuschen lag er quer über das Bett.

»Sehr schön. So habe ich mir das vorgestellt«, meinte Niko leicht genervt, nahm die Wasserflasche mit auf den Balkon und machte es sich in einem der Sessel bequem.

Ein guter Junge kennt auch einen anderen Trittpfad.

Der Ausspruch von den beiden alten Kretern ging ihm nicht mehr aus dem Kopf.

Kapitel 10

Niko und Manos saßen am Balkon bei ihrem Katerfrühstück, als es an seiner Tür klopfte.

Kira stand davor und war völlig perplex, als Manos die Tür öffnete.

»Was machst Du denn hier?«

»Ich war ziemlich betrunken und Niko hat mich mitgenommen.«

»Betrunken, Du? Du trinkst doch nur, wenn es Dir schlecht geht. Und wieso hat Niko ...«

»Was gibt's?«, mischte sich Niko ein.

Kira trat ein und baute sich vor Niko auf. Aufgrund ihrer Größe musste sie den Kopf heben, um ihm in die Augen sehen zu können.

»Dir klarmachen, dass Du nicht alleine den Diskus holen wirst. Aléxandros und ich werden dir helfen, und das ohne Widerrede. Auch Manos und die beiden anderen werde ich mitziehen. Es geht um Denise und Du wirst es alleine nicht schaffen. Also, kein Widerspruch, verstanden?«

»Okay.«

»Okay«, pflichtete auch Manos den beiden zu.

»Nein, ich will keine Widerrede ... Okay?« Kira stutzte.

»Bist Du fertig?«, fragte Niko ruhig, »Es gibt nämlich eine Menge zu organisieren und besorgen, damit wir diese Scheibe stehlen können.«

Kira stand ratlos im Raum und beobachtete Niko, der sich wieder an den Tisch setzte.

»Wenn Du auch einen Kaffee möchtest, nimm Dir eine Tasse mit«, rief ihr Niko zu.

»Und nimm bitte den Käse aus dem Kühlschrank mit«, fügte Manos hinzu.

Kira konnte nicht antworten, nur ungläubig den Kopf schütteln.

Eine Stunde später hatten sie sich alle bei Kira und Aléxandros im Garten versammelt. Neben Niko waren auch Manos, sein Bruder Stelios und Thaumas anwesend. Inzwischen waren sie informiert, was in den letzten Tagen passiert war.

»Was habt ihr nun vor?«, wollte Thaumas wissen.

»Ich werde es heute entscheiden. Zunächst muss ich noch einmal ins Museum. Wenn es eine Chance gibt, diese Scheibe ...«, begann Niko.

»Nenn den Diskus von Phaistos nicht immer so abwertend eine Scheibe. Immerhin handelt es sich um eine der wertvollsten ...«

»Scheiben, die es gibt, schon klar«, fiel Niko Kira ins Wort und sprach unbeirrt weiter. Er bat alle Anwesenden um Diskretion und fragte der Reihe nach alle aus, um sich ein Bild von der Gruppe machen zu können. Danach erklärte er ihnen, dass sie sich am Abend im »Porto Paradiso« wiedersehen würden.

»Pünktlich um zwanzig Uhr. Das Essen geht auf meine Rechnung. Ich werde mich bis dahin mit dem Thema auseinandersetzen und Euch Bescheid geben.«

Den restlichen Tag war Niko nicht in Bali anzutreffen. Da ihre Eltern ebenfalls in der Arbeit waren, verbrachten Kira und Aléxandros den Tag zuhause. Sie hatten weder Lust auf einen Strandausflug, noch fiel ihnen eine Möglichkeit ein, um etwas für Denise zu unternehmen. Kira hielt es alleine daheim nicht aus. Als sie nach dem Telefon griff, sah ihr Bruder fragend zu ihr.

»Ich rufe Manos an, hoffentlich hat er Zeit.«

»Der hat sicher sofort und gern für Dich Zeit.«

»Mir ist gerade ziemlich egal, was Du denkst. Ich brauche jetzt jemanden, der mich ablenkt, auf den ich mich verlassen kann und den ich gerne bei mir habe.«

Aléxandros setzte sich neben sie auf die Couch.

»Und wieso blockst Du dann jeden Versuch von ihm ab? »

Kira schwieg.

»Du hast Angst, Schwesterherz. Angst, Dich auf etwas Ernsthaftes einzulassen«, analysierte er sie. Zu ihrem Ärger musste sie ihm zustimmen.

»Er wird nicht ewig warten.«

»Ich habe es verstanden.«

Sie wählte die Nummer von Manos.

»Du weißt genau, wie ich es hasse, wenn Du Recht hast, Bruderherz.«

Die Stunden zogen sich endlos, am späteren Nachmittag kam Giorgos heim und wunderte sich, dass seine Kinder und Manos im Haus waren.

»Habt ihr nichts Besseres zu tun, als bei diesem Wetter im Haus zu sitzen?«

»Irgendwie ist uns heute nicht nach Strand. Wenigstens treffen wir am Abend Niko im Porto Paradiso.«

»Ah. Ja, Euren Freund habe ich heute im Museum auch getroffen.«

Giorgos verschwand in die Küche.

»Ich hasse es, Papa anlügen zu müssen«, sagte Aléxandros.

»Es wird noch schlimmer werden, wenn wir tatsächlich in sein Museum einbrechen müssen«, machte Kira ihm die Situation klar.

Sie zog Manos mit sich in ihr Zimmer.

»Wir haben noch Zeit, bis wir Niko treffen. Lass sie uns sinnvoll nutzen«, meinte sie und sperrte die Tür hinter Manos zu.

Niko saß mit einem großen Bier an einem abseits gelegenen Tisch der Strandbar. Doch an diesem Abend war der Ausblick auf das inzwischen dunkle Meer für ihn uninteressant. Seine Gedanken kreisten um den geplanten Diebstahl.

Ein, wenn nicht sogar das archäologische Heiligtum der Insel, und ich darf es klauen, überlegte er. *Flieg hinunter, hol meine Tochter, mach ein paar Tage Urlaub, mehr nicht, dass ich nicht lache.*

Ihm war klar, dass er im Moment keine Alternative hatte, um Denise zurückzuholen. Und wenn er ehrlich war, hatte es einen Reiz, in das Museum einzusteigen und diesen Diskus zu besorgen.

Auf einem Blatt Papier sammelte er seine Einfälle und erstellte eine Liste von Gegenständen, die er benötigte. Die übrigen Gäste in der Strandbar beachtete er nicht, bis neben ihm ein Pärchen mit Kinderwagen vorbeifuhr. Sein Blick fiel auf das Handgelenk des Mannes, der etwa sein Alter hatte. Niko sprang auf und stoppte damit die Unterhaltung des Pärchens.

»Gibt es etwas?«, fragte der schwarzhaarige, muskulöse Mann und musterte ihn skeptisch.

»Entschuldige, ich habe nur eine Frage. Dieses Armband, wo auf der Insel bekomme ich guten Paracord dafür?«

Die Frau schmunzelte.

»Da hast Du genau den Richtigen erwischt. Mein Schatz liebt diese Dinger.«

Sie übernahm den Kinderwagen und stellte ihn zu einem Tisch nahe der Bar.

»Wofür brauchst Du es? Wie viel soll es aushalten?«, wurde Niko gefragt.

»Mein Gewicht.«

»Wie lange soll es sein?«

»Es sollten schon so zehn Meter sein.«

Der Mann musterte Niko von Kopf bis Fuß. Währenddessen betrachtete Niko den tätowierten Oberarm. Besonders auffällig leuchtete ein Adler, der aus Flammen aufstieg, auf dem sonnengebräunten Muskel hervor.

»Fünfzehn Meter, eine komplette Schnur. Morgen Nachmittag kannst Du es hier an der Bar abholen. Kostet gerade einmal zehn Euro, ist das in Ordnung?«

»Das wäre super, vielen Dank«, freute sich Niko, dass er eine Sache von seiner Liste soeben streichen konnte.

»Hoffentlich planst Du nichts Illegales?«

»Natürlich nicht«, log Niko.

»Dann morgen Nachmittag. Ich werde das Paket an der Bar hinterlegen, das Geld lässt Du hier.«

»Natürlich, danke für die schnelle Hilfe. Wie heißt Du, falls mich jemand wegen des Pakets fragt.«

»Sag einfach, Tákis hat für Dich etwas hinterlegt.«

Niko bedankte sich nochmals und wandte sich wieder seinem Bier und seinen Gedanken zu. Jedenfalls versuchte er es. Immer wieder blickte er zu dem Paar, die abwechselnd ihr Kind im Arm hielten.

Wie alt wird er sein, knapp vierzig wie ich, vielleicht etwas älter. In diesem Alter hat man meistens schon sein Glück gefunden, eine Familie gegründet und lebt ein geordnetes, ruhiges Leben.

Niko überlegte, wie sein Leben wohl verlaufen wäre, wenn er einige Entscheidungen anders getroffen hätte. Als ihm der Gedanke kam, dass seine Mutter dann vermutlich noch am Leben wäre, schüttelte er den Kopf, nahm einen Schluck und zwang sich zur Konzentration auf seine jetzige Realität.

»Manche Sachen kann man nicht mehr ändern«, flüsterte er und beugte sich über seine Notizen.

Kurz darauf erschienen Kira und Aléxandros und setzten sich zu ihm.

»Du hast unseren Vater besucht?«, fragte Aléxandros neugierig.

»Ja. Er hat erzählt, dass in drei Tagen ein privater Event im Museum stattfindet. Eine Delegation aus Israel kommt zu einer Veranstaltung. Das Museum wird zu einer geschlossenen Gesellschaft.«

»Davon habe ich gelesen. Willst Du genau an diesem Abend ...?«

Niko zog einen Zettel heraus.

»Diese Dinge benötige ich, bis morgen Abend.«

Kira nahm den Zettel und sah ihn sich genau an.

Handschuhe, schwarz, Leder, dünn, Größe L

Kapuzenpullover, dünn, Größe L

Anzug, Größe 50, schwarz

Hemd, Größe L, weiß

6 Stück Bluetooth-Headsets, so klein wie möglich!!!

2 Tuben, max. 50ml Fugenmasse, weiß, schnelltrocknend

Replikat vom Diskus aus dem Museumsshop

Flache Gewichte, genau 420 Gramm

Kira: Abendkleid

Manos: Abendgarderobe

USB Stick 3.0, mind. 4 GB

~~mindestens 10 Meter Paracord, mindestens Typ IIA, besser Typ III~~

Eine Packung Zigaretten, starker Tabak

Feuerzeug

Holzstab, vierkantig, Durchmesser 3 cm, Länge 1 Meter

»Das ist alles?«

»Ja, und zwar genau wie beschrieben.«

Kira versprach, sich darum zu kümmern und ließ den Zettel in ihrer Hose verschwinden. Nachdem Niko nicht weiter über das Thema reden wollte, wurde es ein ruhiger Abend, jeder war mit seinen Gedanken beschäftigt.

Niko war auch der Erste, der sich nach dem Essen verabschiedete.

»Organisiert die Sachen, den Rest erledige ich. Morgen Abend, selbe Uhrzeit, sitzen wir wieder hier und ich erkläre Euch den Plan. Trommle alle deine Freunde zusammen.«

»Was ist mit Denise?« Aléxandros klang verzweifelt.

»Schreib ihr, dass wir sie in vier Tagen holen. Entweder im Tausch oder mit Gewalt.«

»Wie willst Du das denn machen?«

Niko sah den Mann mit entschlossenem Gesicht an.

»Weil ich versprochen habe, auf Denise aufzupassen. Ich halte meine Versprechen, koste es, was es wolle.«

Kapitel 11

Drei Tage später

Die Uhr zeigte 20:26. Niko lehnte sich zurück, schloss die Augen und lauschte dem Lied »Lava«. Er saß neben Aléxandros im Wagen, eine Gasse vom Archäologischen Museum entfernt. Aléxandros Handy piepste.

»Thaumas ist auch in Position. Es kann also losgehen.«

»Gut.« Niko nahm die Kopfhörer heraus und steckte sich dafür eines der kleinen Headsets ins Ohr.

»Du weißt, was Du machst, Niko? Wenn wir das jetzt durchziehen ...«

»Wir werden das durchziehen und Denise retten. Über mehr brauchst Du nicht nachdenken.«

»Du bist Dir so sicher.«

Niko kontrollierte noch einmal seinen Rucksack.

»Vertrau mir.«

Er stieg aus dem Wagen und spazierte zum Museum.

Die letzten Tage hatte er sich nur um diesen Abend Gedanken gemacht. Alle Beteiligten waren wiederholt instruiert worden, jeder hatte ihm versichert, seinen Part zu kennen und zu erledigen.

Jeder von ihnen, ein absoluter Anfänger. Wie soll das gut gehen?

Niko blickte zurück zu Aléxandros. Er hatte ihm die größten Sorgen bereitet. Auch wenn sich Denise nochmals gemeldet und versichert hatte, dass es ihr gut ginge, war er ein nervliches Wrack. Er hatte sich krankgemeldet und zu Hause versteckt. Auf Fragen seiner Eltern hatte er nur erklärt, dass sie gestritten hatten und Denise in ein paar Tagen wiederkommt. Sonderbarerweise hatten sie keine weiteren Fragen gestellt.

In seinem Ohr knackte es, das Zeichen, dass jemand mit ihnen Kontakt aufnahm.

»Wir betreten jetzt das Museum«, meldete sich Manos, der zusammen mit Kira unterwegs war.

Sie standen vor dem Eingang des Museums und zeigten dem Sicherheitspersonal ihre Einladung. Auf Kiras Bitten und Drängen hatte ihr Vater zwei Karten organisiert. Obwohl der Abend recht warm war, trug sie einen langen dunklen Mantel. Manos hingegen war im eleganten Anzug erschienen.

Rund um den geschlossenen Kassabereich versammelten sich die Gäste aus Israel und Griechenland. Kira erkannte einige Politiker, die meisten Anwesenden aber waren ihr fremd.

Als der Security-Mitarbeiter auf Manos kleines Paket deutete, öffnete Manos eine Seite.

»Nur mein Reservegewand. Wir haben nachher noch etwas vor und ich möchte nicht zu verschwitzt dort erscheinen. Solche Abende, dieses lange Stehen und die endlosen Ansprachen. Dann kommt ja noch diese israelische Sängerin und wenn wir auch noch tanzen ...«

»Schon gut«, unterbrach ihn der leicht genervte Mann, »Gehen Sie weiter.«

»Sei nicht so nervös, Manos«, meldete sich sein Zwillingsbruder Stelios in seinem Ohr. Jeder von ihnen trug ein kleines Headset im Ohr.

»Wer ist denn nervös? Du entschuldigst mich, Kira.« Manos marschierte eilig in Richtung Toiletten.

Niko hatte seine vorläufige Position erreicht. Er lehnte an einem geschlossenen Zeitschriftenstand gegenüber dem Glasaufzug, welcher aufgrund der Verstrebungen ideal war, um daran hinaufzuklettern. Die Straße war menschenleer und nur schwach beleuchtet, im Gegensatz zum Museumseingang um die Ecke. Niko konnte die ankommenden Limousinen hören, die Blaulichter der Eskorten blinkten durch die Gasse.

»Ich bin bereit. Kira, Manos auf Euer Zeichen«, informierte er das Paar im Museum.

Als sich die Museumstüren öffneten, verteilten sich die Anwesenden auf die Räume. In kleinen Grüppchen schlenderten Politiker und Geschäftsleute aus Kreta mit den jeweiligen Vertretern aus Israel an den Kunstwerken vorbei. Kira hatte ihren Mantel abgelegt und präsentierte sich in einem bodenlangen, tief ausgeschnittenen Abendkleid in dunklem Rot. Sie zog einige Blicke auf sich, was nicht nur an ihrer deutlich sichtbaren Tätowierung auf der Brust lag. Ihre Haare hatte sie kunstvoll hochgesteckt, ihr Make-up ließ sie älter aussehen.
»Wenn sie bitte alle in den ersten Stock kommen möchten. Wir beginnen in wenigen Minuten«, verlautbarte eine tiefe Stimme über die Lautsprecher.
»Raum vierundzwanzig. Wenn mein Vater Recht behält, dauert die Ansprache nur knapp zehn Minuten. Dann noch eine Musikeinlage von der Schirmherrin einer Organisation für Kinderrechte.«
Während die Leute an ihnen vorbei zu den Stiegen marschierten, blieben Kira und Manos neben der Tür zu dem Büro ihres Vaters stehen. Niemand achtete auf sie, alle waren in Gespräche vertieft. Auch das Sicherheitspersonal begab sich in die obere Etage. Als eine Gruppe von acht Personen direkt vor ihnen stand, öffnete Kira die Tür und verschwand mit Manos im Büro.
»Schnell jetzt, mein Vater kann jeden Moment auftauchen.«
»Ich weiß, ich weiß.« Manos setzte sich an den Computer und tippte wie wild auf die Tastatur ein.
»Du weißt, was Du da tust?«, fragte Kira aufgeregt.
»Ja, ich hoffe es zumindest.«
Er war bereits im Programm für die zentrale Steuerung der Kameras und klickte sich durch mehrere Fenster.
»Okay, hier ist es. Die einzige Möglichkeit, dass wir

unauffällig bleiben, wäre ein Systemrestart. Damit sind die Kameras für knapp vier Minuten offline.«

»Wie lange genau?«, meldete sich Niko über das Headset.

»Mindestens drei Minuten, dreißig. Alles, was länger dauert, hängt vom Computer und dem System ab. Versprechen kann ich Dir nur diese drei...«

»Verstanden, Manos. Mach es.«

Niko, der inzwischen schwarze Handschuhe trug und die Kapuze seines dünnen Pullovers über den Kopf gezogen hatte, zückte sein Smartphone und suchte gezielt seine Songs durch. Als er bei einer Zeile die Länge von 3:27 las, huschte ihm ein Grinsen übers Gesicht.

»Wie passend.«

Manos schwitzte, aber seine Hände blieben ruhig. Er blickte nochmals zu Kira, die ihm aufmunternd zunickte.

»Ich drehe das System ab in drei, zwei, ... eins. Jetzt! Alle Kameras sind offline und das Programm startet neu. Du hast drei Minuten, Niko!«

Kaum hatte er ausgesprochen, zog Kira ihn von der Tastatur weg und drückte ihn gegen die Wand neben der Tür. Diese ging im selben Moment auf.

»... sind alle oben versammelt. Machen wir eine Rauchpause und dann ... Kira?«, staunte Giorgos, der gerade mit einem Kollegen das Büro betrat. Kira hatte Manos gegen die Wand gedrückt und beide Hände um seinen Hals geschlungen.

»Hallo Papa. Wir ... also wir sind nur kurz ...«, fing sie verlegen an. Ihr Vater musterte Manos, der ihn mit erschrecktem Gesicht anstarrte.

»Ja schon klar«, meinte er mit einem verschmitzten Lächeln, »Raus mit Euch, rumknutschen könnt ihr im Hof auch.«

Ohne sich im Büro weiter umzusehen, begleitete er die beiden Jugendlichen hinaus.

»In ein paar Minuten singt diese Popsängerin. Habt ihr gewusst, dass sie schon einmal den Song Contest gewonnen hat?«

»Ja Papa. Aber zuerst werden Manos und ich noch an die frische Luft gehen, okay?«

»Schon klar. Aber weg von meinem Büro, verstanden?« Er spazierte mit seinem Kollegen in Richtung Kantine, während Kira und Manos vor die Eingangstür gingen.

»Knappe Sache«, stöhnte Manos und blickte zurück. Giorgos und sein Kollege sahen ihnen nach.

»Ja. Aber wir haben es hinbekommen. Du bist der Beste«, sagte sie und drückte ihm einen festen Kuss auf die Lippen. Völlig überrumpelt ließ Manos den Kuss zu.

»Als würde es Dir nicht gefallen«, feixte Kira in einer kurzen Pause, bevor sie ihn erneut küsste.

Dass sie seit einigen Sekunden eine bekannte Filmmusik im Ohr hörte, war ihnen bislang nicht aufgefallen. Erst als sie sich nach einer Minute voneinander lösten, deutete Kira auf ihr Ohr.

»Die Musik passt voll auf unseren Einsatz hier«, stellte sie breit grinsend fest und drückte sich an Manos.

»...Jetzt! Alle Kameras sind offline und das Programm startet neu. Du hast drei Minuten, Niko!«

Gleichzeitig startete Niko seinen Musikplayer und damit die Titelmusik zum Film »Mission Impossible«.

Drei Minuten, siebenundzwanzig Sekunden Zeit, mehr nicht!

Niko rannte über die Straße, schwang sich mit einem Satz über den Zaun und war nach wenigen Schritten beim Aufzug. Das Gerüst bot ihm einen leichten Weg hinauf, solange die Kameras abgedreht waren. Wo das Gerüst fehlte, konnte er zwischen den montierten Glasplatten zugreifen und weiter klettern.

»Ich bin gleich bei Dir«, meldete sich Thaumas, der um die Ecke gelaufen kam. Niko hatte bereits die Hälfte des Aufstiegs hinter sich, als Thaumas über den Zaun kletterte und ihm folgte. Niko erklomm das Dach des Aufzugsschachts und sah sich kurz um. Niemand auf der Straße, niemand der den Aufzug benutzte.

Die sind alle auf der anderen Seite bei dem Vortrag.

Mit einem Sprung zog sich Niko auf das Flachdach des Museums. Kurz schloss er die Augen und rief sich den Plan des Museums in den Sinn.

Ich bin über Halle XII. Eins hinüber und bei den zweiten Deckenfenstern liegt Raum V.

Ohne auf Thaumas zu achten, der hinter ihm auf das Dach kletterte, rannte Niko los. Sein Handy verriet ihm, dass bereits zweiundvierzig Sekunden vergangen waren. Er erreichte den Lichtschacht, ein Fenster mit Sonnenblenden, die tagsüber für ein angenehmes Licht im Ausstellungsraum sorgten. Ein kurzer Blick genügte ihm, um festzustellen, dass es nicht gesichert war. Flink nahm er seinen Rucksack vom Rücken und holte das aus zwei   Paracordseilen geknüpfte Knäuel hervor.

»Festbinden«, befahl er Thaumas, der gerade neben ihm ankam und sofort das Ende des Seils nahm. Als Nächstes zückte Niko eine Zigarette und nahm sie und ein Feuerzeug zwischen die Lippen. Er öffnete das

Fenster und blickte in den Raum unter sich. Wie erwartet, war dieser menschenleer. Mit dem Rucksack in der Hand warf er das Seil durch das Fenster, gleich darauf seilte er sich vorsichtig ab. Thaumas behielt seinen Knoten im Auge, damit sich das Seil nicht löste.

Die Länge des Seils war gut geschätzt, es reichte bis einen halben Meter über den Boden. Niko rutschte bis knapp zum Ende des Seils hinab, sehr darum bemüht, den Fußboden nicht zu berühren. Er streckte die Füße aus, wickelte sich das Seil um das Handgelenk und schwebte einen Meter über dem Boden. Mit einer Hand griff er nach dem Feuerzeug und zündete die Zigarette an.

Sollte jetzt wer vorbeikommen, bin ich geliefert und das in einer denkbar dämlichen Situation. Einhändig an einem Seil hängend mit einer Zigarette im Mund.

Niko nahm einen langen Zug und blies den Rauch nach unten aus.

Wie erwartet, keine Lichtstrahlen. Sie sind wegen der Veranstaltung abgedreht. Das macht es einfacher.

Er ließ sich zu Boden, machte die Zigarette aus und sprintete zur Vitrine.

Bei seinem letzten Besuch hatte sich Niko die Glasvitrine gewissenhaft angesehen und eine Möglichkeit gefunden, wie er an den Diskus gelangen konnte. Er zückte sein klobiges Messer und strich über die Kante zwischen Sockel und Glasscheibe. Ihm war eine Stelle aufgefallen, an der die Leiste brüchig wirkte. Genau dort setzte er das Messer an, stach zu und konnte das Glas anheben. Mit einigen schnellen Hebelbewegungen schaffte Niko es, das Glas weit genug hochzuheben, um mit der Hand zuzugreifen. Er hob das Glas hoch, zog den vorgefertigten Stab aus dem Rucksack und verkeilte ihn in der Fassung. Vorsichtig ließ er los und beobachtete die Scheibe genau. Sie blieb in Position, drohte nicht zu kippen.

1:47 zeigte sein Handy.

Nun kommt der »Indiana Jones«-Teil, dachte Niko, als er die Kopie des Diskus in die Hand nahm. An einer Seite hatte er Metallplättchen angeklebt, damit das Souvenir aus dem Museumsshop dasselbe Gewicht wie das Original aufwies. Vorausgesetzt, Nikos Recherchen waren korrekt.

Mit Hilfe seines Messers bog er die kleinen Klammern an der Seite des Diskus auf. Niko hielt die Luft an, näherte sich mit seiner Kopie dem Ständer. Blitzschnell griff er nach dem Diskus, setzte seine Kopie ein, drückte die Klammern zu und wich einen Schritt zurück.

Regungslos blieb Niko stehen und lauschte. Keine Sirene, kein Geräusch von heranstürmendem Sicherheitspersonal, nur das gedämpfte, entfernte Reden der Politiker.

Beim Blick auf den Diskus fragte sich Niko, was so besonders an dem Stück war.

Eine alte Scheibe aus Ton, ein Haufen Zeichen, die spiralförmig darauf eingestanzt sind. Aber was macht sie so wertvoll, dass dieser Michail nicht einmal vor einer Entführung zurückschreckt? Vielleicht ist an dieser Legende und dem Schatz tatsächlich etwas Wahres dran.

Niko nahm sein Handy zur Hand.

Fuck, nur noch dreißig Sekunden!

»Thaumas, nimm das Seil und verschwinde«, entschied Niko.

»Aber ...«

»Verschwinde!«

Niko befestigte den Rucksack am Seilende, nur den gestohlenen Diskus schob er sich unter den Pullover. Behutsam schob er die Glasscheibe wieder in ihre Schiene, um nicht schlussendlich noch den Alarm auszulösen.

In dem Moment, als er einen Schritt zurückging, endete der Song.

»Stelios, Du kümmerst dich um Thaumas. Hol ihn vom Lieferanteneingang. Bis morgen will ich euch nirgends sehen«, befahl Niko, der unterdessen durch die Räume in Richtung Ausgang lief.

Dass er jetzt auf den Kameras zu sehen war, musste er in Kauf nehmen. Zu seinem Glück hörte er kein Geschrei und niemand stellte sich ihm in den Weg. Er konnte also davon ausgehen, dass Giorgos Büro unbesetzt war. Dafür sah er beim Eingangstor drei Sicherheitsbeamte stehen. Sie hatten den Rücken zu ihm gedreht. Niko bog ab und rannte zu den Toiletten.

Die Präsentation der israelischen Delegation war zu Ende. Kira und Manos hatten nur mit einem Ohr zugehört, ihnen war die geplante Kooperation zwischen den archäologischen Museen egal.

Die kleine Bühne wurde nun für die mitgereiste Sängerin Dana International freigegeben.

»Ich muss raus aus dem Museum. Kira, lenk Giorgos ab!«, gab Niko Bescheid.

»Das heißt dann wohl, wir müssen tanzen«, meinte Kira grinsend zu Manos.

»Das habe ich befürchtet«, antwortete dieser, wobei sein Gesichtsausdruck verriet, dass er darauf gehofft hatte.

Zu den ersten Klängen von »Diva«, dem Song, mit dem die Sängerin vor Jahren den Eurovision Song Contest gewann, zog Kira Manos in die Mitte des Raumes und sorgte für verdutzte Gesichter. Die umstehenden Personen machten ihnen Platz und sahen zu, wie sie eng umschlungen tanzten. Einige Paare trauten sich ebenfalls und binnen Sekunden wurde aus dem Ausstellungsraum ein Tanzsaal. Sehr zum Leidwesen der Sicherheitsleute, die versuchten, die Statuen im Raum abzuschirmen. Giorgos Blick machte Kira deutlich, dass

er nicht besonders glücklich war, dass sie diese Tanzeinlage angezettelt hatte.

Auf der Herrentoilette sperrte sich Niko in die letzte
Kabine. Mit seinem Messer kratzte er die noch weichen
Fugen über dem Spülknopf heraus und löste zwei Fliesen von der Wand. Im Hohlraum dahinter lag das Paket
von Manos auf dem Spülkasten. Darin befand sich ein
Anzug samt Hemd und Hose. Schnell zog er sich um,
verstaute sein Gewand hinter der Wand und setzte die
Fliesen wieder ein. Mit einer kleinen Tube füllte er die
Fugen auf und fixierte die Fliesen an der Wand.
Langsam, um nicht verdächtig zu wirken, schlenderte er
daraufhin zum Ausgang. In Gedanken versunken
kramte er die Zigaretten hervor und ging an den Si-
cherheitsbeamten vorbei ins Freie. Freundlich grüßte er
die Männer und verließ das Museum. Er war auf der
Straße, als plötzlich der Alarm im Inneren losging.
Was ist jetzt passiert?
Niko riskierte einen Blick zurück. Die drei Männer
hatten ihn längst vergessen. Eilig warfen sie ihre Ziga-
retten weg und stürmten ins Innere. Niko beschleunigte
seinen Gang, entfernte sich einige Gassen, bis er auf
Aléxandros' Wagen stieß.
»Alles erledigt?«, fragte dieser.
»Lass uns fahren«, antwortete Niko und ließ sich in den
Sitz fallen. Er strich über seinen Bauch, wo der Diskus
ruhte, legte den Kopf zurück und schloss die Augen.
»Fahr einfach. Weg von hier!«

Die Sicherheitsleute stürmten in den Raum V des Museums. Mit entsetzten Gesichtern versammelten sie sich
um die Vitrine des weltberühmten Diskus. Giorgos kam
ebenfalls zu ihnen und drängte sich zwischen seinen
Männern hindurch.

»Was ist hier los?«, fragte er, doch er konnte sofort sehen, was den Alarm ausgelöst hatte.

Die Halterung in der Vitrine war leer. Eine Halteklammer war abgebrochen, der Diskus war aus der Fassung gefallen. Er lag neben dem kleinen Podest. Was noch nicht besonders aufregend gewesen wäre. Aber auf dem Diskus klebte eine kleine Metallplatte, außerdem war deutlich die zugegipste Stelle auf dem Rand zu sehen, an der das Souvenir aus dem Museum in den Ständer gesteckt wurde.

»Wo ist der Diskus ... dieser hier ist doch nur eine Kopie?«, fragte einer der Männer geschockt.

Giorgos strich sich fassungslos über sein Gesicht.

»Dieser verrückte Esel. Er hat es tatsächlich geschafft«, murmelte er.

Niko saß auf dem Balkon seines Zimmers und blickte in die dunkle Nacht hinaus. Es war inzwischen kurz nach ein Uhr in der Früh, aber an Schlafen konnte er nicht denken. Der Tag hatte ihm viel abverlangt. Vor sich auf dem Tisch stand eine halbleere Flasche Tequila, daneben der Diskus, Dolch und die Tagebuchseite von Kiras Großvater.

Auf seinem Handy, das neben der Flasche lag, waren die Nachrichten an Denise' Handy zu lesen.

Ich habe den Diskus. Morgen will ich Denise wiedersehen.

Ich habe es schon gehört, gute Arbeit.
Treffpunkt 12 Uhr, Koordinaten 35.382068, 24.818474
Keine Spielchen, keine Polizei

Niko war in Gedanken versunken, er dachte an seine Zeit im Gefängnis und auch über die Abenteuer der letzten Wochen nach.

»Du bist also rückfällig geworden«, meldete sich eine Stimme hinter ihm aus dem dunklen Zimmer.

»Und du weißt immer noch, wie man eine Tür knackt«, antwortete Niko seinem Bruder.

»Manche Sachen verlernt man nicht. Du warst früher vorsichtiger«, meinte Stefanos und kam zu ihm auf die Terrasse, »Früher wäre es nicht so leicht gewesen, Dich zu überraschen«

Niko drehte sich um.

»Hast Du nicht.« In seiner Hand ruhte eines der Wurfmesser.

»Wieso?«, fragte Stefanos und deutete auf den Diskus.

»Weil ich jemandem etwas versprochen habe und dieses Versprechen halten werde.«

»Es geht noch immer um die Tochter von Deinem Anwaltfreund.«

»Ja genau.«

»Sprich mit mir, kleiner Bruder.«

»Willst Du mir jetzt die Beichte abnehmen?«

»Ich bin Mönch und kein Priester.«

»Was willst Du dann von mir hören?«

»Alles. Und vor allem, wie ich Dir helfen kann.«

»Dafür reicht eine Flasche nicht aus.«

Stefanos zog eine Flasche Tequila hinter seinem Rücken hervor.

»Gut, dass sich manche Sachen nicht ändern. Also, was hast Du mit dem Diskus vor, Niko?«

»Nur den sagenumworbenen Schatz des Minotaurus finden.«

Stefanos sah seinem Bruder in die Augen und erkannte, wie ernst es ihm war.

»Dann weißt Du, wo er sich befindet?«

»Inzwischen ja«, meinte Niko mit einem breiten Schmunzeln.

Sein Bruder setzte sich, griff nach der begonnenen Flasche und machte einen großen Schluck.

»Ich bin ganz Ohr.«

Kapitel 12

Als Kira und Aléxandros zum Frühstück in der Strandbar auftauchten, war Niko bereits an der Bar. Er war in ein Gespräch mit dem Barbesitzer Giannis und seinem Freund Theo vertieft und bemerkte die Ankömmlinge nicht.

»Die Lokalnachrichten sind voll davon. Sogar die Warnung vor einem bevorstehenden Erdbeben ist dadurch in den Hintergrund geraten«, meinte Giannis und servierte drei Kaffee.

»Erdbeben?«, erkundigte sich Niko.

»Solche Vorwarnungen gibt es öfters. Meistens passiert nichts. Aber dieser Diebstahl! Das Museum wollte zuerst nichts bestätigen, aber die Gerüchte haben innerhalb von wenigen Stunden überhandgenommen.«

»Kira weiß vielleicht mehr, sie war gestern bei der Veranstaltung«, meinte Niko.

»Wer kommt überhaupt auf die Idee, den Diskus von Phaistos zu stehlen?«

»Gibt es Vermutungen oder Hinweise?«, fragte Niko.

»Nichts. Ich habe nur gehört, dass eine Kopie verwendet wurde, die sich aber aus der Verankerung gelöst und somit den Alarm ausgelöst hat. Selbst eine sofortige Sperre des Museums und gründliches Suchen haben das Original nicht wieder auftauchen lassen.«

Kira stellte sich neben Niko an die Bar.

»Guten Morgen! Na, worüber redet ihr zwei denn?«

»Du warst doch vor Ort«, meinte Giannis, »Die ganze Insel spricht nur über den Diebstahl im Archäologischen Museum gestern Nacht.«

»Oh ja. Das war eine aufregende Nacht. Mein Vater ist stinksauer. Er ist schon auf dem Weg nach Heraklion. Man wartet auf eine Lösegeldforderung.«

Kira erzählte noch über den gestrigen Abend, auch von ihrer Tanzeinlage mit Manos, die durch den Alarm unterbrochen wurde.

»Manos wird es genossen haben«, sagte Niko.

»Nicht nur er«, gestand Kira mit einem vielsagenden Lächeln.

Wenig später saßen Kira, Aléxandros und Niko an einem Tisch, etwas entfernt von der Bar. Niko zeigte ihnen die Textnachrichten.

»Wo sind diese Koordinaten?«, fragte Aléxandros.

»Dort«, antwortete Niko und deutete auf den Berg.

Alle blickten über den Strand und das Meer zu dem Berg.

»Und weiter?« Kira sah ratlos den Berg an.

Niko öffnete eine Kartenansicht auf seinem Handy.

»Das ist der genaue Ort. Dort werden wir zu Mittag Denise abholen.«

Kira und Aléxandros mussten einige Sekunden lang überlegen, bis sie den Platz einordnen konnten.

»Dieses Gebäude ...«, überlegte Aléxandros.

»Es ist ein leerstehendes Wirtschaftsgebäude auf einem Schotterweg, der von Apladiana hinaufführt. Es gibt mehrere Feldwege, einer davon führt auch zu diesem Berg, den wir von hier aus sehen«, erkannte Kira.

»Der Berg wird zu meinem Schicksal«, murmelte Niko, bevor er laut weitersprach.

»Dorthin werden wir fahren und dem Ganzen ein Ende bereiten. Es wird Zeit, dass Denise wieder zu uns kommt.«

»Und damit das Erbe von unserem Großvater an diesen Verbrecher verlieren. Wenn wir nur irgendeine Möglichkeit hätten ...« Kira war niedergeschlagen. Ihr Traum, das Geheimnis ihres Großvaters zu enträtseln und zu finden, löste sich gerade in Luft auf.

»Wenn ich dafür meine Denise wieder bei mir habe, ist mir jeder Schatz egal«, stellte Aléxandros klar, »Wann fahren wir los?«

»Wir haben noch Zeit.« Niko klang ruhig, viel zu ruhig

für das nervöse Geschwisterpaar.

»Du hast es nicht eilig, oder?«, keifte Kira.

»Dir scheint das alles nicht so wichtig zu sein, oder?«, meinte Aléxandros aufgebracht, »Du machst hier auf cool, als wäre das alles ein Spiel für Dich.«

»Wahrscheinlich hat Dir der Einbruch gefallen und das mit Denise ist ...«

»Wie bitte?«, unterbrach Niko die Geschwister und wechselte augenblicklich seine Stimmung. Er blickte Aléxandros mit einem bedrohlichen ernsten Blick an.

»Meine Freundin ist in den Händen dieser Verbrecher und Du sitzt hier ganz ruhig bei einem Kaffee ...«

»Hör mir genau zu, Aléxandros.« Seine drohende Stimme ließ den jungen Mann zurückweichen. Niko griff nach Aléxandros Handgelenk und hielt sie fest.

»Ich nehme das alles ernster, als Du vielleicht denkst. Ich habe Martin versprochen, auf Denise aufzupassen. Und dieses Versprechen werde ich halten. Der Einbruch war ... notwendig. Ich werde alles Mögliche machen, um Denise wieder heil zurückzubringen.«

Er blickte zu Kira.

»Und Du wirst mir vertrauen müssen. Dann werden wir auch das Geheimnis deines Großvaters lüften.«

»Du weißt schon, dass es nicht leicht ist, Dir zu vertrauen«, meinte Kira, deren Ärger etwas verflog.

»Ich weiß.«

»Okay, ich glaube, wir haben es verstanden«, meinte Aléxandros kleinlaut, »Kannst Du mich bitte loslassen. Es tut langsam weh.«

Wortlos widmeten sie sich ihrem Frühstück, bis nach einiger Zeit Nikos Handy piepste.

»Es geht los.«

Er stand auf und setzte seine Sonnenbrille auf.

»Du liebst diese Brille, oder?«, feixte Kira.

»Sie war teuer und sie gefällt mir.«

»Sie sieht auch recht cool aus. Fast unpassend für so einen alten Dickkopf wie Dich.«

Niko überhörte ihre spitze Meldung, zahlte für sie alle und deutete ihnen, ihm zu folgen. Kira blickte ratlos zu ihrem Bruder.
»Er hat nicht gesagt, was er vorhat, oder?«
»Das solltest Du schon gewohnt sein, Schwester.«
Als sie Niko hinter der Bar einholten, stand er bei einem Jeep und unterhielt sich mit dem Fahrer. Kira erkannte ihn erst auf den zweiten Blick.
»Stefanos!? In ziviler Kleidung siehst Du ganz anders aus, sportlicher. Was machst Du denn hier?«
»Euch begleiten und den Tag retten. Steigt ein.«

Stefanos fuhr den Wagen entlang der Küstenstraße bis zu einer Abbiegung auf eine Schotterpiste, die in die hügelige Gegend landeinwärts führte. Die leicht zu befahrene Straße führte durch die grüne Landschaft, vorbei an einem Kloster und um einen der vielen Berge der Gegend. Nach vierzig Minuten, in denen der Weg stetig holpriger und enger wurde, kam das verlassene Gebäude vor ihnen in Sichtweite. Bis dahin war niemand im Fahrzeug an einer Konversation interessiert.
Das Gebäude entpuppte sich als eine nicht fertiggestellte Lagerhalle. Dem langgezogenen Gebäude fehlte es an Fenstern und Türen, nur rechteckige Löcher und ein Bogen deuteten darauf hin. Der graue Betonbau war glatt verputzt, danach aber nicht weiter bearbeitet worden. Auf dem Flachdach ragten mehrere Eisenstangen empor, dazwischen waren einige Betonaufbauten zu sehen.
»Wir haben noch etwas Zeit, es ist kurz nach halb zwölf«, brach Stefanos die Stille.
»Dann warten wir.« Niko kontrollierte nochmals den Inhalt seines Rucksacks.

Der Wagen wurde neben der Straße abgestellt, wobei Stefanos den Wagen wendete, um nachher schnell verschwinden zu können. Sie standen über zehn Meter von dem Gebäude entfernt. Auch wenn sich Aléxandros darüber wunderte, blieb er ruhig. Niko holte eine Wasserflasche aus dem Kofferraum und reichte sie dem Geschwisterpaar.

»Es ist heiß, trinkt.«

Er hatte Recht, die Sonne brannte gnadenlos auf sie herab. Das leerstehende Gebäude bot zwar Schatten im Inneren, aber keiner machte Anstalten, hineinzugehen.

Lange mussten sie nicht warten, als eine Staubwolke die Ankunft von mehreren Fahrzeugen ankündigte. Insgesamt drei Wagen steuerten auf sie zu, fuhren vorbei und blieben vor dem Gebäude stehen. Ein weiterer Wagen kam hinter ihnen zum Stehen.

»Was habe ich Dir gesagt? Sie werden uns einkesseln«, meinte Stefanos zu seinem Bruder.

Der Staub legte sich und Michail Papagos stieg mit seinem Bodyguard aus einer der schwarzen Limousinen vor der Lagerhalle aus.

»Was ist denn mit seiner Nase passiert?«, wunderte sich Stefanos über den dicken dunkelblauen Knollen, der selbst auf die Entfernung deutlich im Gesicht des Mannes leuchtete.

»Hat mit meiner Faust Bekanntschaft gemacht, zwei Mal«, antwortete Niko angespannt.

»Ein wunderschöner Tag, finden Sie nicht auch, Nikólaos? Es freut mich, dass Sie so pünktlich sind.«

Michail Papagos zog sein Jackett aus und legte es sorgfältig ins Fahrzeug.

»Kommen wir gleich zum Geschäftlichen.«

Aus dem Wagen auf der anderen Seite stieg Michails zweiter persönlicher Bodyguard aus, danach kletterte Denise aus dem Wagen. Aléxandros wollte sofort zu ihr rennen, doch Niko stoppte ihn.

»Komm zu uns, Denise«, rief Niko ihr zu.

»Moment, nicht so schnell. Zuerst ...«

»Schnauze!«, unterbrach Niko den ehemaligen Kurator lautstark, »Sie wissen genau, dass ich alles mithabe. Mir geht es alleine um Denise. Der Rest von diesem Märchen ist mir egal.«

Als Beweis holte er den Diskus und den Dolch aus dem Rucksack und hielt sie hoch. Auf ein Zeichen wurde Denise losgelassen und rannte in Richtung ihrer Freunde. Aléxandros ging ihr entgegen und riss sie förmlich vom Boden, als er sie fest umarmte und mehrmals küsste.

»Wie geht es Dir? Haben Sie Dir ...«

»Alles in Ordnung. Sie haben mich gut behandelt. Lass uns so schnell wie möglich von hier verschwinden.«

Niko forderte das Paar auf, in den Wagen zu steigen. Nach kurzem Blickkontakt mit seinem Bruder machte sich Niko auf den Weg. Langsam ging er auf Michail Papagos zu.

In einem Western würden wir beide die Hand am Holster haben.

Als sich die beiden Männer gegenüberstanden, grinste ihn der alte Mann an.

»Ich wusste, auf Sie ist Verlass, Nikólaos. Wie ich hörte, hat der Einbruch für Aufsehen gesorgt.«

»Es war ein Job, den ich erledigt habe.«

Niko reichte ihm den Diskus und den Dolch.

»Nehmen Sie es.«

Michail griff sofort danach. Sobald sie in seiner Hand waren, sah er sie mit ergriffener Miene an.

»Damit werde ich den Schatz finden. Glauben Sie mir, Nikólaos, auch wenn Sie es anders sehen, aber es ist besser, wenn ich den Schatz hebe. Diese Entdeckung würde so vieles ändern, die griechische Geschichte würde dadurch in einem ganz anderen Licht gesehen werden.«

»Dann tun Sie der Menschheit ja einen Gefallen«, meinte Niko sarkastisch.

»Stellen Sie sich doch nur vor, was es bedeuten würde, einen Beweis zu haben, dass der Minotaurus tatsächlich existiert hat. Dann könnten auch die anderen Mythen und Legenden wahr sein, bis hin zu den Göttern.«

»Das ist jetzt vielleicht etwas weit hergeholt.«

Michail strich behutsam über den Diskus. Niko hielt die Luft an, bemüht, sich seine Anspannung nicht anmerken zu lassen.

»Machen Sie sich darüber keine Gedanken mehr. Vergessen Sie einfach die letzten Tage und wir gehen wieder getrennte Wege.«

Niko drehte sich kommentarlos um und ging langsam zurück.

»Mit Ihnen mache ich gerne Geschäfte, Nikólaos. Danke nochmals«, rief ihm Michail hinterher.

Auf halber Strecke zurück zu seinen Freunden blieb Niko abrupt stehen. Kira, die neben ihrem Fahrzeug stand, stutzte.

»Dieser Blick in seinen Augen ... Stefanos, was geht in Nikos Kopf vor?«

»Steig ein.«

»Aber ...«

»Jetzt!«, befahl Stefanos scharf.

Der Wagen, der den Rückweg versperrte, war dabei umzudrehen, die anderen beiden hatten schon gestartet, Michail wollte sich gerade in den Wagen setzen. Er sah zu Niko, der sich zu ihm umdrehte.

»Ach, bevor ich es vergesse! Da wäre noch eine ... Kleinigkeit«, rief ihm Niko zu.

Das Grinsen verschwand aus Michails Gesicht. Dafür begann Niko, nachdem er sich nochmals versichert hatte, dass Aléxandros, Denise und Kira im Wagen waren, zu grinsen.

»Ich muss Ihnen danken. Durch Sie habe ich meinen

Bruder gefunden. Durch Sie habe ich neue Freunde gefunden. Wie sagte einst Demokrit: Ein Leben ohne Freunde ist eine weite Reise ohne Gasthäuser.«

Michail schien verunsichert. Sein Fahrer, der Bodyguard mit dicker, blauer Nase stieg aus.

»Darf ich Ihnen noch ein paar neue Freunde vorstellen?«, sagte Niko mit lauter Stimme und hob die Hände. »Jetzt!«, schrie er auf Griechisch, legten den Kopf in den Nacken und ließ seine Hände fallen. Im nächsten Moment brach das Chaos aus.

Ein Kugelhagel aus Gewehren und Pistolen ließ die Fahrzeuge des ehemaligen Kurators und seiner Begleiter erbeben. Fensterscheiben klirrten, Motorhauben und Seitentüren wurden durchlöchert, Reifen zerschossen. Hinter ihm kreischten die beiden Damen auf, aber er wusste, dass ihnen nichts passieren würde. Niko blieb regungslos stehen, für ihn war es wie ein festliches Feuerwerk, die Schüsse und die Einschläge im Boden und den Fahrzeugen zu hören. Nach zehn Sekunden Dauerfeuer war der Angriff vorbei. Von einer Sekunde auf die andere verstummten alle Waffen. Der Staub legte sich und zeigte das Ausmaß der Verwüstung. Niemand war verletzt, die Fahrzeuge aber allesamt unbrauchbar geschossen.

Michail Papagos war wie erstarrt stehengeblieben, wusste nicht, ob es sicherer im Wagen war oder er wegrennen sollte. Diese Entscheidung nahm ihm Niko ab.

»Einfach nicht bewegen! Ich habe erfahren, dass die Brüder und Freunde meines Bruders sehr gute Schützen sind. Es ist bislang nicht geplant, auf Sie zu schießen«, rief er dem Kurator zu. Genau genommen wusste er, dass sie niemals auf eine Person feuern würden, aber das wollte er Michail nicht verraten.

Michail blieb stehen, sein Bodyguard hingegen nicht. Seine aufgestaute Wut entlud sich, er rannte wutentbrannt auf Niko zu.

Stefanos, der neben seinem Fahrzeug stand, zog ein Gewehr aus dem Wagen hervor und drehte sich zu dem Mann hinter ihm um.

»Denk nicht einmal daran!«, erklärte er eiskalt.

Niko ballte seine Fäuste und ging dem wildgewordenen Mann entgegen. Er wusste, dass niemand der Anwesenden auf eine Person schießen würde.

»Jetzt bist Du fällig!«, schrie der Nasentyp, wie Niko ihn nannte, ihm entgegen.

Niko ließ ihn näher kommen, bis er nur wenige Meter vor ihm war und zum Sprung ansetzte.

Ernsthaft, so leicht willst Du es mir machen?

Der Angreifer wollte sich auf ihn stürzen, doch Niko wich zur Seite aus. Wie erwartet, erkannte es der Angreifer rechtzeitig und versuchte auf Niko einzuschlagen. Noch bevor er mit seiner Faust ausgeholt hatte, verpasste Niko ihm mit einer Drehung einen Kick. Sein Fuß landete mitten im Gesicht des Mannes, genau auf der Nase.

»Mit freundlichen Grüßen von Chuck Norris«, kommentierte er seinen Treffer. Der Nasentyp ging zu Boden, war für einige Sekunden weggetreten. Zeit genug für Niko, um sich auf ihn zu werfen und seine Hände mit einer eingesteckten Schlinge aus dem Paracordseil zu fesseln.

»Ich hoffe, dass sie im Gefängnis etwas mit Deiner Nase machen können. Die sieht ziemlich mitgenommen aus.«

Im nächsten Moment waren mehrere Fahrzeuge zu hören, die mit hohem Tempo näher kamen. Von beiden Seiten erschienen plötzlich Polizeiwägen mit Blaulicht und Sirene und versperrten die Straße. Aus den Wägen sprangen uniformierte Beamte heraus und liefen auf sie zu. Gleichzeitig kamen die Schützen von vorhin zum Vorschein. Aus dem verlassenen Gebäude und von dessen Dach waren ein Dutzend Mönche zu sehen, die sich vor dem Eingang der Lagerhalle sammelten.

Michail Papagos starrte ungläubig auf die heranstürmenden Polizisten und bemerkte nicht, dass Niko vor ihm stand.

»Wenn ich bitten dürfte.« Niko streckte die Hand aus und nahm ihm den Diskus ab.

»Das ... Nein, das darf nicht ...«, stotterte der alte Mann völlig konfus.

»Sie haben sich mit dem Falschen angelegt.«

Zwei Polizisten drängten sich zwischen sie und packten Michail an den Armen.

»Sie sind festgenommen wegen Freiheitsberaubung und Bestimmung zum schweren Einbruch.«

»Ich habe nichts ... Er ist doch eingebrochen!«, verteidigte sich Michail, als Giorgos Papandreou dazukam.

»Nein, ist er nicht. Herr Dovas hat nichts anderes gemacht, als die Sicherheitssysteme im Museum zu überprüfen«, erklärte er mit einem hämischen Grinsen.

»Aber der Dolch, der Diskus ...« Michail Papagos war nicht in der Lage, klar zu denken.

Niko sah dem verhafteten Mann in die Augen und lächelte herablassend. Dann hielt er den Diskus etwas höher und schleuderte ihn mit Wucht zu Boden. Der Diskus zerbrach in unzählige Teile. Michail riss Augen und Mund auf und schreckte vor Niko zurück, bevor ihn seine Kräfte verließen. Er sank zusammen, ließ sich von den Polizisten stützen und wegbringen. Giorgos schüttelte Niko kurz die Hand und folgte ihnen.

Niko marschierte zu seinen Freunden, ein triumphierendes Lächeln im Gesicht. Als er beim ehemaligen Kurator vorbeikam, fiel ihm noch etwas ein.

»Bevor ich es vergesse, Herr Papagos. Morgen werden wir den Schatz finden, ohne Sie. Der Berg wurde für uns alle zum Schicksal«, flüsterte er ihm zu.

Michail Papagos hob den Kopf und blickte Niko fassungslos an.

»Du weißt also wo ... Dann hast Du es herausgefunden ...?«

»Ja, habe ich.«

»Denken Sie an meine Worte, Nikólaos! Denken Sie daran, was passieren wird!«

Die Polizisten zerrten ihn weiter und verfrachteten ihn in den Wagen.

Niko spazierte zu seinem Bruder, der inzwischen von den anwesenden Mönchen umgeben war.

»Ich danke Dir, für alles«, meinte Niko und umarmte Stefanos.

»Mein kleiner Bruder, ich danke Dir für dieses Erlebnis. Ich werde mit ihnen mitfahren. Aber wir sehen uns bei der großen Verkündung.«

Niko sah ihm nach, wie er mit seinen Brüdern zu dem Gebäude zurückmarschierte, wo ihre Fahrzeuge versteckt standen. Im Wagen von Aléxandros sahen ihn die Damen und Aléxandros mit großen Augen an.

»Der Diskus?«, stammelte Kira, die gesehen hatte, wie Niko ihn zerstört hatte.

»Dein Vater bringt mir eine neue Kopie. Das schockierte Gesicht von Papagos war es wert.«

»Der Diskus ist eine Kopie?«, fragte Aléxandros verblüfft.

»Ja.«

»Und der Dolch?«

»Auch.«

Nach kurzem Schweigen kam Kira ein weiterer Gedanke.

»Dann war der Einbruch etwa auch nur gestellt?«

»Dein Vater war informiert.«

»Wie bitte?«, staunten Kira und Aléxandros.

»Kann mir jemand erklären, was hier abgeht?«, fragte Denise, völlig überfordert von der Situation.

Minuten später, als sie alle im Fahrzeug saßen und die Polizei sie aufforderte loszufahren, drehte sich Aléxandros zu Niko.

»Hast Du uns irgendwas zu erzählen?«

»Einiges. Beginnen wir einmal mit meinem Ausflug ins Museum.«

Zwei Tage vor dem Einbruch, nachmittags

*Seit dem späten Vormittag war Niko in Heraklion unterwegs.
Zum dritten Mal spazierte er um das Archäologische Museum in
Heraklion. Dabei sah er sich die Mauer und die hohen, mit Spitzen
versehenen Eisenstäbe an. In der Gasse neben dem Eingang befand
sich ein Aufzug, der in ein weißes Metallgerüst eingelassen war.
Großteils war er verglast, aber Niko erkannte, dass es leicht wäre,
an diesem Gerüst hinaufzuklettern. Die Kameras, die sowohl den
Aufzug, aber auch die Umgebung und die Straße überwachten,
würden diesen Einstieg aber unmöglich machen.
Fast unmöglich.
Noch bevor er das Museum betrat, genehmigte sich Niko einen
Kaffee im dazugehörigen Schnellrestaurant. Auch dort konnte er
keine einfache Einstiegsmöglichkeit erkennen.*
Leicht wird es nicht, *war er sich bewusst.*

*Ohne auf die anderen Räume zu achten, ging Niko zielstrebig zum
Diskus. Während er vorgab, sich die Ausstellungsstücke genau
anzusehen, inspizierte er den Raum. Kameras, Bodensensoren bei
den Vasen und Goldgegenständen sowie Lichtschranken konnte er
finden. An der Decke war eine verglaste Luke ins Freie.*
Fünf Meter. Wie soll ich von da oben runter und wieder
raus kommen? Das ist ein so verrücktes Unternehmen.
Aber was soll ich sonst ...
*»Grüß Dich Niko.«
Niko zuckte zusammen, als plötzlich Giorgos neben ihm stand.
»Hat es Dir so gut gefallen, dass Du gleich nochmal herkommen
musstest?«
Niko blickte von der Vitrine zu Giorgos. Er hatte einen Ge-
danken im Kopf, der so irrsinnig war, dass er ihn selbst nur als
Notlösung in Betracht gezogen hatte. Im Moment, als der Mann
vor ihm stand, war ihm diese Idee aber die Vernünftigste unter all
seinen verrückten gewesen.
»Haben Sie etwas Zeit, Giorgos? Für ein Gespräch unter vier
Augen?«*

»Jetzt? Geht es um Aléxandros? Oder Denise, die ich die letzten Tage nicht gesehen habe?«

»Es geht in erster Linie um ihren Job hier und um das Museum.« Niko erntete einen verwunderten Blick.

»Ich habe gleich einen Termin mit dem Kurator wegen einer Veranstaltung morgen im Museum. Wir haben eine israelische Delegation bei uns, für die es eine Abendveranstaltung geben wird. Wie wichtig ist es denn?«

»Sehr wichtig, es dreht sich um den bevorstehenden Einbruch in das Museum. «

Nikos letzter Satz hatte Giorgos geschockt und sofort überzeugt. Niko folgte dem Mann in sein kleines Büro. Dort befanden sich an einer Wand unzählige Monitore, auf denen die Bilder der Überwachungskameras liefen.

»So, wir sind alleine. Was haben Sie gemeint, Niko? Wer plant einen Einbruch?«

»Ich.«

Giorgos, der sich gerade setzen wollte, stoppte mitten in der Bewegung.

»Ich verstehe nicht.«

Niko entschied, Giorgos reinen Wein einzuschenken. Er begann mit dem gefundenen Dolch, erzählte ihm von seinem Ausflug mit Kira nach Loutro und auch von der Entführung von Denise durch den ehemaligen Kurator. Giorgos lauschte ihm still, versank dabei vor Erstaunen immer weiter in seinem Sitz.

»Wie bitte? Michail Papagos? Das kann doch nicht wahr sein«, war Giorgos entsetzt. Nachdem sich sein Schrecken etwas gelegt hatte, nahm er Niko mit zum Büro des Kurators. Dort erwartete Niko ein hagerer, älterer Mann, der überrascht von seinem Schreibtisch aufsah.

»Ja bitte? Kann ich Ihnen behilflich sein?«

Giorgos stellte Niko vor.

»Was kann ich für Sie tun?« Der Kurator klang wenig begeistert von der Störung.

»Sie können mir behilflich sein, den Diskus von Phaistos zu stehlen und gleichzeitig dafür sorgen, dass er in Sicherheit ist«, sagte Niko und erntete einen fassungslosen Blick.

Niko erzählte nochmals seine Geschichte. Bei der Erwähnung des ehemaligen Kurators erschrak sein Gegenüber.

»Dieser Verbrecher, ja das passt zu ihm! Es stimmt, er hat gute Beziehungen zu einigen ranghohen Polizisten. Nur deshalb konnten wir damals nichts beweisen. Aber wenigstens seine Absetzung konnte ich erwirken. Sonst wären wahrscheinlich einige wertvolle Stücke dieser Sammlung für immer verschwunden.«

»Ich habe mir gedacht, ich werde zuerst Michail Papagos unsere Freundin abnehmen und ihn dann ausliefern.«

»So haben Sie sich das vorgestellt?«, meinte der Kurator herablassend.

»Ja. Es ist davon auszugehen, dass Papagos noch Verbindungen zu einigen Leuten im Museum hat. Deshalb würde ich die Scheibe...«

»Scheibe?«, unterbrach ihn der Mann fast gekränkt.

»Deshalb würde ich den Diskus stehlen und ihn gegen Denise eintauschen.«

Niko erklärte seinen Plan genauer. Er wollte, dass der Diskus vorher ausgewechselt werden sollte. Den Einbruch selbst plante er während der Veranstaltung rund um die israelische Delegation.

»Du glaubst, es ist so leicht, hier einzubrechen?«, fragte Giorgos nach. Er war skeptisch, immerhin ging es dabei um seine Arbeit.

»Leicht auf keinen Fall. Möglich vielleicht.«

»Ich kann und werde meine Männer nicht vorwarnen.«

»Ich weiß. Ich werde auch niemandem Bescheid geben.«

»Sie reden, als wäre das nichts Neues für sie«, stellte der Kurator unsicher fest.

»Einbrechen, nein das ist nichts Neues. In ein Museum schon.«

Nachdem sich Giorgos für Niko verbürgte, stimmte der Kurator dem Plan zu. Er versprach, den Diskus von ein paar vertrauenswürdigen Männern austauschen zu lassen. Giorgos versicherte Niko, dass er seinen Job an dem Abend so wie immer verrichten würde.

»Wenn Du es wirklich dennoch schaffst, werde ich mit einigen

meiner Leute wohl ernsthafte Gespräche führen müssen.«
»Ich werde mich bemühen.«

Kira und Aléxandros waren geschockt, Denise noch verwirrter.

»Warum hast Du uns nicht eingeweiht?«, wollte Kira wissen.

»Damit ihr die Sache auch wirklich ernst nehmt.«

»Woher kamen die Mönche?«, warf Denise ein.

»Stefanos hat mir seine Hilfe angeboten.«

»Wann?«, fragte Kira.

»Er hat mich besucht.«

»Wann?«

»In der Nacht des Einbruchs.«

»Am selben Abend? Woher ...?«

»Ihm war klar, wer dafür verantwortlich gewesen sein musste.«

Kira setzte zu einer weiteren Frage an, ließ es aber.

»Und wie geht es jetzt weiter?«, fragte Aléxandros.

»Wir fahren zurück und ihr trommelt alle zusammen. Manos, Stelios, Thaumas und natürlich ihr alle. Wir werden uns heute Abend um 19 Uhr zusammensetzen, bei Euch im Garten. Giorgos und Dorothéa sind schon informiert.«

»Und warum?«

Niko sah Kira an und setzte ein verschwörerisches Grinsen auf.

»Weil ich Euch dann das Geheimnis Deines Großvaters erklären werde.«

Kapitel 13

Kiras Mutter hatte drei Platten mit kalten Snacks hergerichtet. Niko stand mit Giorgos etwas abseits und erklärte ihm die Details seines Einbruchs, als Manos und
Stelios erschienen.

»Was ist mit dem Schatz?«

»Wo ist er versteckt?«, fragten die beiden Brüder aufgeregt.

Giorgos bat alle, beim großen Gartentisch Platz zu
nehmen. Die Blicke waren auf Niko gerichtet, der als
Einziger gelassen wirkte. Langsam holte er die Kopie
des Diskus, den Dolch, die Tontafel und die Tagebuchseite aus seinem Rucksack und legte sie vor sich auf
den Tisch.

»Zuerst danke. Der Einbruch war zwar vom Museum
abgesegnet, aber niemand hat es uns deshalb leichter
gemacht. Auch wenn Giorgos eingeweiht war und das
Original ausgetauscht wurde, der Diebstahl war echt.«

Kiras Freunde starrten völlig entgeistert von Niko zu
Giorgos.

»Keine Sorge, es wird Euch niemand darauf anspre-
chen«, versicherte Giorgos.

Niko hob den Diskus hoch.

»Dabei wäre das alles nicht nötig gewesen, wenn man die
Wahrheit kennt.«

Das Gartentor wurde geöffnet. Etwas verwundert
blickten die Anwesenden auf Giannis, den Besitzer der
Strandbar, der zu ihnen stieß. Niko lächelte und winkte
ihn zu sich.

»Jetzt sind wir vollständig.«

Nach einem langen Schluck aus seinem Bierglas fuhr
Niko fort.

»Ich beginne mit dem Abend vor dem Einbruch. Und
damit, wie Giannis mir den entscheidenden Hinweis
zum Schatz gegeben hat.«

Einen Tag vor dem Einbruch, abends

Das Gespräch mit Giorgos hatte Niko etwas Zuversicht verschafft. In seinem Apartment vergewisserte er sich nochmals, dass alles Notwendige im Rucksack verstaut war. Zur Ablenkung entschied er sich für einen Spaziergang durch den Ort. Die Sonne war inzwischen schon nahe an den Hügeln und würde innerhalb der nächsten Stunde untergehen. Niko schaltete den Musikplayer auf seinem Handy ein, steckte sich die Kopfhörer ins Ohr und spazierte die Hauptstraße entlang in Richtung Hafen. Nach einem Aufstieg konnte er auf die Badebucht und das »Porto Paradiso« hinabsehen. Das Lokal war gut besucht, an nahezu allen Tischen saßen Touristen beim Abendessen und kühlen Getränken. Auch am Strand und im Meer tummelten sich Erholungssuchende und Einheimische, die die letzten Stunden des Tages auskosten wollten. Niko ging weiter, vorbei an der geschlossenen Diskothek und erinnerte sich an die Nacht, in der die Disko seinen Untergang bedeutete. Im Ohr sang unterdessen Coolio »Gangsta's Paradise«. Kurz darauf, als Niko an seinem ehemaligen Aparthotel vorbeikam, fand er erwartungsgemäß die beiden alten Männer wieder an ihrem Platz. Sie erkannten ihn und nickten ihm zu.

»Besser als ein wehrhafter ist ein weiser Mann«, meinte der eine, während er sich und seinem Freund ein Glas Rakí einschenkte.

»Wo Du immer Deine Sprüche hernimmst«, stellte der Andere fest und griff nach seinem Glas.

»Phokylides von Milet, ein griechischer Dichter, lebte um 540 vor Christi. Unsere Flasche ist bald leer. Nur gut, dass sie durchsichtig ist, sonst würde man nicht erkennen, was sich innen befindet.«

Niko wunderte sich nicht zum ersten Mal über die Gesprächsthemen, ging weiter und landete am Hafen. Er lehnte sich gegen die Mauer beim Pier und blickte über den Strand. Die Tretboote und Segler kamen zurück, einige Schwimmer waren noch im Wasser. Niko versank in dem Ausblick auf das ruhige Meer und den Berg dahinter. Auch wenn er morgen vorhatte, in das berühmteste Museum der Insel einzubrechen, im Moment dachte er nicht daran. Er ließ einfach los, genoss die Aussicht, den sanften Wind, den

Geruch von Salzwasser und Fisch. Gedankenverloren blieb er minutenlang stehen, bis er sich losriss und auf den Rückweg machte.

Als er sah, dass an der Bar »Porto Paradiso« weniger los war, entschied er sich für ein Abschlussgetränk.

Niko machte es sich auf einem Hocker bequem, er saß alleine an der Bar. Ohne nachzufragen, stellte Giannis ihm ein großes Bier hin.

»Geht aufs Haus.«

»Danke.«

»Wo sind denn Deine Freunde?«

»Die werden wahrscheinlich den Abend daheim verbringen.«

Nikos Blick fiel auf Giannis Gürtel, an dem ein Klappmesser hing.

»Darf ich es sehen, das Teil sieht sehr faszinierend aus.«

Giannis nahm das Messer zur Hand, öffnete es mit dem Daumen und legte es vor Niko auf den Tresen.

Die dunkelgraue Klinge war deutlich länger als bei herkömmlichen Klappmessern, Niko schätze sie auf ungefähr fünfzehn Zentimeter. Der Griff war aus dunklem Holz, in dem ein Wort eingebrannt war.

»Kreta Survival?«

»Richtig. Die bieten diverse Kurse und Abenteuertouren auf der Insel an. Ich habe schon einige Kurse und Ausflüge mitgemacht. Das Messer gab es als Geschenk nach einer mehrtägigen Tour durch den Westen der Insel. Aber ich habe auch gleich hier gegenüber auf dem kleinen Berg eine Zwei-Tagestour miterlebt. Es gibt dort oben ein paar kleine Höhlen und keine ausgeschilderten Wanderwege.«

Niko fragte den Barbesitzer über das Unternehmen und die angebotenen Touren aus, dabei hielt er das Messer in der Hand und inspizierte es genau.

»Es gefällt Dir?«, fragte Giannis und stellte ihm ein weiteres Bier hin.

»Und wie. Der Griff ist fein säuberlich verarbeitet, das rotbraun passt bestens zur titanbearbeiteten Klinge. Es liegt gut in der Hand, auch wenn es verhältnismäßig schwer ist. Die Arretierung der Klinge ist sicher und es ist verdammt scharf. Außerdem ist die Klinge länger als bei herkömmlichen Klappmessern.«

»Du kennst Dich mit Messern aus.«

»Etwas.«

»Es ist wirklich sehr brauchbar. Mein Neffe hat dasselbe von mir geschenkt bekommen. Er hatte vor einem dieser Ausflüge nur so ein Spielzeugmesser. Diese Dinger mit hohlem Griff. Es sind zwar einige halbwegs nützliche Dinge drinnen, aber das Messer selbst war ein Witz. Wenn Du Dich für richtig gute, handgefertigte Messer interessierst ...«

»Ich war schon in Chania, in der Messerstraße.«

Neben dem Bierglas stellte Giannis zwei Gläser Tequila auf.

»Trink nur. Es ist Saisonende und die Bestände gehören aufgebraucht.«

Die beiden Männer stießen an. Giannis nahm das Messer in die Hand, ließ es mehrmals drehen und legte es dann vor Niko auf den Tresen.

»Ich mache Dir ein Angebot: das Messer für eine gute Geschichte«, schlug Giannis vor.

Niko sah ihn erstaunt an.

»Ich sehe viel, aber ich erzähle nichts. Und ich habe gesehen, dass ihr alle an etwas Größerem dran seid.«

Nikos Blick wanderte von Giannis zum Messer und zurück.

»Ein guter Deal. Na dann, sollst Du eine Geschichte hören, für die diese Tequila nicht reichen werden.«

Kurz nach Mitternacht torkelte Niko zurück in sein Zimmer. Er hatte bei mehr als vier Tequila und noch einigen Bieren Giannis von seinen Abenteuern auf Kreta erzählt. Dabei hatte er auch über sich gesprochen, was ihm normalerweise ziemlich schwer fiel. Giannis war abwechselnd beeindruckt, geschockt, aber auch überrascht und fasziniert. Er bat darum, ihm den Ausgang der Geschichte zu verraten, was Niko ihm versprach.

Mit einer Wasserflasche in der Hand saß er am Balkon seines Apartments und sah über die gesammelten Gegenstände, darunter auch den Diskus, den er morgen benötigte.

Der Ring führt zum Dolch, der Diskus weist den Weg. Was soll das bedeuten, was hast Du gefunden, alter

Mann?

Niko studierte die Seite aus dem verbrannten Buch von Kiras Großvater, aber er konnte keinen klaren Gedanken fassen. Der Alkohol zeigte seine Wirkung, ließ ihn nicht klar denken. Er gähnte und überlegte, ins Bett zu gehen.

»Der Stier ist der Minotaurus, die Bestie. Und die beschützt den Schatz im Kreis. So ein Schwachsinn.«

Er nahm den Dolch, verglich ihn mit der Zeichnung und erkannte, wie schon zuvor, dass die Symbole übereinstimmten.

»Das erste Zeichen auf dem Diskus ist der Beginn, aber von was?« *Genervt warf er den Dolch auf den Tisch.*

»Es wird Zeit fürs Bett. Dieser ganze Quatsch hier ...«

Keine fünf Minuten später lag Niko im Bett. Obwohl ihm schwindlig und er hundemüde war, konnte er nicht einschlafen.

Eine ausgerissene Tochter, ein leicht verrücktes Mädchen, ein angeblicher Schatz aus der Zeit der Minoer, ein geplanter Einbruch ... Wenn das nicht ein besonderer Urlaub ist.

Niko drehte sich von einer Seite zur anderen.

Besser als ein wehrhafter ist ein weiser Mann, ein wahrer Spruch, doch wie weise bin ich denn? Wir wissen nicht einmal, was es mit diesem Dolch von ...

Es traf ihn wie ein Blitz, mit einem Schlag war Niko hellwach und setzte sich auf.

Spielzeugmesser mit hohlem Griff ... Nur gut, dass die Flasche durchsichtig ist ... Der Minotaurus, festgehalten im Kreis ... Kleine Höhlen auf dem Berg ...

In seinem Kopf sprachen Giannis und die beiden alten Männer. Aber auch Kiras Erzählungen von ihrem Großvater und dem Minotaurus schwirrten durch seinen Kopf.

Er sprang aus dem Bett, machte Licht und griff nach dem Dolch. Ganz nah hielt er den goldenen Griff vor seinen Augen und fand, was er vermutete. Der untere Knauf in Form einer Halbkugel schien ein Drehverschluss zu sein

Ach Du heilige ...

Mit einem festen Ruck versuchte er, den Knauf zu drehen. Es gelang ihm, die goldene Halbkugel zu bewegen. Vorsichtig drehte er den Verschluss auf und legte den Knauf zur Seite. Der Griff war hohl. »Giannis, Du Genie!«, murmelte er. Nikos Hand zitterte leicht. Er drehte den Griff und starrte auf die Öffnung. Der Inhalt rollte über den Tisch.

Langsam sollte ich anfangen, an den Schatz zu glauben.

Niko beendete seine Erzählung und schob den Dolch in die Mitte des Tisches. Keiner bewegte sich, alle Blicke waren auf ihn gerichtet. Kira reagierte als Erste. Sie griff zuerst nach ihrem Glas, leerte es und nahm dann den Dolch.

»Und?«, stieß sie aufgeregt hervor, »Was war im Dolch?«

»Sieh selbst nach.«

Nun richteten sich die Blicke auf Kira, die den Dolch hochnahm und den Griff genauer untersuchte. Behutsam drehte sie den als Verschluss dienenden Knauf und ließ drei kleine schwarze Steine, die zu Zylindern geschliffen waren, über den Tisch rollen.

Niemand traute sich, die Steine anzufassen, aber die Köpfe wurden vorgestreckt.

»Was soll das sein?«, fragte Thaumas.

»Wieso sind in dem Dolch drei … Steine?«, wunderte sich Manos.

»Was ist auf diesen Steinen?« Denise hob einen Zylinder auf und strich mit einem Finger über das eigenartige Muster, das auf dem nicht einmal fünf Zentimeter großen Stein eingraviert war.

»Da sind Buchstaben zu erkennen«, stellte sie fest.

Kira griff sich ebenfalls einen der Zylinder.

»Dieses Muster, was genau ist auf diesen Steinen?«

Niko nahm den verbliebenden Stein und hielt ihn zwischen zwei Fingern hoch.

»Du hast mir erklärt, die Scheibe ... sorry der Diskus ist der erste Beleg für einen Stempeldruck. Dein Großvater hat so etwas Ähnliches geschaffen.«

Niko zog ein Stempelkissen und ein weißes Blatt aus seinem Rucksack.

»Kira, wenn Du möchtest.« Er reichte ihr die kleine Box mit dem feuchten Kissen. Vorsichtig rollte Kira den ersten Stein durch die Farbe und danach über das Blatt Papier.

Vor den Augen aller entstand ein Bild.

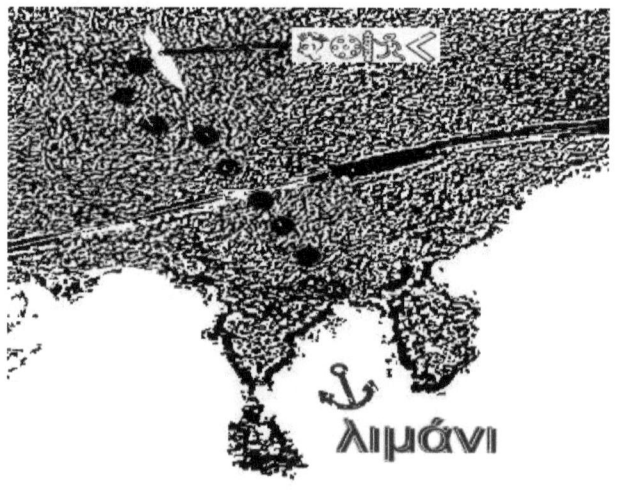

»Hafen?«, las sie vor, »Welcher Hafen?«

»Was genau sehen wir hier?«, fragte Manos mit aufgeregter Stimme. Er zitterte am ganzen Körper vor Anspannung.

Kira nahm auch die beiden anderen Steine und ließ zwei weitere Drucke entstehen, die zusammen ein Bild ergaben.

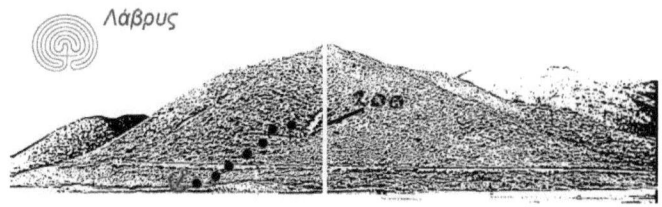
Λάβρυς

»Das Labyrinthzeichen und das Wort Labyrinth oder Doppelaxt. Da sind sich die Experten selbst nicht immer sicher«, meinte Stefanos.

»Ein Anker.«

»Was bedeutet die Zahl?«

»Schritte oder Höhenmeter vielleicht?«

»Was soll der Anker bedeuten? Ein versunkenes Schiff?«

Alle redeten durcheinander, es dauerte fast eine Minute, bis die, für Niko, einzig relevante Frage gestellt wurde.

»Wo soll das sein?«, fragte Manos.

Giannis erkannte als Erster, was sie vor sich hatten.

»Natürlich! Das ist der Berg gegenüber von Bali. Da bin ich mir sicher. Schaut nur, die Form, die Umgebung und auch die Sicht von oben, stimmen überein.«

Kira hielt es nicht mehr auf ihrem Stuhl, sie sprang auf, versuchte, ihre zitternden Hände unter Kontrolle zu bringen.

»Soll das heißen ... Wir sitzen hier in unmittelbarer Nähe zu ... Das kann doch nicht wahr sein?«

»Doch. Es macht sogar Sinn, wenn man alles gründlich überlegt«, meinte Niko. Er konnte ihre Aufregung nachvollziehen, war ihm es genauso ergangen. Stefanos erhob sich.

»Es gibt Hinweise, dass zur Zeit der Minoer genau an der Stelle, die wir auf dem Bild sehen, ein kleiner Hafen war. Was wäre, wenn dieser Hafen für die Schiffe gedacht war, die ihre Schätze gleich in einer Höhle oder Ähnlichem verstecken sollten?«

»Was willst Du damit sagen? Ist die Legende um den Minotaurus wahr, oder suchen wir eine Schatzkammer?«, fragte Thaumas.

»Das werden wir herausfinden. Ich habe mit meinen Brüdern im Kloster darüber gesprochen und wir sind zu folgender Theorie gekommen:

König Minos, wenn er denn so geheißen hat, ließ tatsächlich ein Labyrinth erbauen. Aber nicht, wie in der griechischen Mythologie überliefert, um ein Stierwesen einzusperren. Vielmehr diente es als Versteck und Lager für die Reichtümer aus diversen Kriegen. Wahrscheinlich hat er eine Geschichte erfunden, die mit den Jahrhunderten zu einem Teil der griechischen Mythologie wurde.

Die Opferungen der Jünglinge alle acht Jahre, vielleicht sind damit verschiedene Versuche gemeint, den Schatz zu finden. Es ist auch möglich, dass in diesem sagenumwobenen Labyrinth gefährliche Tiere untergebracht waren, als zusätzlichen Schutz.

Die Geschichten der griechischen Götter sind aus einer Zeit, in der vieles mündlich weitergegeben wurde. Bis sich jemand fand, der alles niederschrieb, könnte sich einiges an den Erzählungen geändert haben.

Was, wenn die ganze Mythologie auf unzähligen, vorher nicht zusammenhängenden, Geschichten besteht? Die dann kunstvoll miteinander verknüpft wurden, um ein Epos zu erhalten, das noch nach Jahrhunderten bekannt sein sollte. Eine ähnliche Theorie gibt es bei der Bibel.«

Aléxandros lachte kurz auf.

»Stellt Euch nur vor, es würde einen Beweis geben, dass die Heilige Schrift nichts weiter als ein erfundener Roman ist?«

»Nicht lustig«, tadelte ihn Stefanos.

»Dann wissen wir jetzt, wo der Eingang zur Höhle ist, aber was hat das mit dem Diskus zu tun?«, wollte Manos wissen.

Niko wollte antworten, doch Kira war schneller.
»Der Diskus weist den Weg!«, sagte sie begeistert, »Das werden wir nur vor Ort herausfinden. Wann geht es los?«

Kapitel 14

Die Uhr im Armaturenbrett zeigte 5:53.

Kira stand mit Niko und Aléxandros neben dem Wagen, die beiden Männer hatten ihr Komboloi in der Hand. Während Aléxandros die Kette mühelos durch seine Finger gleiten ließ, hatte Niko noch Schwierigkeiten bei der Handhabung.

»Du bist doch sonst so fingerfertig«, meinte Aléxandros.

»Ja, aber das ist etwas anderes, als eine Tür aufzubrechen.«

»Wenn das alles vorüber ist, können wir uns gerne zusammensetzen und ich zeige es Dir in Ruhe.«

»Sehr gerne.«

»Männer und ihre Spielsachen«, kommentierte Kira die Unterhaltung.

Nach den Erkenntnissen des Vortages war Kiras Haus als Treffpunkt ausgemacht worden, um gemeinsam zu ihrem Ziel zu fahren.

»Wir fahren so weit es die Straße erlaubt, ab dann heißt es, zu Fuß weitergehen«, erklärte Niko der versammelten Gruppe.

Kira, Aléxandros, ihr Vater Giorgos, Denise, Manos, Stelios, Thaumas und Stefanos waren bereit, zusammen das Geheimnis des Minotaurus zu erkunden. Aléxandros, Niko, Stefanos und Kira übernahmen die Führung im ersten Wagen. Manos, der sich den Pick-up seines Vaters geliehen hatte, ließ alle übrigen auf die Ladefläche, wo auch die notwendige Ausrüstung lag, klettern.

»Es kann losgehen, besuchen wir den Minotaurus!«, rief er und setzte sich ans Steuer.

Die Stimmung in den Fahrzeugen war ausgelassen, jeder war begeistert von der Aussicht, eines der größten

Mysterien der griechischen Geschichte zu enträtseln. Wie schon tags zuvor bog Aléxandros von der Küstenstraße auf den Feldweg ein.

»Ich bin so aufgeregt! Der Berg ruft!«, rief Kira aus dem offenen Fenster hinaus.

Niko sah überrascht nach hinten zu ihr.

»Wie bitte?«

»Gibt es da nicht ein Lied, das so heißt?«, meinte Kira erheitert.

Nikos freundliches Gesicht versteinerte.

»Wenn ich dieses Lied zu hören bekomme, steige ich augenblicklich aus und bin weg!«

Kira blickte ihn verdutzt an. Sie lehnte sich auf der Rückbank zurück und schwieg.

Aléxandros lenkte den Wagen auf der inzwischen bekannten Strecke den Berg hinauf, vorbei an dem verlassenen Gebäude, wo sie gestern Denise befreit hatten. Nichts deutete mehr auf die Auseinandersetzung des Vortages hin.

»Wir sind gleich da. Ich habe mir einen guten Platz ausgesucht, von dem aus wir losmarschieren können«, meinte Aléxandros, als er aus dem geparkten Wagen sprang.

»Von hier aus gehen wir zu Fuß weiter. Schnappt Euch, was ihr tragen könnt«, befahl er und griff selbst nach seinem vollem Rucksack und einer Schaufel. Mittlerweile war es hell, auch wenn die Sonne noch von den Hügeln verdeckt wurde. Niko sah sich um. Zwischen zwei grünbewaldeten Hügeln konnte er das Meer sehen, der wolkenlose Himmel darüber wechselte von rosa zu blau. Auf einem entfernteren Hügel drehten sich die Blätter von zwei Windrädern. Vor ihnen lag ein kurzer Fußmarsch auf einem maximal zwei Meter breiten Weg, der von hellbraunen Felsen auf einer Seite abgegrenzt wurde. Neben den Bäumen säumten unzählige Flechten und kleines Gestrüpp den Weg. Der Berg lag unmittelbar vor ihnen, nach einer weiteren Kurve stieß der Weg mit den Ausläufern des Berg zusammen.

»Ab nun geht es bergauf«, meinte Stelios.

Niko setzte seine Sonnenbrille auf, schulterte seinen Rucksack und übernahm die Führung der Gruppe. Es gab keinen Weg, sie marschierten zwischen Büschen und Steinbrocken aufwärts. Giorgos gesellte sich zu Niko, dicht gefolgt von Kira, die das Blatt mit den beiden gestempelten Bildern immer wieder zur Hand nahm.

»Ich habe immer Respekt vor meinem Vater gehabt. Doch ich habe geglaubt, seine Goldvorräte kämen aus nicht ganz legalen Geschäften. Wenn wir heute tatsächlich ...«, überlegte Giorgos laut.

»Warten wir es ab. Das Ganze kann immer noch in einer Sackgasse enden«, versuchte Niko, die allgemeine Hochstimmung nicht ganz an sich ranzulassen. Er musste aber zugeben, dass auch er inzwischen auf einen Schatz hoffte, auf eine unvorstellbare Entdeckung.

»Ist euch eigentlich klar, dass wir genau zu dem Schotterfeld müssen, das diesen Berg so markant macht?«, meldete sich Kira.

»Ja. Weißt Du denn auch, was es mit diesem Feld auf sich hat? Vorausgesetzt, wir liegen mit all unseren Vermutungen richtig«, antwortete ihr Niko. Als sie mehrere Sekunden schweigend überlegte, ergriff Giorgos das Wort.

»Ich weiß, worauf Niko hinaus möchte. Es wird der Ort sein, an dem Vater mit seiner Maschine abgestürzt ist. Womöglich ist er für dieses Steinfeld verantwortlich.«

»All die ganzen Jahre direkt vor unserer Nase ...«, grübelte Kira laut, »Darum hat er uns das Haus in Bali vermacht. Er wollte uns in der Nähe seiner Entdeckung wissen.«

Einige Meter später standen sie vor einer Felsengruppe. Die blanken, hellgrauen Steine wirkten aufgrund der inzwischen auf sie scheinenden Sonne fast weiß. Einer nach dem anderen kletterte hinauf, während Niko die Rucksäcke hinaufwarf.

»Wir sind auf hundertachtzig Höhenmeter, aber noch auf der Rückseite des Berges«, informierte Stelios die Gruppe. Dementsprechend wanderten sie nun nicht mehr auf den Gipfel zu, sondern kämpften sich an Felsen in unterschiedlichen Größen vorbei um den Berg herum. Auch wenn jeder mit einem Rucksack und Schaufel vollgepackt war, wollte sich niemand die Anstrengung anmerken lassen. Zusätzlich waren alle gespannt, was sie tatsächlich finden würden. Stefanos gesellte sich zu seinem Bruder.

»Was erwartest Du dir?«

»Wie bitte?«, Niko verstand die Frage nicht.

»Wir sind alle sehr vertraut mit der minoischen Geschichte. Einige haben auch familiäre Gründe, um sich auf diesen Weg zu machen. Aber Du?«

Niko blickte an Stefanos vorbei zu Kira.

»Ich? Ich helfe einer Freundin.«

»Was springt für Dich dabei raus?«

»Nichts, Bruder. Ich mache das, weil ich dem Mädchen eine Gehirnwäsche verdanke. Sie hat in ein paar Tage geschafft, was ich so nicht für möglich gehalten habe.«

»Aber Du wirst nicht hier auf Kreta bleiben.«

»Nein«, versicherte ihm Niko, »Ich werde zurückfliegen und dafür sorgen, dass ich mein Leben selbst in die Hand nehme und es nicht nochmal versaue. Und ich werde aufhören im Selbstmitleid zu versinken und nach vorne schauen.«

Thaumas unterbrach sie.

»Bali! Ich sehe Bali!«

Der Ausblick auf die Ortschaft wurde als idealer Zeitpunkt für eine kurze Rast genutzt. Die Gruppe hielt an und ließ die Aussicht auf sich einwirken. Die weißen Häuser wurden von der Sonne angestrahlt und leuchteten ihnen entgegen. Selbst aus dieser Entfernung erkannten sie die Strandabschnitte und die ausfahrenden Schiffe im Hafen. Aus der Perspektive wurde besonders deutlich, wie sich der Ort an der Küste entlang zog. Nahe am Strand standen die Gebäude eng beisammen, doch landeinwärts wurden sie schnell spärlicher. Im Gegensatz zu vielen Orten auf Kreta fehlten in Bali die Hotelkomplexe. Soweit Niko erkennen konnte, gab es gerade einmal eine weitläufige Hotelanlage, die eine ausgedehnte Grünfläche bot. Die Küstenstraße hinter Bali verlief schlangenförmig nahe der Küste, bis sie hinter einem Hügel verschwand. Das Meer zog sich endlos bis zum Horizont, wo es mit dem Blau des Himmels verschmolz. Ein paar Segelboote tummelten sich in der Bucht vor Bali. Kira und Thaumas zückten ihre Kameras und knipsten mehrere Bilder.

»Man sieht seinen Ort nicht oft aus dieser Perspektive«, keuchte Thaumas. Die Hitze und der schwere Rucksack machten ihm zu schaffen, doch er verlor kein Wort darüber. Giorgos und Stefanos reichten ihre Wasserflaschen durch die Runde.

»Es ist nicht mehr weit. Laut der Karte haben wir nur noch einige hundert Meter bis zu unserem Ziel«, gab Stelios Bescheid.

Nach einer kurzen Pause wanderten sie weiter, nun mit dem ständigen Blick auf das Meer und Bali. Die Felsen wurden weniger, dafür wurde es wieder grüner. Die Bäume boten nur wenig Schatten, was alle dazu veranlasste, schnell voranzukommen.

Nach einer weiteren Steigung sahen sie endlich ihr Ziel. Vor ihnen lag das längliche Feld aus kleinen, hellgrauen Steinen, das sich von der Umgebung von Büschen, Bäumen und Flechten deutlich abgrenzte.

»Das ist aber ein großes Gebiet«, stellte Thaumas fest, »Da haben wir viel zum Umgraben.«

»Größer als erwartet«, musste Niko zugeben.

Zehn Minuten später erreichten sie den Rand des

Schotterfelds. Die Schaufeln wurden verteilt, danach suchte sich jeder einen Platz, um mit den Grabungen anzufangen.

»Was genau sollen wir hier finden?«, fragte Manos.

»Einen Eingang«, erklärte Niko.

»Und dann?«

»Eines nach dem anderen. Zuerst müssen wir den Zugang zu einer Höhle finden.«

Eine Stunde lang gruben die Männer das Feld um. Kira versorgte sie mit Getränken und half mit, den Schotter beiseitezuschaffen.

Stefanos hob einen größeren Stein mit der Hand zur Seite.

»Das kann noch ein langer Tag werden. Wenn wir davon ausgehen ...«

Er machte einen Schritt vor und hob ein quadratisches Metallstück auf. Es war verrostet und verbogen. Nachdem das Teil von jedem begutachtet wurde, war man sich einig.

»Es ist ein Teil von Großvaters Flugzeug. Wir sind hier richtig!«, war sich Kira sicher.

»Dann graben wir weiter«, meinte Manos und stieß die Schaufel tief in den Boden. Unter ihm gab der Boden nach, die Schaufel stach ins Leere. Er konnte sich nicht halten und stürzte nach vorne. Kira schrie auf und rannte zu ihm, auch alle anderen blickten in Manos´ Richtung, als dieser vom Erdboden verschluckt wurde.

Das Loch, das Manos aufgestochen hatte, war nicht ganz zwei Meter tief. Es glich eher einer Grube, in der er bäuchlings lag und laut fluchte.

»Hast Du Dir etwas getan?«, fragte Kira beunruhigt.

»Nein, aber helft mir hier raus!«

Kaum war Manos aus der Grube, inspizierte Niko sie genauer.

»Wir sind hier richtig. Mehrere große Brocken, wenn wir die wegschaffen, könnten ...«

»Dann tun wir es. Es ist heiß und ich würde mir im Moment sehr wünschen, in einer schattigen, kühlen Höhle zu sein«, meinte Stefanos und kletterte als Erster in die Grube.

Stein für Stein hoben sie heraus, bis sie auf einen Höhleneingang stießen.

»Jawohl, gefunden!«, rief Kira triumphierend. Auch bei allen anderen sorgte die Entdeckung für Begeisterung und zusätzliche Motivation. So schnell es ihnen möglich war, wurde der Eingang freigelegt, bis sie alle schweißgebadet vor einem Loch von drei Meter Breite und einem Meter Höhe standen.

»Nur mal so aus Neugier, ist das nicht etwas klein, als Eingang zu einer Schatzkammer?«, wunderte sich Thaumas.

»Du vergisst, dass dieser Zugang seit Jahrhunderten der Witterung ausgesetzt war«, belehrte ihn Kira.

»Und wie kam dann unser Großvater hinein?«, entgegnete ihr Aléxandros.

»Erdbeben«, warf Niko ein und sorgte zunächst für Verwunderung.

Giorgos verstand seinen Gedankengang und stimmte ihm zu.

»Da kannst Du Recht haben, Niko. Schon ein kleines Beben würde ausreichen, um den Höhleneingang zu verschütten. Wenn der letzte Besuch meines Vaters schon einige Jahre her ist, dann hat es mindestens zwei Beben zwischenzeitig in dieser Gegend gegeben.«

Mit vereinten Kräften wurde der Höhleneingang noch etwas vergrößert, bevor die Schaufeln gegen Taschenlampen getauscht wurden. Niko machte den Anfang und rollte sich durch das Loch, rutschte einige Meter vorsichtig hinab und fand sich in einer Höhle wieder.

Die Sonnenbrille werde ich hier nicht brauchen, dachte er und verstaute das, für ihn wertvolle, Teil in einem stabilen Etui im Rucksack.

Das Licht vom Eingang reichte aus, um zu erkennen, dass er sich in einem längeren Raum befand, nur einige Zentimeter höher als er selbst. Die Wände und der Boden waren zu eben, um natürlichen Ursprungs zu sein, ebenso fehlten Stalaktiten. In der Mitte ragte eine Steinsäule bis an die Decke. Bei näherer Betrachtung sah Niko, dass sie fein säuberlich bearbeitet worden war. *So perfekt rund und glatt kann es unmöglich natürlich entstanden sein.*

Der Reihe nach kletterten alle durch das Loch in die kleine Höhle. Während sie sich hinter ihm versammelten, ging Niko einige Schritte vor und erkannte zwei Gänge, die tiefer in die Höhle führten.

Tatsächlich. Genau das habe ich vermutet.

»Was genau haben wir hier gefunden?«, meinte Stelios staunend.

»Entweder ein altes minoisches Lager, eine ehemals bewohnte Höhle ... oder das Labyrinth aus der griechischen Mythologie«, antwortete Giorgos ehrfürchtig.

Sie näherten sich den beiden Gängen und leuchteten den Weg entlang. Inzwischen waren sich alle einig, dass die Wände von Menschenhand bearbeitet waren, die Durchgänge waren nahezu rechteckig.

»Wie geht es jetzt weiter? Das sieht nämlich tatsächlich wie der Beginn eines Labyrinths aus. Aber ein Labyrinth hat die Eigenschaft, dass man sich darin verlaufen kann.« Stelios´ Überlegung stieß auf allgemeine Zustimmung.

Kira sagte nur ein Wort: »Ariadnefaden.«

Niko ging einen Schritt vor und wandte sich an die Gruppe.

»Gute Idee, Mädchen. Aber wieso nehmen wir nicht einfach die Wegbeschreibung zur Hand und folgen dieser?«

Dabei leuchtete er mit seiner Lampe auf die Wand neben ihm. Dort war, in ungefähr ein Meter Höhe, eine Zeichenfolge in den Stein gemeißelt.

Sofort stellten sich alle um die Gravur und begutachteten sie genau. Aléxandros sah sich den anderen Gang an. »Auch hier ist eine Gravierung!«

Für einen Moment herrschte Stille, dann zog Niko die Kopie des Diskus von Phaistos hervor.

»Der Diskus weist den Weg. Offensichtlicher kann es nicht sein.«

»Moment!«, warf Kira ein, »Heißt das, wir haben einen Weg vor uns, mit ... dreißig Gabelungen?«

»Genau genommen einunddreißig. Oder sogar doppelt soviele, da der Diskus zwei Seiten hat«, gab Stefanos sein Wissen preis.

»Finden wir es heraus.« Niko ging los, sein gefundenes Zeichen fand sich auch an erster Stelle auf dem Diskus wieder. In einer Hand die Taschenlampe, in der anderen den Diskus marschierte er voran.

Wenn ich mein Handy dabei hätte, würde ich das »Indiana Jones Theme« als Musikuntermalung einschalten, dachte er. Obwohl er es sich nicht anmerken ließ, war er aufgeregt, wie schon lange nicht mehr.

Die Lichtkegel der verschiedenen Taschenlampen tanzten über die flachen Wände und den Boden der

Gänge, die sie immer tiefer in den Berg brachten. Dabei fiel ihnen auf, dass es stetig bergab ging. Die Luft wurde modriger. Obwohl alles um sie herum trocken war, roch es feucht. War ihnen vorher noch heiß, wurde es nun mit jedem Meter kühler.

Nikos Vermutung war vollkommen richtig. Der Diskus diente als Plan. Jeder Gang endete in einer Gabelung, die mit zwei unterschiedlichen Zeichen gekennzeichnet waren. Jedes Mal fand sich auf dem Diskus eines davon.

»Nummer achtzehn. Hat jemand von euch eine Vorstellung, wie tief wir schon im Berg sind, und wie weit unter der Erde?«, fragte Kira, die neben Niko voranging. In ihrer Hand trug sie eine leistungsstarke Taschenlampe, die den Weg vor ihnen gut ausleuchtete.

»Mein Handy hat weder Empfang noch GPS. Das heißt, keine Ahnung, wo genau wir eigentlich sind«, meinte Aléxandros. Er klang nervös und ängstlich. Denise, die seine Hand nicht losließ, brachte vor Aufregung kein Wort heraus. Inzwischen war die Temperatur in den jahrhundertealten Gängen so kühl, dass Niko Gänsehaut bekam. Er sah, wie Kira ihre Arme rieb und auch die anderen anfingen, leicht zu frösteln.

Wenn wundert´s, wir sind so tief im Berg, hier hat noch nie die Sonne geschienen.

»Was werden wir finden?«, fragte Kira.

»Keine Ahnung.« Niko wollte sich darüber keine Gedanken machen. Er war damit beschäftigt, Bilder von diversen Fallen und Monstern aus seinem Kopf zu verbannen.

Wir sind hier nicht in einem Kinofilm, versuchte er sich selbst zu beruhigen.

»Glaubst Du, wir finden tatsächlich einen Schatz?«, holte ihn Kira aus seinen Gedanken.

»Keine Ahnung.«

»Du klingst etwas angespannt«, stellte Kira fest.

»Etwas«, antwortete Niko. Sein Blick schweifte ständig

über den Boden und die Wände. *Jemand hat diese Gänge in den Berg geschlagen, hat die Wände und den Boden geschliffen und natürlich die Zeichen graviert. Das alles vor Hunderten von Jahren, vielleicht sogar noch mehr. Unvorstellbar.*

Einige Minuten später standen sie vor dem letzten Zeichen auf dem Diskus.

»Entweder wir sind bei der Hälfte angekommen, oder ...«, kommentierte Manos das Zeichen an der Wand.

»Das werden wir gleich wissen.« Niko verglich das Zeichen mit dem Diskus und marschierte weiter. Der Gang machte einen Knick und endete in einem Raum. Niko deutete allen, stehenzubleiben und ging vorsichtig weiter. Kira blieb beim Durchgang stehen und leuchtete den kleinen, runden Raum aus.

»Kreisförmig und leer. Aber eine Art Torbogen vor uns. Sieht wie ein Vorraum aus«, erklärte sie den anderen.

Zu zweit gingen sie weiter und betraten den nächsten Raum. Er war größer, viel größer.

Das Licht ihrer Lampen reichte nicht bis zur gegenüberliegenden Wand. Dafür leuchteten sie über Steintische, unterschiedlich große Gefäße aus Ton und mehrere Gegenstände, die auf dem glatten Steinboden lagen. Als Niko den Lichtstrahl in die Mitte des Raumes lenkte, erschienen plötzlich riesige, helle Zehen vor ihm.

»Was ...?«, stockte Kira der Atem.

Langsam ließ Niko das Licht hinaufwandern, Kira unterstützte ihn mit ihrer Lampe.

Sie leuchteten die Füße hinauf, im Gegensatz zum bisherigen Grau der Wände, war die Statue aus beigefarbenem Material. Die Kniescheiben waren deutlich zu erkennen. Die restliche Gruppe kam zu ihnen und leuchtete ebenfalls auf die Statue. Unter dem Licht der Taschenlampen wurde die komplette Statue erkennbar und ließ alle aufschrecken.

Denise stieß einen spitzen Schrei aus und sprang vor Angst hinter ihren Freund.

»Oh mein Gott!«, entfuhr es Giorgos.

»Das ... das kann ... nicht sein!«, stotterte Thaumas.

Kira stieß Niko an.

»Holy Crap. Weißt Du ... Ist Dir klar ...?«

»Was wir hier gefunden haben?«, vervollständigte er ihren Satz, ebenfalls ehrfürchtig von der Statue vor ihnen beeindruckt.

»Meine Damen und Herren ... Wir haben den Minotaurus in seinem Labyrinth gefunden!«

Die Größe des Raums war nicht auszumachen. Soweit sie erkennen konnten, war er rechteckig, links und rechts vom Eingang reichten die Wände mindestens fünfzehn Meter lang. Auch die Höhe war nicht abzuschätzen. In der Mitte ragte die gewaltige Statue des Minotaurus über fünf Meter empor und blickte auf die Entdecker hinab. Die detailgetreue Figur war durchgehend aus hellem Gestein gehauen. Der Stierkopf blickte leicht gesenkt zu ihnen, riesige Nasenlöcher und ein breites Maul sorgten für einen beängstigenden Ausdruck. Die Augen des Minotaurus, obwohl nur schwarze tiefe Löcher im Stein, wirkten ebenso furchteinflößend. Zwei glänzende Hörner wuchsen aus seinem Hinterkopf, die genau die Figur ergaben, wie Niko sie schon oft auf Kreta gesehen hatte.

Die Stierhörner, wie sie auf Kreta überall zu sehen sind.

Das Gesicht war fein säuberlich ausgearbeitet worden, sogar einige Falten waren zu sehen, die das Monstrum noch einschüchternder wirken ließen. Die Hände hatte das Fabelwesen vor dem nackten Körper auf der Brust verschränkt, eine Doppelaxt haltend. Diese wies ebenfalls verschiedene Verzierungen und minoische Zeichen auf.

»Ich bin mir ziemlich sicher, diese Statue schon einmal gesehen zu haben. Viel kleiner natürlich«, überlegte Denise mit brüchiger Stimme.

»Ja. In Knossos gab es eine fast identische Figur«, erinnerte sich Niko, »Wahrscheinlich ein Zufall, wenn man bedenkt, wie viele unterschiedliche Versionen des Minotaurus es gibt.«

»Lasst uns nachsehen, was dieses Monster hier bewacht!«, meinte Stelios.

Nachdem sie sich an der Statue sattgesehen hatten und Kira einige Bilder mit ihrer Kamera schoss, teilten sie sich im Raum auf. Niko trat näher an den Minotaurus heran, strich über die Füße und bewunderte die herausragende Arbeit. Selbst Details, wie Fußnägel und Muskeln waren unter dem Licht zu erkennen.

»Hier liegen haufenweise Waffen. Messer, Speere, Schwerter, alle mit Goldfassung!«, hörte er Kira.

»Und hier Schmuck. Aus Gold, Edelsteinen, alles Mögliche.«

»Das dürften mehrere Tontafeln mit Texten sein.«

»Jede Menge verzierte Töpfe und Vasen. Da sind sogar noch die Farben erhalten.«

Die Euphorie war deutlich aus den Stimmen herauszuhören. Kira kam zu Niko und drückte ihm einen Dolch in die Hand.

»Schau, der ähnelt dem von meinem Opa.«

Niko stimmte ihr zu. Dieser war kleiner und wies keine eingestanzten Zeichen auf, dennoch dürfte er die Vorlage für den Dolch gewesen sein.

»Weißt Du, was das heißt?« Kiras Stimme wurde leise, Tränen stiegen ihr in die Augen.

»Mein Großvater hat uns einen Schatz vermacht. Er hat das alles über Jahre hinweg geheim gehalten. Niemand kann jemals wieder behaupten, dass er ein Spinner war.«

Niko nickte. Im Kopf hörte er die Stimme von Michail Papagos:

Dann könnten auch die anderen Mythen und Legenden wahr sein, bis hin zu den Göttern. Diese Entdeckung würde so vieles ändern, die griechische Geschichte würde dadurch in einem ganz anderen Licht gesehen werden.

»Was wird jetzt passieren?«, grübelte Kira laut, »Wir müssen es auf jeden Fall melden. Aber alleine, was diese Entdeckung für die Geschichte der Minoer bedeutet.«

»Die Höhle wird zu einem zweiten Knossos werden«, warf Niko ein.

»Ja das ist möglich. Man wird sie ausräumen, die Irrwege studieren, diese Statue wird vielleicht zum neuen Symbol ...«

»Es wird eine Straße geben, bis zum Eingang. Ein Besucherzentrum, entweder hier oder in Bali. Massen an Touristen, die die Höhle des Minotaurus besuchen wollen.«

»Dann wird es mit der Ruhe in Bali vorbei sein.«

Kira blickte in das Gesicht des Minotaurus und überlegte. Niko machte sich auf den Weg durch den Raum, den Dolch von Kira verstaute er in seinem Rucksack. Er blieb vor einem Steintisch stehen, auf dem kunstvoller Halsschmuck ausgebreitet lag. Das Licht der Taschenlampe leuchtete auf einen Anhänger, der dem Kunstwerk »Die Bienen von Malia« glich. Daneben lagen mit Edelsteinen besetzte Ringe und Armbänder.

Es wird ein eigenes Museum nur für diese Schätze brauchen.

»Goldbarren!«, rief Thaumas, der in einer Ecke des Raums eine Steintruhe geöffnet hatte. Darin lagen unterschiedlich große, rechteckige Barren aus purem Gold.

»Alleine diese Truhe ist mehr wert, als wir alle jemals verdienen können«, staunte Stelios.

»Wir werden das nicht behalten können. Aber der Finderlohn wird auch nicht gerade wenig sein«, meinte Manos.

»Ich werde im Museum Bescheid geben. Dort wird ...« Giorgos wurde von einem Grollen unterbrochen. Erschrocken blickten alle augenblicklich zum Minotaurus. Doch dieser bewegte sich nicht. Es dauerte nur einige Sekunden, in denen das Geräusch anschwoll, als würden gewaltige Steine aneinanderprallen.

»Was war das?«, fragte Denise ängstlich.

Stumm und regungslos warteten alle, ob das Grollen wiederkehrte. Es blieb still. Niko spürte, wie er unruhig wurde, und wandte sich an Giorgos.

»Giorgos, Du hast doch schon einmal ein Erdbeben ...« Ein neuerliches Donnern ließ ihn verstummen. Dieses Mal war es spürbar heftiger, der Minotaurus wackelte. Irgendwo im Raum fiel etwas zu Boden. Das Donnern hielt an, wurde bedrohlich lauter.

»Raus, sofort!«, schrie Giorgos.

Panisch liefen alle zum Torbogen zurück. Das Dröhnen hörte nicht auf, von der Decke bröselten kleine Steine und Staub auf sie herab. Nun spürten sie auch, wie der Boden unter ihnen bebte. Zuerst nur leicht, doch die Erschütterungen wurden schnell intensiver.

»Niko!«, rief Kira entsetzt.

»Ja, ich weiß.« Er hatte bereits den Diskus in der Hand, um den Rückweg aus dem Labyrinth zu finden.

»Jetzt wäre dieser Ariadnefaden hilfreich«, fluchte er.

Hastig rannten sie durch die Gänge, bei jeder Kreuzung hielt Niko den Diskus zu den eingravierten Zeichen.

»Hier entlang!« Er musste schreien, um das Dröhnen und Poltern zu übertönen.

»Wie lange kann ein Erdbeben andauern?«, fragte Denise voller Angst.

»Nicht die Länge ist das Problem, sondern wie stark es wird«, antwortete Aléxandros nervös.

»Nicht reden, laufen!«, befahl Niko. Auch er hatte Angst. Der Weg hinaus war lang und niemand außerhalb der Höhle wusste, wo sie waren. Der Boden unter seinen Füßen vibrierte, die Wände vor ihm schienen im Licht der Lampen zu wanken.

Ein lautes Bersten hinten der Gruppe ließ alle zusammenzucken.

»Das ganze Labyrinthsystem bricht zusammen!«, kreischte Denise panisch.

Niko warf einen Blick auf den Diskus, die Hälfte des Weges hatten sie bereits hinter sich gebracht.

Das wird eine enge Sache.

»Einfach weiterlaufen! Wir schaffen das!«, versuchte er sich und den anderen Mut zuzusprechen.

Von einer Sekunde auf die andere verstummte das Donnern. Ein paar Steine bröckelten noch aus den Wänden.

»Nicht langsamer werden. Es kann jeden Moment wieder anfangen«, keuchte Giorgos hektisch. Auch er war das viele Laufen nicht gewohnt.

Niko holte gerade tief Luft, als Stefanos neben ihm auftauchte.

»Nur noch zehn, elf Kreuzungen. Weiter!«

»Jetzt bräuchten wir die Unterstützung von ganz oben«, meinte Niko zu seinem Bruder.

»Die Wege des Herrn sind ...«

»Unergründlich! Hauptsache, er hält uns den Weg frei!«

Es blieb ruhig, der Boden wackelte nicht mehr. Schnaufend rannten sie die dunklen Gänge entlang, wie durch ein Wunder stolperte niemand oder schrammte gegen die Wand. Beim vorletzten Zeichen des Diskus konnte Niko erkennen, wie es vor ihnen heller wurde.

Ich glaube, ich werde demnächst in die Kirche gehen, dachte Niko und bog ein letztes Mal ab. Das Erbeben hatte den Zugang im ersten Raum des Höhlensystems zwar verkleinert, aber er war immer noch groß genug, um problemlos hindurchzuklettern.

Zunächst half Niko Kira dabei, hinaufzuklettern und ins Freie zu gelangen. Ihr folgten Denise und Aléxandros. Als er als Letzter in der Höhle stand, drehte er sich um und blickte in die Dunkelheit.

»Vielleicht ist es ja gut so. Vielleicht möchtest Du für immer alleine bleiben«, verabschiedete er sich vom Minotaurus und kletterte ebenfalls hinauf.

Die Nachmittagssonne blendete Niko. Er konnte nichts erkennen, viel zu grell strahlte die Sonne auf ihn herab.

»Was machst Du hier?«

»Wie hast Du uns gefunden?«

»Fast wären wir verschüttet worden.«

Niko wusste nicht, mit wem Thaumas, Kira und Stelios sprachen. Er schloss die Augen, jemand griff nach ihm.

»Es wird gleich besser. Deine Augen brauchen nur etwas

Zeit, sich an die Helligkeit zu gewöhnen.«

Jetzt hörte und erkannte er die Stimme. Überrascht riss Niko die Augen auf. Verschwommen nahm er eine Gestalt vor sich wahr, kopfschüttelnd und mit immer deutlich werdendem Gesicht.

»Wie verrückt muss man sein, eine unbekannte Höhle zu erkunden, wenn auf der ganzen Insel eine Erdbeben-warnung ausgegeben wird?«, tadelte Giannis die Gruppe.

Dank seiner Sonnenbrille gewöhnten sich Nikos Augen schnell wieder an das Tageslicht und er blickte, so wie die anderen, hinunter auf Bali.

»So beschaulich. Wenn es so bleiben soll ...«

»Dann sollte diese Höhle nicht bekannt werden«, pflichtete Giannis Niko bei, »Bali ist immer noch ein eher ruhiger Ort und wenn die Höhle bekannt wird ...«

Weiter kam Niko nicht. Die Erde fing erneut an zu beben.

»Wir müssen hier weg!«, rief Giorgos und deutete nach oben. Ein massiver Fels hatte sich mehrere Meter über ihnen gelöst und kippte zwischen den Bäumen vor.

Ohne ein weiteres Wort rannten sie los, während hinter ihnen immer größere Brocken herabfielen. Nachdem sie das Schotterfeld verlassen hatten, musste sie langsamer laufen, um nicht im Wurzelwerk oder den Büschen hängen zu bleiben.

Das Beben dauerte nur kurz, nach einigen Sekunden war es schon wieder vorbei. Auf einer Anhöhe konnten sie auf den Höhleneingang zurückblicken. Doch dieser war verschwunden. Verschüttet vom Erdbeben.

»Der Minotaurus dürfte entschieden haben, weiterhin lieber alleine zu bleiben.«

Der Aussage von Giannis hatte niemand etwas entge-genzusetzen. Mit schnellem Schritt begaben sie sich auf den Weg zurück. Es war ein stiller Marsch, jeder war damit beschäftigt, das gerade erlebte zu verarbeiten. Erst als sie Giannis´ Jeep erreichten, fragte Niko, wieso er eigentlich von ihrem Ausflug wusste.

»Das habe ich nicht. Aber ich sehe jeden Tag auf den Berg, ich glaube, ich kenne inzwischen jeden Baum. Und eine siebenköpfige Gruppe ist selbst auf die Entfernung zu erkennen. Nachdem was ich bisher wusste, war ich mir sicher, dass so eine verrückte Aktion genau zu euch passen würde.«

Jeder bedankte sich persönlich bei ihm für sein Auftauchen, immerhin wäre er ihre letzte Rettung gewesen. Nach dem Versprechen, abends im »Porto Paradiso« zu erscheinen, ließen sie Giannis zurückfahren.

Langsam setzte sich die Gruppe in Bewegung. Eine Mischung aus Freude, Nervosität aber auch Ernüchterung lag in der Luft. Niko ging an Manos Seite und drückte ihm, ohne von den anderen beobachtet zu werden, etwas in die Hand.

»Für später«, flüsterte er ihm zu.

Kurz darauf ging er neben Aléxandros und schob ihm etwas in die Seitentasche.

»Für später«, flüsterte er und beschleunigtc seinen Schritt wieder.

Bei ihren Fahrzeugen versammelt, leerten sie die restlichen Flaschen und wandten sich dem Berg zu.

»Eigentlich unglaublich, was in den letzten Stunden passiert ist«, stellte Stefanos fest.

»Das war ein nettes Erlebnis«, meinte Niko.

»Nur schade, dass wir niemandem davon erzählen können«, meinte Thaumas und reichte die Wasserflasche an die Brüder.

»Das stimmt, Thaumas. Ich finde es schade, dass wir nichts davon haben, außer der Erkenntnis, wie der Minotaurus tatsächlich ausgesehen hat.« Stelios Stimme klang ernüchternd.

»Aber ob er ein Mythos war oder real, das wird man nie erfahren«, sagte Stefanos.

»Und der Schatz?«, fragte Manos.

»Der liegt wohl weiter gut versteckt im Berg«, meinte Niko und legte seinen Rucksack in den Kofferraum. *Jedenfalls der Großteil.*

»Fahren wir zurück, bevor der Minotaurus nochmals die Erde beben lässt!«

Kapitel 15

Zurück im Zimmer und nach einer ausgiebigen Dusche, setzte sich Niko auf den Balkon, nahm einen großen Schluck aus der Rakíflasche und schloss die Augen.

Er spürte die Sonne und die salzige Luft in seinem Gesicht, hörte die entfernten, mehrsprachigen Stimmen von Touristen. Die Bilder der letzten Tage liefen wie ein Film vor ihm ab. Nach einer halben Stunde, in der er einfach nur entspannte, nahm er sein Handy und wählte Martins Nummer.

»Hallo! Wie geht es dem Urlauber?«, begrüßte ihn sein Freund.

»Sehr gut. Noch, denn in wenigen Tagen ist mein Aufenthalt hier vorbei.«

»Und?«

»Ich werde alleine zurückkommen.«

Einige Sekunden Stille.

»Das heißt, Denise geht es gut mit ihrem griechischen Freund«, folgerte Martin.

»Nach meiner Ansicht ist sie bei Aléxandros gut aufgehoben.«

»Ich verstehe.«

Niko berichtete ihm von den Ausflügen, wie Aléxandros sich um Denise kümmerte und wie ernst die junge Frau das Leben auf der Insel nahm. Die Abenteuer der letzten Tage ließ er aus. Er versprach Martin einen ausführlichen Bericht nach seiner Rückreise nach Wien. Davor wollte er die letzten Tage auf Kreta noch in vollen Zügen genießen.

Als er sein Telefon zur Seite legte, wurde ihm bewusst, dass er tatsächlich nur noch wenig Zeit auf der Insel hatte.

Aber eines muss ich noch erledigen, am besten sofort.

Er sprang auf, schnappte das Komboloi und verließ das

Zimmer. Zuerst besorgte er eine Flasche Rakí, dann suchte er die zwei alten Männer auf. Wie immer waren sie in ein Gespräch vertieft, sahen kurz zu ihm und nickten ihm zu. Er spazierte zu ihnen und stellte eine Flasche Rakí auf den Tisch.

»Kali spera!«

»Wie ich vermutete, ein Grieche.«

»Ja, meine Verwandtschaft stammt von der Insel.«

»Wofür ist die Flasche?«

»Für die guten Ratschläge. Und weil ich eine Bitte habe.«

Niko zog sein Komboloi hervor.

»Könnt ihr mir beibringen, mit diesem Ding umzugehen?«

Der Mann stand auf und verschwand in der Tür. Gleich darauf kam er mit einem weiteren Stuhl und einem Glas wieder.

»Setz Dich.«

Die Sonne war längst untergegangen, als sich die Abenteurer im »Porto Paradiso« trafen. Die erste Runde Mythos brachte Giannis ungefragt.

»Die gehen auf mich. Dafür erwarte ich mir einen ausführlichen Bericht«, stellte er lächelnd klar.

Niko sah in die Runde. Lauter gutgelaunte, freudige Gesichter, denen die Erlebnisse des heutigen Tages nicht mehr anzusehen waren.

»Das Erdbeben hat nur geringe Schäden verursacht. Das Epizentrum lag ungefähr vierzig Kilometer nördlich von hier im Meer«, erzählte Giorgos.

Niko sah zu Kira hinüber, die sich an Manos schmiegte und seine Nähe sichtlich genoss. Um ihren Hals trug sie eine dünne, reichlich verzierte Halskette aus Gold. Die Stränge waren kunstvoll geflochten und mit mehreren Plättchen dekoriert. Es war die Kette, die Niko aus der Höhle mitgenommen hatte und Manos heimlich zugesteckt hatte. Manos nickte ihm dankend zu.

Das soll unser Geheimnis bleiben, Manos.

»Denise, schöne Grüße von Deinem Vater«, sagte Niko und bekam einen überraschten Blick von ihr.

»Ich habe ihm mitgeteilt, dass ich eine endgültige Entscheidung getroffen habe.«

»Hast Du?«

»Ja. Ich werde in drei Tagen abfliegen. Ohne Dich.«

Noch bevor Denise reagieren konnte, meldete sich Kira.

»Drei Tage? Wieso so schnell?«

»Weil es Zeit für mich wird. Ich habe meine Arbeit hier getan. Ich habe mehr erlebt, als ich erwartet habe, aber jetzt muss ich wieder in die Realität meines Lebens zurück.«

Kira lachte auf.

»Realität deines Lebens. Rede nicht so geschwollen, Du alter Esel. Lasst uns den Tag mit einer ordentlichen Feier zu Ende bringen. Die haben wir uns verdient!«

Thaumas lehnte sich vor.

»Bevor wir zum alkoholischen Teil des Abends übergehen. Eine Sache würde mich noch beschäftigen.«

Alle Blicke waren auf ihn gerichtet.

»Wir haben das Labyrinth mit Hilfe des Diskus durchquert. Aber nur eine Seite davon war uns nützlich. Was ist mit der anderen Seite, den anderen Zeichen?«

Seine Frage ließ alle überlegen und nachdenken. Niko grinste, nahm einen Schluck Bier und klopfte Thaumas auf die Schulter.

»Das ist der Weg zum zweiten Schatz des Minotaurus.«

»Wie bitte?«

»Was?«

»Wirklich?«

»Keine Sorge. Diesen Schatz werden wir nicht suchen … nicht dieses Mal!«

257

Kapitel 16

Drei Tage später

Die letzten Tage erfuhr Niko, was es hieß, Urlaub zu machen. Keine Aufregung, keine verrückten Aktionen. Nur das Meer, der Strand und lange Nächte im »Porto Paradiso«.

Vor allem die letzte Nacht war für Niko besonders intensiv geworden. Der Sonnenaufgang weckte ihn auf einer Strandliege vor der Strandbar. Neben ihm lag Thaumas im Sand, in seiner Hand noch eine leere Bierflasche. Kira und Manos teilten sich eine Liege, auf der sie eng aneinander gekuschelt schliefen.

Niko setzte sich auf, schüttelte den Kopf, um das Dröhnen loszuwerden.

»Ich bin zu alt für diese Scheiße«, stöhnte er leise.

»Dafür hast Du Dich gut gehalten gestern«, meldete sich Kira verschlafen. Sie deutete auf Nikos Oberarm.

»Spürst Du es noch? «

Seit zwei Tagen verzierte eine Tätowierung den rechten Oberarm von Niko. Er streifte den Ärmel seines Shirt hoch, wo das griechische Muster in schwarz auf der gebräunten Haut hervorstach.

Das Muster hatte er sich um seinen Arm herum stechen lassen.

»Nicht der Rede wert.«

Als Kira vor zwei Tagen laut über ein weiteres Tattoo nachgedacht hatte, hatte sich Niko spontan dazu entschieden. Obwohl er bislang nichts mit Tätowierungen anfangen konnte, war ihm dieses umso wichtiger.

»Mein Flug geht in ein paar Stunden. Zurück in Österreich brauche ich vorerst keinen Tropfen Alkohol«, war sich Niko sicher.

Hinter ihnen näherte sich Aléxandros Wagen. Als Denise ausstieg, fielen Niko sofort ihre neuen Ohrringe auf. Zwei kleine Anhänger, die identisch mit den Bienen von Malia waren. Nur, dass diese keine Kopie waren, sondern aus der Höhle stammten. Wie auch Manos behielt es Aléxandros für sich, dass Niko ihm den Schmuck zugesteckt hatte.

»Guten Morgen ihr Säufer!«, rief Denise zu ihnen hinüber.

Niko rollte sich von der Liege und schleppte sich zu dem Paar.

»Nicht so laut«, bat er.

Aléxandros hatte Neuigkeiten für Niko, an die er nicht mehr gedacht hatte.

»Die Mietwagenfirma hat ein Einsehen. Dein Unfall wird von der Versicherung übernommen und es wird auch nicht genauer nachgefragt, wie der Wagen auf dem Meeresgrund gelandet ist.«

Aléxandros war es auch, der sich anbot, Niko zum Flughafen zu bringen. Er stand vor Nikos Apartment, als dieser mitsamt seiner Reisetasche herauskam.

»Ihr wollt ganz sicher gehen, dass ich abreise«, kommentierte Niko das Abschiedskomitee aus drei Fahrzeugen.

»Du Esel!«, antwortete Aléxandros mit einem Grinsen. Neben ihm waren alle anwesend, die den Minotaurus besucht hatten. Nur sein Bruder und Giorgos waren nicht unter ihnen, sie warteten bereits am Flughafen.

Als seine Tasche durch den Scanner neben dem Check-in Schalter fuhr, achtete Niko genau auf die Dame hinter dem Pult und die Sicherheitskräfte in der

Nähe.

Meine Souvenirs aus der Höhle sollten gut verpackt sein. Das bisschen Gold wird nicht auffallen.

Er hatte Glück, niemand bemerkte seine wertvolle Fracht.

Nachdem er seinen Koffer aufgegeben hatte und im Begriff war sich zu verabschieden, erschienen Giorgos und Stefanos. Während Kiras Vater mit einigen Beamten sprach, standen Stefanos und Niko alleine beisammen.

»Das Schicksal hat uns erneut zusammengeführt ...«

»Und dem Schicksal soll man bekanntlich nicht hineinpfuschen«, ergänzte Niko.

»Genau. Wir bleiben im Kontakt, kleiner Bruder. Dieses Mal werde ich nicht verschwinden.«

»Gut so.«

Giorgos kam zu ihnen.

»Kommt mit, alle. Wir bringen Niko zum Flugzeug.«

Er hatte organisiert, dass die ganze Gruppe an den Sicherheitskontrollen vorbei auf das Flugfeld hinauskonnte. Die abflugbereite Maschine stand nur wenige Meter vom   Ausgang entfernt.

»Hier trennen sich unsere Wege, Niko. Ich hoffe, nur vorläufig«, meinte Giorgos und reichte ihm die Hand.

»Wir werden uns wiedersehen«, versicherte ihm Niko.

Einer nach dem anderen verabschiedete sich von Niko, jedem musste er versprechen, so schnell wie möglich wiederzukommen. Kira stand als Letzte vor ihm.

»Komm her und lass Dich nochmal drücken.«

»Na dann komm her, Mädchen.«

Sie schlang die Arme um ihn.

»Du bist und bleibst ein alter Esel! Aber diese Zeit mit Dir war sehr aufregend. Ich werde Dich vermissen, also musst Du bald wiederkommen.«

»Wenn es möglich wäre, ohne Schatzsuche«, scherzte Niko.

»Warum denn? Es gibt noch eine zweite Seite auf dem Diskus, oder vielleicht möchtest Du noch ein paar Mythen der griechischen ...«

»Nein. Wenn ich wiederkomme, möchte nur mit einem Mythos zu tun haben. Dem kalten flüssigen im Glas.«

Sie umarmten sich nochmals fest und Niko bekam einen dicken Schmatzer auf beide Wangen.

»Lass Dich nicht unterkriegen«, meinte Kira zum Abschied.

Niko lächelte sie an, nickte und nahm seine Sonnenbrille aus den Haaren.

»Du findest sie doch so cool?«

»Ja schon.«

Er steckte sie ihr in die blonden Haare.

»Pass gut auf sie auf.«

Auf seinem Weg dem Flugzeug entgegen spürte er ein seltsames Gefühl aufsteigen.

Wehmütig, traurig, melancholisch, ich?

Er drehte sich nochmals um, die ganze Gruppe stand noch immer beisammen und blickte ihm nach. Für einen Moment zuckte er zusammen, als es glaubte, seine Mutter bei der Gruppe zu sehen. Es war Dorothéa, die sich zu Giorgos gesellt hatte. Auch sie winkte ihm zum Abschied zu.

Aléxandros hielt Denise fest an sich gedrückt, beide mit einem breiten Lächeln im Gesicht. Er drückte seiner Freundin einen Kuss auf den Kopf, überglücklich, dass sie von nun an bei ihm bleiben konnte.

Stefanos wirkte gelassen, doch auch nach ein paar Jahren ohne Kontakt kannte Niko seinen Bruder gut genug, um zu sehen, was in ihm vorging. Kira winkte ihm zu, während die andere Hand von Manos gehalten wurde. Dieser nickte ihm zu, ebenfalls mit einem Lächeln im Gesicht.

Du wirst hoffentlich gut auf die Kleine aufpassen, dachte Niko und betrat die Stufen.

Beim Eingang drehte er sich nochmal um.

»Danke! Danke für alles!«, rief er ihnen zu und verschwand im Inneren des Flugzeuges.

Sein Sitzplatz war auf der richtigen Seite, während die Motoren starteten, konnte er ein letztes Mal auf seine neu gewonnen Freunde blicken. Nach wenigen Sekunden hob das Flugzeug ab und presste ihn in seinen Sitz. Während unter ihm das Festland Kretas verschwand, steckte er seine Kopfhörer ins Ohr und schaltete den Musikplayer ein.

Niko lehnte sich zurück, schloss die Augen und wartete auf den Beginn des Liedes. »Lava« von der griechischen Sängerin Alkistis Protopsalti.

... bis zur nächsten Reise von Niko.

Über den Autor

Joachim Koller, geboren 1978 in Wien, hat nach dem Schulabschluss mehrere Jahre im Reisebüro verbracht. Wohl auch deshalb zählt neben dem Schreiben das Reisen zu seiner großen Leidenschaft. Seine Lieblings-destinationen sind dabei Kreta, Schottland und Barcelona.

Weitere Informationen gibt es unter:

www.facebook.com/kollerjoachim
instagram: joachim_koller_autor

Niko ist zurück!

Nach der Hitze von Kreta landet er in seinem nächsten Abenteuer in Schottland.

FATE OF
WHISKY

Ein vermeintlich leichter Auftrag bringt Niko in das Land der Mythen, Legenden und Burgen. Aber noch nicht einmal gelandet steckt er mitten in einer Fehde zweier verfeindeter Clans.

Zusätzlich weckt Schottland alte Erinnerungen an seine Jugendliebe. Somit wird die Reise von Rückblenden in die 90er-Jahre begleitet, zu einer Lovestory, die unerwartet und rätselhaft endete.

Unterwegs lernt er das Land von seiner schönsten Seite kennen und erfährt mehr über eine alte Legende, die für den Clan seiner Begleitung äußerst wichtig ist. Doch diese Sage lässt ihn - zumindest vorerst - kalt.

Denn es wartet noch eine Überraschung auf ihn, die nicht nur sein Leben völlig auf den Kopf stellen wird.

Weitere Veröffentlichungen:

Bittersüßer Rakomelo
Zwischen Rache und Liebe auf Kreta

Rakomelo: griechisch von Rakí + Meli (Honig); eine spezielle Variante des griechischen Rakí, mit Honig und einigen Gewürzen verfeinert.

Das Buch lädt den Leser zu den bildschönen Plätzen Kretas ein, in einer Geschichte über eine enge Freundschaft, die Bedeutung von Familie und Liebe und einer Intrige, die alle bis an ihre Grenzen bringt.

24 Stunden Angst

Eine Geiselnahme im Museum, ein scheinbar perfekter Plan und ein Vater, der alles versucht, um sein Kind zu retten. Das sind die Zutaten eines rasanten Thrillers, mitten im Herzen von Wien.

Kollateralschaden

Ein Flugzeugabsturz, ein Anschlag auf ein Wiener Wahrzeichen ... Eine terroristische Bedrohung durch Erpressung und Bombenanschlägen hält Wien in Atem. Doch wie schnappt man einen Terroristen, der den Ermittlern immer einen Schritt voraus ist?

Adventmörder

Eine grausame Mordserie mitten in der Wiener Adventszeit.
Ein Team ohne verwertbare Hinweise.
Ein Motiv, das einen Ermittler an seine dunkle Vergangenheit erinnert.

Schwarzes Blut

Ein neuer Geheimdienst in Wien
Ein Team, das sich beweisen muss
Ein Anschlag, der die Welt verändern wird

Secret of Time
Ausnahmezustand in
Barcelona

Was als Urlaub in
Barcelona beginnt, wird
zu einem gefährlichen
Abenteuer rund um ein
lang vergessenes Fami-
liengeheimnis. Als eine
Katastrophe über die
Stadt hereinbricht, hat
Leon nur eine Chance,
seine Freunde und ne-
benbei die Welt zu retten...

Obsidian

Eine Maya-Legende,
über Europa verteilte
Obsidiansteine und ein
Paar, das zufällig in die
Suche hineingezogen
wird. Von Wien, über
Paris, Barcelona bis
nach Mexiko geht die
abenteuerliche Reise auf
den Spuren eines der
größten Rätsel der
Menschheit.